df

Herausgegeben von
KARL-HEINZ PREUSS
df – Deutscher Forschungsdienst
Unter Mitarbeit von
ROLF H. SIMEN

Wie die Saurier laufen lernten

84 Gutenachtgeschichten aus der Wissenschaft

EIN LESEBUCH

df
Verlag Deutscher Forschungsdienst

CIP-Kurztitelaufnahme der Deutschen Bibliothek

Wie die Saurier laufen lernten: 84 Gutenachtgeschichten aus d. Wiss.; e. Lesebuch/hrsg. von Karl-Heinz Preuss. Unter Mitarb. von Rolf H. Simen. – 3., unveränd. Aufl. – Bonn-Bad Godesberg: Verlag Deutscher Forschungsdienst, 1986.
ISBN 3-923120-25-7

NE: Preuss, Karl-Heinz [Hrsg.]

3. unveränderte Auflage

1. Auflage 1979 im Umschau Verlag, Frankfurt/Main

Schutzumschlag: Erich Plöger

Gesamtherstellung: Mohndruck Graphische Betriebe GmbH, Gütersloh

ISBN 3-923120-25-7 · Printed in Germany

INHALT

VORWORT

Öffentlichkeitsarbeit für die Wissenschaft durch eine fundierte, auch von der Wissenschaft selbst als vorbildlich anerkannte Wissenschaftsberichterstattung zu leisten, ist die publizistische Aufgabe des Deutschen Forschungsdienstes, der jetzt auf eine bereits über dreißigjährige Tätigkeit zurückblicken kann. Das von ihm entwickelte Modell einer kombinierten In- und Auslandsarbeit bei der Unterrichtung der Öffentlichkeit über deutsche Forschung ist auch weltweit als einmalig und vorbildlich zugleich anerkannt.

Bis heute gelten die Pressekorrespondenzen des Deutschen Forschungsdienstes, der 1954 – in einer Zeit, in der in den Zeitungen von Wissenschaft wenig oder überhaupt nicht die Rede war – vom Stifterverband für die Deutsche Wissenschaft und von der Deutschen Forschungsgemeinschaft gemeinsam gegründet wurde, als die zuverlässigsten ihrer Art. Insgesamt werden mit den beiden Korrespondenzen »df-Berichte aus der Wissenschaft« und »df-Sonderdienst angewandte Wissenschaft« rund 200 Publikationsorgane im gesamten deutschsprachigen Raum beliefert.

Dabei sieht die Redaktion des Deutschen Forschungsdienstes, der auch heute, getragen von der Stiftung Öffentlichkeitsarbeit für die Wissenschaft e. V., in eigener redaktioneller Verantwortung eng mit den Selbstverwaltungsorganisationen der Wissenschaft und anderen, die Wissenschaft fördernden Institutionen zusammenarbeitet, nach wie vor ihre wichtigste Aufgabe vor allem darin, mittlere und kleinere Tageszeitungen, die weder über eine eigene Wissenschaftsredaktion noch über größere Mittel für eigene Autoren verfügen, mit sorgfältig recherchierten Beiträgen aus der Wissenschaft zu versorgen und ihnen so eine zuverlässige und inhaltlich ausgewogene Berichterstattung über Forschung zu ermöglichen.

Die mit finanzieller Unterstützung des Auswärtigen Amtes und von Inter Nationes erscheinenden Auslandsausgaben des Deutschen Forschungsdienstes sind in drei Sprachen in rund hundert Ländern der Erde verbreitet. Ergänzt durch zusätzliche von der Stiftung Öffentlichkeitsarbeit für die Wissenschaft e. V. initiierte Auslandsprojekte, sind sie bis heute die wichtigsten nicht fach- oder institutionsgebundenen Informationsquellen für ausländische Interessenten in Forschung, Industrie, Verwaltung und Presse über Forschung in der Bundesrepublik Deutschland.

Mit einem eigenen Dienst für die Schulen hat der Deutsche Forschungsdienst aber auch die Jugend in das Konzept seiner Informationsvermittlung einbezogen. Mit Hilfe der im Verlag Deutscher Forschungsdienst erscheinenden Bücher will er schließlich nicht zuletzt auch diejenigen erreichen, die sich bisher für Wissenschaft kaum oder gar nicht interessiert haben. Diese Bücher sollen deshalb ebenso wie die Artikeldienste dazu beitragen, Wissenschaft in verständlicher Form zu verbreiten, um auf diese Weise mehr Interesse an Forschung zu wecken.

Karl-Heinz Preuß
Herausgeber und Chefredakteur
des Deutschen Forschungsdienstes

Bonn-Bad Godesberg, im April 1986

EINFÜHRUNG

Im Oktober 1954 erschien der erste Bericht der Pressekorrespondenz »Deutscher Forschungsdienst«. Seitdem liefert der Deutsche Forschungsdienst Beiträge aus allen Bereichen von Wissenschaft und Forschung an Tageszeitungen, Rundfunkanstalten, aber auch an Fachzeitschriften im gesamten deutschsprachigen Raum. Außerdem gehen seine Auslandsausgaben in deutscher, spanischer und englischer Sprache an interessierte Institutionen, Wissenschaftler und Medien in aller Welt.

So kommt es, daß seine von Wissenschaftlern, Journalisten und anderen Autoren geschriebenen Texte, die über eine eigene Schulausgabe des Deutschen Forschungsdienstes inzwischen auch an zahlreichen Schulen verbreitet sind, nicht nur in deutschsprachigen Zeitungen von der Frankfurter Allgemeinen bis zum Landboten, sondern auch in lokalen Blättern in Indien, Lateinamerika, im Nahen Osten, in Wartezimmerzeitschriften, japanischen Deutschlektüren für die Oberstufe, französischen Schulbüchern oder in einem indischen Lehrbuch »Deutsch für Wissenschaft und Technik« erscheinen.

Die Vielzahl und Unterschiedlichkeit der Empfänger setzt Berichte voraus, die die verschiedenartigsten – manchmal sich scheinbar gegenseitig ausschließenden – Bedingungen erfüllen müssen: Jeder einzelne von ihnen muß aktuell, aber so geschrieben sein, daß er unter Umständen auch noch nach Jahren gedruckt und gelesen werden kann, die Artikel müssen für den Wissenschaftler ebenso informativ und genau wie für den Durchschnittszeitungsleser interessant, verständlich und nach Möglichkeit auch unterhaltsam sein. Dabei ergab es sich fast von selbst, daß für einen nicht unerheblichen Teil der Beiträge eine fast schon literarisch zu nennende Form entwickelt wurde: der Typ einer Art short story aus der Wissenschaft, unterhaltsam und spannend geschrieben, die man mit Vergnügen beispielsweise während einer Bahnfahrt oder vor dem Einschlafen als »Gutenachtgeschichte« lesen kann.

Dieser Geschichtentyp war es auch, der 1979 anläßlich des 25jährigen Jubiläums des Deutschen Forschungsdienstes den Anstoß für die vorliegende Sammlung von Beiträgen aus einem Vierteljahrhundert Deutscher Forschungsdienst gab. Inzwischen ist dieser »Klassiker der Geschichtenbücher« des Deutschen Forschungsdienstes mit einer Gesamtauflage von 25 000 Exemplaren der Originalausgabe eines der erfolgreichsten Geschenkbücher aus der Wissenschaft: Die Wetterlegende um Mozarts Begräbnis beispielsweise fasziniert den Leser ebenso wie die der Kalten Sophie oder die Beantwortung der Fragen, weshalb Frieda um die Sonne saust, wie der Schützenfisch die Wasserpistole erfand oder ob der Klee »mondsüchtig« ist. Beim Lesen der Beiträge wir man es kaum für möglich halten, daß viele vor zehn, fünfzehn oder mehr Jahren geschrieben wurden, so »zeitlos« sind Thematik und Darstellungsweise.

Die ungewöhnliche Frische, mit der sich diese Kurzgeschichten aus der Wissenschaft in der jetzt vorliegenden dritten Auflage dem Leser erneut präsentieren, demonstriert, daß es sich gelohnt hat, diesen Geschichtentyp in einem Lesebuch festzuhalten.

Der Erfolg dieses Buches gab zugleich den Anstoß für eine Reihe weiterer »Geschichtenbücher« des Deutschen Forschungsdienstes. Nicht zuletzt ihnen ist es zu verdanken, daß das »gute alte Lesebuch«, das vor wenigen Generationen noch in hohem Ansehen stand, mit dem Aufkommen der modernen Massenmedien jedoch zunehmend in Vergessenheit geriet, derzeit eine neue, unverhoffte Blüte erlebt.

Karl-Heinz Preuß und Rolf H. Simen

1 | *Der alte Herr und der Meteorit*

Als ein freundlicher alter Herr, der überdies noch Professor ist, nach einer längeren Reise zurückkehrte, mußten ihm nicht weniger als 6,1 Tonnen Gepäck nachgesandt werden. Es handelte sich freilich nicht um lauter vergessene Regenschirme, sondern um einen ganz beachtlichen Meteoriten. Den hatte der liebenswürdige alte Herr für »seine« Wissenschaft in Australien mit viel Charme und noch mehr Ausdauer buchstäblich erschnorrt. Paul Ramdohr, 83 Jahre alter Ordinarius der Universität Heidelberg und international bekannter Mineraloge, schaffte diese wohl einmalige Transaktion eines »Außerirdischen«.

Des Professors Prachtstück wirkt auf den unbefangenen Betrachter ungefähr so nützlich wie ein überdimensionaler gußeisener Badeschwamm und sieht auch ganz danach aus. Dessen innere Qualitäten werden aber deutlich, wenn man Paul Ramdohr voll jugendlicher Begeisterung erzählen hört. Gefunden hat er den Meteoriten auf dem Abstellplatz seines Entdeckers Mr. Wilson in Adelaide, wo er zwischen alten Autos und Schrott ein unauffälliges Dasein fristete. Wilson wußte zwar von der exklusiven Herkunft seines Fundes, doch nicht so recht, was er mit ihm anfangen sollte. Der rund 6,1 Tonnen schwere Klotz ist offensichtlich ein großes Bruchstück des 15 Tonnen schweren Mundrabilla-Meteoriten, der vor langer Zeit in der westaustralischen Nullarbor-Ebene niedergegangen ist. Auch ihm kann man recht unauffälliges »Verhalten« bescheinigen: Ein Einschlagskrater war nicht vorhanden, und der erdbedeckte Körper bildete demzufolge eine kleine Geländeerhebung, die seit eh und je als Bezugspunkt für Landvermessungen verwendet wurde. Daß sich unter ihr ein Meteorit verbarg, entdeckte man erst 1966. Die Bruchstelle dieses Teils des Mundrabilla, der heute im Museum der australischen Stadt Perth bewundert werden kann, und der von Paul Ramdohr nach Heidelberg »verschleppte« Meteorit passen zusammen.

Den Professor kostete es aber nicht nur erhebliche Überredungskünste, den Entdecker von der Notwendigkeit dieses »Exports« zu überzeugen, auch die australische Naturschutzbehörde mußte ihre Zustimmung dafür geben. Briefe und Anfragen an deutsche Behörden brachten schließlich das erfreuliche Ergebnis, daß der große Meteorit frachtfrei bis nach Hamburg reisen konnte und schließlich sicher in Heidelberg »landete«.

Grund der ganzen Aktion ist der von Paul Ramdohr angeregte und inzwischen erfolgreich angelaufene Versuch, den Meteoriten fachmännisch in Scheiben zu zersägen und auf diese Weise das Buch der Geschichte unseres Sonnensystems, das er vermutlich darstellt, Seite um Seite aufzuschlagen. Denn die kosmische Strahlung und der »Sonnenwind« genannte Teilchenstrom von unserem Zentralgestirn dringen tief in diese durch den Raum vagabundierenden Körper ein und hinterlassen dem Fachmann lesbare Spuren von dem, was vor vielen Jahrmillionen war und vielleicht anders als heute gewesen sein könnte. Wie wichtig diese Untersuchung ist, zeigen die Bedingungen für das Zersägen: Das amerikanische Smithsonian Institute in Washington, die Akademie der Wissenschaften in Moskau und das Britische Museum in London sollen jeweils eine der rund 400 Kilogramm schweren Scheiben für eigene Untersuchungen erhalten. Das »Sägemehl«, ebenfalls rund 400 Kilogramm schwer, wird im Heidelberger Max-Planck-Institut für Kernphysik verbleiben, in dem der Meteorit nicht nur zersägt wird, sondern wo man auch mit großem Erfolg

Kosmochemie betreibt. Mr. Wilson in Adelaide wird schließlich mehr als die Hälfte des von ihm entdeckten Meteoriten zurückerhalten.

Für die Abtrennung der ersten Scheibe von etwa einem Quadratmeter Fläche benötigte die Spezialbandsäge nicht weniger als 184 Stunden und verschliß dabei ungefähr dreißig rund 60 Meter lange Stahlsägebänder, die sich mit Hilfe fast diamantharten Carborundpulvers durch das eherne Material fressen. Die inzwischen abgetrennten Scheiben faszinieren: Die schwammgerüstartige Verteilungsstruktur des Eisens setzt sich auch im nicht mehr porösen Innern des Meteoriten fort. Sie ist das erstarrte Abbild eines gewaltigen, einst glutflüssigen Eisentropfens, der vermutlich aus dem Innern eines zerberstenden Planetoiden in die Kälte des Raums geschleudert wurde. Spiegelblank metallisch zeichnet sich nun dieser wundervoll verschlungene »Eisenguß« auf den Scheiben ab; er ist wie von Künstlerhand mit vielen dunkleren oder auch nur matten Einschlüssen gesprenkelt. Die Wissenschaftler nennen diese unregelmäßige Lamellenmusterung Widmannstättersche Figuren.

Für die Heidelberger Wissenschaftler steht fest, daß der Mundrabilla zur Klasse der Oktaedrite gehört und überdies einen besonders seltenen Typ dieser Klasse verkörpert. Sein Eisen enthält die üblichen 7,5 bis 8 Prozent Nickel, der Meteorit insgesamt aber ungewöhnlich viel des Troilit genannten Eisensulfids. Sein Anteil ist mit 20 bis 30 Prozent der Gesamtmasse doppelt bis dreifach so groß wie bei anderen Oktaedriten. Andere Einschlüsse bestehen aus Graphit, also Kohlenstoff. Ebenso sind Kobalt und einige Edelmetalle enthalten, doch wiederum nur etwa 60 Gramm pro Tonne Germanium, was untypisch wenig ist.

Mit ziemlicher Sicherheit stammt der Mundrabilla aus dem Ring der vielen Tausend Asteroiden, die die Sonne zwischen den Bahnen von Mars und Jupiter auf teilweise abenteuerlichen Wegen umlaufen. Vielleicht sind diese Asteroiden durch den katastrophalen Untergang eines Planeten entstanden; vielleicht ist dieser mutmaßliche Planet auch niemals »fertig« geworden. Fest steht allerdings, daß sich im Bereich des heutigen Asteroidenrings einmal eine gewaltige Katastrophe ereignet haben muß.

Obwohl jährlich rund eine Million Tonnen außerirdische Materie feinverteilt auf die Erde niederfallen dürfte, sind solche Botschafter wie der Mundrabilla nur selten zu finden. Die meisten Meteoriten sind zu klein, um die Luftbarriere der Erde durchlaufen zu können. Sie verglühen bereits in der höheren Atmosphäre als »Sternschnuppen«. Die Aufprallwucht der ganz Großen ist wiederum so ungeheuerlich, daß sie gar völlig verdampfen. So schlug beispielsweise vor 14,6 Millionen Jahren ein Meteorit von etwa einem Kilometer Durchmesser den mehr als zwanzig Kilometer großen Krater des Nördlinger Rieses in die Schwäbische Alb; ein »Trabant« dieses Geschosses warf das in der Nachbarschaft liegende Steinheimer Becken mit etwa 2,5 Kilometer Durchmesser auf. Im Ries wurden bei diesem Aufschlag mehr als fünf Kubikkilometer Erde und Gestein verdampft, verglastes Gestein wurde bis in die Gegend von Prag geschleudert. Vom Meteoriten selbst ist nichts mehr zu finden.

Rolf H. Simen

2 *Wie der Schützenfisch die »Wasserpistole« erfand*

Etliche Millionen Jahre bevor der Mensch sich rühmen konnte, die Wasserpistole erfunden zu haben, war dieses Instrument schon bei den Schützenfischen bekannt. Der Schützenfisch (Toxotes jaculator), der in den Mangrovensümpfen Südostasiens beheimatet ist, trägt seinen Namen sehr zu Recht, denn mit Hilfe seiner »Wasserpistole« kann er die Beute abschießen. Sobald der Fisch ein Insekt oder eine Spinne entdeckt hat, die sich auf einem über der Wasseroberfläche befindlichen Zweig niedergelassen hat, schwimmt er langsam bis dicht unter die Wasseroberfläche, jedoch so, daß er nicht über sie hinausragt, verharrt einen Augenblick, um zu visieren, und schießt dann mit einem kräftigen Wasserstrahl genau in einem Winkel von 45 Grad auf seine Beute, die erschrocken herunterfällt und dann geschnappt wird. Die Treffsicherheit ist recht groß, selbst dann, wenn das Insekt einen Meter oder mehr über der Wasseroberfläche sitzt.

Da der Schützenfisch sich keineswegs nur auf diese Weise, sondern auch durchaus wie »gewöhnliche« Fische ernähren kann, haben sich die »Ichthyologen«, die Fischexperten, immer wieder gefragt, wie es denn überhaupt zur Ausbildung einer derartig komplizierten Handlungskette kommen konnte. War dem Schützenfisch diese merkwürdige Erfindung von vornherein mit in die Wiege gegeben worden oder hat er sie eines Tages selbst gemacht?

Eine neue und ganz unerwartete Beobachtung könnte vielleicht zur Klärung beitragen: Jörg Vierke, der im Bonner Zoologischen Forschungsinstitut und Museum Alexander Koenig einen Zwergfadenfisch (Colisa lalia) hielt, beobachtete eines Tages, daß auch dieser Fisch versuchte, durch gezieltes Spucken Beute zu machen. Da man einen solchen Beutefang bisher von dieser Art noch nicht kannte, hat er das Verhalten genauer studiert.

Im Gegensatz zum Schützenfisch, dessen Spucken man am besten mit dem Strahl einer Wasserpistole vergleichen kann, ist das Spucken des Zwergfadenfisches mehr ein Trommelfeuer zahlreicher »Einzelspucker«. Auch fehlt es ihm vorerst noch an Übung, da er sein Objekt häufig verfehlte. »Hätte er sich nur von seinen Spuckerfolgen ernähren müssen«, so schreibt Vierke in den »Bonner zoologischen Beiträgen«, »wäre er sicher bald verhungert. Aber dieser ›Nebenerwerb‹ muß für den Fisch doch eine gewisse

Effektivität gehabt haben, sonst hätte er ihn sicher schnell wieder aufgegeben.« Die relativ geringe Treffsicherheit des Zwergfadenfisches erklärt Vierke unter anderem auch damit, daß er – im Gegensatz zum Schützenfisch – noch keinen festen »Spuckwinkel« benutzt, also in jedem einzelnen Falle die andersartige Parallaxe (unter der man den unterschiedlichen Lichtbrechungsindex in Wasser und Luft versteht) hätte »berechnen« müssen, wozu er offensichtlich nicht in der Lage war.

Wie mag der Zwergfadenfisch »auf den Gedanken gekommen« sein, seine Beute durch Spucken zu fangen? Nach Vierke ist es immerhin bemerkenswert, daß in den seltenen Fällen, in denen auch andere Arten als die Schützenfische sich dieser Jagdmethode bedienen, es sich stets um Labyrinthfische handelt. Diesen ist gemeinsam, daß sie an der Wasseroberfläche Schaumnester bauen, wobei die Männchen sich gewissermaßen einer Art von »Unterwasserschießen« bedienen, um Pflanzenteile, die später im Nest verbaut werden sollen, in das Nest zu spucken. Man könnte sich vorstellen, daß dieses Spucken auch hie und da daneben gegangen ist und vielleicht Insekten aufscheuchte oder zu Fall brachte. Jedenfalls scheinen die Fische »Spaß« daran bekommen und sich dann in dieser neuen »Sportart« geübt zu haben.

Karl-Heinz Lüling, der »Haus-Ichthyologe« des Bonner Museums, wertet das Spucken des Zwergfadenfisches jedenfalls als eine Art von Selbstdressur und meint: »Theoretisch wäre es durchaus denkbar, daß die Befähigung zum Spucken unter extremen Umweltbedingungen positiven Auslesewert im Kampf ums Dasein gewinnt und nicht mehr nur ›Nebenerwerbszweck‹ ist.« Unter solchen Bedingungen könnte sich das Spucken also durchaus auch beim Zwergfadenfisch einbürgern. Vielleicht haben ganz ähnliche Selbstdressuren beim Schützenfisch schon vor Jahrmillionen stattgefunden und schließlich zu der heute beobachteten Vollendung geführt. *Dr. Hans-J. Wasserburger*

3 | *Nur das Lächeln ist rein menschlich*

Wer von Freunden oder Bekannten zu Gast gebeten wird, wird es bestimmt nicht versäumen, der Dame des Hauses bei seinem Eintritt einen Blumenstrauß oder eine Bonbonniere zu überreichen, und auch der junge Mann wird seiner Freundin bei jeder Verabredung ein kleines Geschenk mitbringen. Solcherlei Gesten halten wir für ausgesuchte Höflichkeiten unserer Zivilisation – und ahnen dabei kaum, daß es in Wahrheit nur ritualisierte Gesten zur Beschwichtigung des Aggressionstriebes sind, die im Tierreich durchaus ihre Vorläufer und Parallelen haben. Lange nämlich bevor der Mensch als »Krone der Schöpfung« begann, sich diese Welt untertan zu machen, hatten die Tiere solche Riten »erfunden«. Zuneigung und Aggression oder – menschlicher ausgedrückt – Liebe und Haß sind im Laufe der Evolution des Organismenreiches entwickelt worden und heute durch stammesgeschichtliche Anpassung in uns vorprogrammiert. Sie bilden weitgehend die vorgezeichneten Normen unseres ethischen Verhaltens, wie Dr. Irenäus Eibl-Eibesfeldt, Mitarbeiter am Max-Planck-Institut für Verhaltensphysiologie in Seewiesen, in seinem Buch mit dem Titel »Liebe und Haß« (Piper-Verlag, München) an zahlreichen Beispielen zu veranschaulichen versucht.

Vergleicht man beispielsweise die bei den einzelnen Völkern üblichen Begrüßungsriten – die im Grunde genommen auch nur der Beschwichtigung der Aggression dienen –, so ist man erstaunt, wie sie sich trotz mancherlei kultureller Abwandlungen in wesentlichen Grundzügen gleichen, und das kann wohl kaum ein Zufall sein. So ist die Verbeugung, eine ritualisierte Form des Sich-klein-machens und damit der Unterwürfigkeit, auf der ganzen Welt verbreitet, vielfach allerdings nur noch in Form eines Kopfnickens; man findet dieses Nicken als Bestandteil des Grußes in Paris oder New York ebenso wie bei den noch in der Steinzeit lebenden Papuas auf Neuguinea, bei den Waika-Indianern am oberen Orinoko, bei den Balinesen oder den Japanern. Die Verbeugung beziehungsweise die Andeutung davon, das Kopfnicken, vor dem Ranghöheren ist auch in der Tierwelt weit verbreitet; selbst die Umarmung oder der Kuß als intimere Formen der Begrüßung, die wir als typisch menschlich zu werten geneigt sind, finden sich bereits im Begrüßungszeremoniell einiger Primaten.

Wenn man im Begrüßungsritual des Menschen überhaupt eine typisch menschliche Geste finden wollte, so wäre dies vielleicht das Lächeln, das im Tierreich vollkommen fehlt und über dessen stammesgeschichtliche Herkunft sich die Forscher noch streiten. Dennoch ist auch diese Verhaltensweise uns sicherlich angeboren, denn anders wäre ihre weltweite Verbreitung gar nicht zu erklären und auch nicht die Tatsache, daß selbst blindgeborene Kinder lächeln. Ein Gruß ohne Lächeln, das Eibl-Eibesfeldt als »unser wichtigstes freundliches Signal« bezeichnet, wäre ebenso undenkbar wie ein Gruß ohne Kopfnicken. Das Lächeln wird darüber hinaus auch zur ersten Kontaktaufnahme zwischen einander vollkommen fremden Menschen benutzt und verstanden. Es ist sogar schon glaubhaft berichtet worden, daß Soldaten die Gewehrkugel im Lauf steckengeblieben sei, weil ihr Gegner unerwartet gelächelt hatte. »Wer lacht, schießt nicht«, hat der Verhaltensforscher Konrad Lorenz einmal gesagt, und ein Lächeln hat stets etwas Entwaffnendes an sich.

Da es so vielerlei Beschwichtigungsgesten bedarf, um den Aggressionstrieb im Zaum zu halten, drängt sich leicht die Frage auf, ob denn die Welt ohne diesen Trieb nicht viel friedlicher und glücklicher wäre und ob nicht vielleicht er die eigentliche Wurzel allen Übels sei. Das zu glauben wäre jedoch ein gefährlicher Trugschluß, denn die Aggression ist zur Erhaltung der Art wie auch des Individuums von gleich großer Bedeutung. Ohne den Aggressionstrieb wären die Behauptung eines angemessenen Lebensraumes, die Aufzucht der Nachkommenschaft und vielerlei andere Dinge gar nicht möglich. Darüber hinaus ist der Aggressionstrieb die Voraussetzung zur Knüpfung individueller Bande zwischen den Angehörigen einer Gruppe. Sogar das persönliche Band der Liebe entstand zumindest in vielen Fällen erst aus der (innerartlichen) Aggression. Damit wird es dann verständlich, daß bei vielen Tieren – und auch beim Menschen – Verhaltensweisen des Drohens zu Bestandteilen von Begrüßungsriten geworden sind. Der Gruß ist nicht nur symbolisierte Unterwürfigkeit, er ist auch Drohung.

Dr. Hans-J. Wasserburger

4 | *Die alten Ägypter waren Snobs*

»Es schreiben die Griechen von links nach rechts, die Ägypter aber von rechts nach links, und dabei meinen sie, sie machten es richtig und die Griechen falsch.« Diese ironische Bemerkung des weltoffenen Griechen Herodot, des »Vaters der Historie«, bezeichnet einen Wesenszug der alten Ägypter.

Alle fremden Länder waren für die Ägypter prinzipiell »übel«, schreibt Professor Hans Wolfgang Helck, Universität Hamburg, in der Zeitschrift »Saeculum«. Sie reisten ins »üble Syrien«, ins »üble Nubien« und Griechenland war auch »übel«. Nur in Ägypten herrschte die rechte Ordnung, die rechte Sitte, galten die rechten Gesetze. Außerhalb

Ägyptens war das Chaos. Bei ihnen seien schon in 345 Generationen gebildete Menschen aufeinander gefolgt, sagten die ägyptischen Priester im Tempel von Medinet Habu zu Herodot, und zeigten ihm hölzerne Bildwerke, die auch damals schon antik waren.

Der Grieche übersetzte den Begriff »gebildet« mit »schön und gut«, der Bezeichnung des griechischen Menschenideals. Für den Ägypter war das Kennzeichen der Bildung die disziplinierte Mäßigung. Man trug keinen Bart, das war zu »chaotisch«, man trug keine »lauten« Farben, die Frauen wollte man »dezent«. Schon in frühester Zeit waren Menschenopfer und ekstatische Tänze aufgegeben worden. Jeder Ägypter, ob Mann oder Frau, König oder Höriger, bewegte sich mit gemessener Anmut. An diesem Maßstab gemessen forderten die benachbarten Völker leicht zum Spott heraus. Die Libyer und Nubier (nach Abstammung, Aussehen und Kleidung den Ägyptern gleich) galten allein wegen ihrer »chaotischen« Vollbärte als unmöglich.

Heiterkeit erregten die Fürstin von Punt wegen ihrer Dikke, die Pygmäen aus dem innersten Afrika wegen ihrer »Verrenkungen«. Auch die aufgeregten Gebärden der Asiaten amüsierten die Ägypter. Ein Text aus der Zeit des Tutenchamun berichtet, daß die Asiaten und Libyer sich »siebenmal auf Bauch und Rücken warfen«, als sie über den Dolmetscher den Befehl des Königs hörten, und man glaubt zu spüren, wie komisch das die Bewohner des Niltals fanden.

Dieser ägyptische »Snobismus« mag zum Teil berechtigtes Selbstbewußtsein gewesen sein, zum anderen Teil war er schlicht und einfach überhebliche Beschränktheit. Nach ägyptischer Meinung hatte jeder Mensch grundsätzlich wie ein Ägypter auszusehen. An den Kretern karikierten sie die dünne Taille und die langen schwarzen Locken, an den Hethitern die fliehende Stirn und die schwammigen Gesichtszüge, an den Semiten die gebogene Nase. Einer ägyptischen Prinzessin war nicht zuzumuten, an einen fremden Königshof zu heiraten. Der hochangesehene König Salomo war der erste, von dem wir wissen, daß er eine Ägypterin zur Frau gewann.

Als einmal eine kinderlos verwitwete ägyptische Königin gezwungen war, den hethitischen König um die Hand eines seiner Söhne zu bitten (die Witwe Tutenchamuns den Suppiluliuma), konnte es der ägyptische Gesandte nicht unterlassen, diese Bitte als eine Schande für Ägypten zu bezeichnen. Man kann sich vorstellen, welch eine Position ausländische Prinzessinnen am ägyptischen Hof einnahmen.

Bei allem Dünkel konnten die Ägypter jedoch auf Kontakte und Beziehungen zum Ausland nicht verzichten. Außer der Begehrlichkeit nach fremden Konsumgütern trieb sie auch ihre ständig wachsame und lauernde Neugierde. Zum Spaß und zum Amüsement ließ man sich Bären aus Syrien, Giraffen sowie Affen aus Nubien kommen und hörte asiatische und nubische Musik. Fremde Götter und Mythen drangen ein, und Fremdwörter waren eine Zeitlang geradezu Dernier cri.

Mit der geographischen Horizonterweiterung kam im Neuen Reich (2. Hälfte des 2. Jahrtausends v. Chr.) eine Periode relativer Toleranz und Großzügigkeit. Man sah es als Zeichen göttlicher Ordnung an, daß die Syrer, die keinen Nil hatten, wenigstens einen »Ersatznil am Himmel« hatten (gemeint ist der Regen, den es in Ägypten kaum gibt) und daß die Gottheit Sprache, Wesen und Haut der Völker verschieden gemacht hatte, um sie unterscheiden zu können. Ein Maximum von Vorurteilslosigkeit ist ein Bericht über die Hochzeit Ramses II. mit einer hethitischen Prinzessin. Die Ägypter aßen und tranken mit den Kriegern von Hatti »und waren eines Herzens wie Brüder«, »denn diese waren ja Helden wie die Truppen Ramses II.«. Gerade das gemeinsame Essen und Trinken wäre früher nicht möglich gewesen.

Als im ersten Jahrtausend v. Chr. Ägypten zeitweise unter assyrischer und persischer Fremdherrschaft stand, kamen mit Trotz und Haß die alten Ressentiments wieder auf. Man verschloß sich vor den Fremden und kapselte sich starr und hochmütig ab. Die ägyptischen Städte, deren jede einen anderen Kult pflegte, haßten und verachteten einander. Auf die weltbürgerlich eingestellten Römer wirkte diese ägyptische Haltung geradezu abnorm. Andererseits bewahrten sich die Ägypter so auch ihre eigenständige Kultur weit über die Zeit der politischen Blüte hinaus.

Gerda von Petrikovits

5 | *Was Fußball so faszinierend macht*

Was Fußball so faszinierend macht, daß bei Fernsehübertragungen entscheidender Spiele die Straßen der Städte menschenleer werden, bestimmte Spielergebnisse mancherorts in spontane Volksfeste einmünden, es in Stadien angesichts mißlungener Spielzüge oder fragwürdiger Schiedsrichterentscheide zu tumultartigen Szenen kommen kann, hat die Wissenschaft lange Zeit ungerührt gelassen. Erst nachdem der Fußball, durch internationale Erfolge und Fernsehen gleichermaßen, »salonfähig« geworden war, interessierten sich Psychologen und Soziologen für die möglichen Ursachen dieses Phänomens.

Man begann auch, sich ernsthafte Versuche über seine Deutung zu leisten. Nach Professor Gerd Hortleder, Universität Frankfurt, der sich in mehreren soziologischen Analysen mit dieser Sportart befaßt hat, fasziniert ein Fußballspiel, weil seine Regeln klar sind und das Spiel für jeden überschaubar ist. Es vermittelt eine Transparenz, die weder in der Arbeitswelt noch im politischen Leben auch nur annähernd erreicht wird.

Die Klarheit des Spielgeschehens und die Einfachheit, es zu kommentieren, versetzen Millionen von Zuschauern in die Lage, sich als »Experten« zu fühlen. Dieses Expertenwissen wiederum ist die Voraussetzung zur Verständigung zwischen Menschen verschiedener sozialer Schichten. Darüber hinaus ermöglicht der Fußballsport die Vereinigung von einzelnen auf Zeit zur Masse und die Verständigung zwischen eben dieser »Masse« und den Spielern. Denn ein »richtiges« Fußballspiel wäre ohne Kommunikation zwischen den Spielern auf dem Rasen und den Massen auf den Rängen überhaupt nicht denkbar. Peter Handke schrieb dazu einmal: »Wer könnte im Theater einen Hamlet zum Handeln anfeuern?«

Der professionelle Fußball ist eben weit mehr als »nur« das Spiel von 25 Akteuren auf dem Rasen, weit mehr auch als ein nüchternes Geschäft und etwas anderes als eine bloße Show. Er ist, so Hortleder, dies alles zusammen und gleichzeitig mehr. Ein Fußballspiel ist ein Ritus, dessen Regeln vorgegeben und verteilt sind und zuweilen auch während des Spiels getauscht werden. Die Spieler auf dem Rasen sind dabei ebenso Bestandteile dieses Ritus wie die Zuschauer. Auf den Tribünen wird das Opfer gewählt, und sie haben Einfluß auf die Wahl des Helden. Die Suche nach dem Opfer spielt im Fußballstadion im übrigen eine größere Rolle als die nach dem Helden. Nicht in jedem Spiel gibt es einen Helden, dagegen verläuft ein Fußballspiel selten so, daß sich nicht ein Opfer finden ließe. Bietet sich ausnahmsweise unter den Spielern kein geeignetes Subjekt an, dann bleibt immer noch der Schiedsrichter.

Alles in allem zeigt ein Fußballspiel – versteht man es als Gesamtveranstaltung eines Nachmittags – auch »Elemente legitimierter Raserei«. Es ist ein »offiziell zugelassenes, durch Regeln kanalisiertes Sich-Austoben«. Die Entscheidung des zunächst neutralen Zuschauers für eine der beiden Mannschaften zeigt, daß er sich der geregelten Raserei aller unterwirft. Ihr gegenüber tritt das Ergebnis eines Spiels ein wenig in den Hintergrund. Die erzielten Tore, die verhängten Elfmeter, die durch Verletzung ausgeschiedenen Spieler, sind Stationen der Eskalation. Am Ende stehen die beiden folgenden Pole: die Forderung nach dem Abbruch in einem schlechten Spiel – die Zuschauer versuchen die Regeln zu sprengen in der berechtigten Annahme, auch die Akteure auf dem Rasen hätten sie nicht eingehalten – oder das Lied »So ein Tag, so wunderschön wie heute.«

Dr. Renate I. Mreschar

6 | *Schmetterling mit »zweitem Gesicht«*

Mitunter haben unfreiwillige Aufenthalte, wie sie sich bei Forschungsreisen leider oftmals ergeben, auch ihre guten Seiten; das konnte vor einiger Zeit Dr. Eberhard Curio vom Zoologischen Institut der Universität Tübingen erfahren, als er bei der von der Deutschen Forschungsgemeinschaft geförderten Galapagos-Expedition in Guayaquil wochenlang auf das Eintreffen seines Schiffes warten mußte. Er nutzte die erzwungene Wartezeit zu einer interessanten Beobachtung, die – obschon sie nur am Rande seiner Arbeiten lag – vielleicht doch neue Einblicke in die Verhaltensforschung geben könnte.

Durch Zufall entdeckte Dr. Curio auf einem Gebüsch einen Schmetterling aus der Gattung der Zipfelfalter, die von Mexiko bis Bolivien weit verbreitet und also keineswegs eine Besonderheit ist. Was diese Art jedoch von den meisten anderen Schmetterlingen unterscheidet, das ist ihr »zweites Gesicht«, genauer gesagt: die Imitation eines zweiten Kopfes am Hinterleibsende. Diese Imitation ist so verblüffend, daß man nur bei genauerem Hinsehen feststellen kann, wo bei diesem Schmetterling nun in Wahrheit vorne und wo hinten ist.

Die Hinterflügel sind zu Fäden mit endständiger Verbreiterung ausgezogen, die einen runden, weißen Fleck tragen und dadurch zwei Antennen vortäuschen. Dieser Eindruck wird noch dadurch verstärkt, daß die Hinterflügel am Grunde dieser Pseudo-Antennen aus ihrer Ebene herausgebogen und leicht gerundet sind und auf den menschlichen Beschauer wie ein Kopf mit großen Facettenaugen, auf denen sogar Glanzlichter zu spielen scheinen, wirken.

Es ist anzunehmen, daß auch viele Tiere, vor allem die natürlichen Feinde dieses Schmetterlings, durch diesen »falschen Kopf« getäuscht werden. Der Frage, ob dem tatsächlich so sei, und ob eventuell auch der Falter selbst um sein »zweites Gesicht weiß« und sein Verhalten daraufhin einstellt, ist Dr. Curio in mehrwöchigen Beobachtungen nachgegangen, über deren Ergebnisse er in der Zeitschrift »Natur und Museum« berichtet hat.

Um das Ergebnis gleich vorwegzunehmen: Der Zipfelfalter »weiß« offenbar wirklich, daß er am Hinterende einen falschen Kopf trägt und richtet – wenigstens teilweise – sein Verhalten darauf ein. Scheucht man nämlich einen Falter auf, so fliegt er nur wenige Meter weiter, um sich auf ein anderes Blatt niederzusetzen. Dabei führt er jedoch ein geradezu verblüffendes Manöver aus: Im Augenblick des Landens schwingt er derart um seine Körperachse, daß sein Hinterende in die vorherige Flugrichtung weist, ein Manöver, das sonst bei keiner anderen Schmetterlingsart beobachtet worden ist. Unmittelbar nach dem Landen machen dann die falschen Antennen lebhafte Auf- und Abbewegungen, was dadurch vorgetäuscht wird, daß der Falter seine Hinterflügel gegeneinander bewegt.

Ein in der Nähe sitzender Feind »muß« also durch solches Tun getäuscht werden. Will er sich dann auf den Falter stürzen, um ihn zu fangen, und zielt dabei unter leichter »Vorgabe« auf seinen Kopf – ähnlich wie wir es beim Fangen einer Fliege ja auch tun – so hat er das Nachsehen und verfehlt sein Ziel: Der Zipfelfalter fliegt, scheinbar nach rückwärts, auf und davon. Zahlreiche gefangene Falter dieser Art, deren Hinterende mehr oder weniger stark lädiert war, bewiesen, daß ihr »zweites Gesicht« ihnen das Leben gerettet hatte.

Entwicklungsgeschichtlich wirft eine solche Beobachtung naturgemäß gleich eine Fülle von Fragen auf: Wann trat, einer Laune der Natur folgend, der erste Zipfelfalter mit einem »zweiten Gesicht« auf? Wann »merkte« dieses Tier seine körperliche Besonderheit und wann und wie stellte es sein Verhalten darauf ein? Fragen über Fragen, die sich vielleicht niemals befriedigend beantworten lassen.

Dr. Hans-J. Wasserburger

7 | *Ein Meer aus einem Reißverschluß der Erde*

Paradoxerweise hat sich die größte deutsche Land-Expedition der Nachkriegszeit zu einem erheblichen Teil über Meeresboden bewegt. Ihre 45 Teilnehmer erkundeten ihn mit 25 Geländewagen buchstäblich trockenen Fußes: im sengend heißen Wüstenland des äthiopischen Afar-Dreiecks, auf das der Golf von Aden, das Rote Meer und die Bruchzone des Ostafrikanischen Grabens wie die Strahlen eines fast regelmäßigen dreizackigen Sterns zulaufen. In diesem Sternpunkt Afar spielt sich ein faszinierender Vorgang ab. Hier reißt die Erdkruste ganz allmählich zu einem tiefen Grabenbruch auseinander, dessen nördlicher Untergrund sich in geologischem Sinne bereits ozeanisiert und der in einigen Millionen Jahren wohl auch tatsächlich der Grund eines neu entstandenen Meeres sein dürfte.

Das Faszinierende an den geologischen Vorgängen im Afargebiet wird noch plastischer, wenn man sich daran erinnert, daß Kontinente und Meeresböden im Größenvergleich mit dem glutflüssigen Innern des Erdballs eigentlich nichts anderes als eine äußerst dünne »Eischale« sind, die überdies in zahlreiche Splitterstücke zerbrochen ist. Die Kräfte des Erdinnern verschieben diese Stücke wie die Schollen des Treibeises mit Geschwindigkeiten von einigen Metern pro Jahrhundert gegeneinander, wobei ein Teil von ihnen allmählich in die Tiefe gedrückt und eingeschmolzen wird, sich andererseits aber auch ständig neues Krustenmaterial bildet.

Diese Neubildung vollzieht sich überall in den Scheitelgräben der untermeerischen Gebirge wie etwa in jenen des Mittelatlantischen Rückens, die zugleich »Aufreißkanten« der ozeanischen Schollen der Erdkruste sind. Hier quillt in fast ständigen vulkanischen Ausbrüchen glutflüssiges Magma aus der Tiefe auf und bildet gleichsam am Fließband neue ozeanische Kruste. Deshalb treiben von solchen Stellen aus auch die Schollen auseinander, bis sie unter einem Kontinentrand meist wieder in die Tiefe hinabgedrückt und wieder eingeschmolzen werden.

Die Kontinente treiben dabei mit, was man beispielsweise dann im Gedankenexperiment über rund zweihundert Millionen Jahre zurückverfolgen kann, wenn man im Atlas die Konturen von Afrika und Südamerika über den Atlantik hinweg passgenau zusammenschiebt. Auch Arabien würde in einem solchen »Puzzle« sehr gut in den L-förmigen Ausschnitt am afrikanischen Kontinent passen, den das junge Rote Meer und der junge Golf von Aden aufgerissen haben. Daß diese Bewegung noch ungebrochen weitergeht und überhaupt die Kontinente auch heute noch »wandern«, zeigt sich ganz besonders eindrucksvoll im Dreieck von Afar, in dem sich die Erdkruste wie ein Reißverschluß in Richtung auf den Ostafrikanischen Graben hin weiter öffnet und Platz für einen Ozean schafft, der einmal das Rote Meer nach Süden verlängern wird.

Dabei ergibt sich – genau wie im Bereich der mittelozeanischen Rücken oder »Rifts« – eine Neubildung von Erdoberfläche, wie sie normalerweise nur unter den Meeren entsteht. Denn die Meeresböden sind mit fünf bis sieben Kilometer »Krustendicke« nicht nur erheblich dünner als die meist an die 40 Kilometer starken Kontinent-Schollen, sie unterscheiden sich auch wesentlich von diesen durch ihre Zusammensetzung aus »frischen«, magmatischen Tiefengesteinen. Entsprechend kann man im Afar-Dreieck einen einmaligen Einblick in die Geheimnisse der ozeanischen »Erdkrustenfabrik« von Mutter Erde tun.

Nach den Forschungsergebnissen der deutschen Expedition, die Teil des von der Deutschen Forschungsgemeinschaft geförderten Schwerpunktprogramms »Unternehmen Erdmantel« war, haben im Afar-Dreieck vor rund 23 Millionen Jahren gewaltige Kräfte damit begonnen, die Nordregion ganz langsam in Ost-West-Richtung auseinanderzuzerren und etwa 13 Millionen Jahre später auch die Südregion erfaßt. Heute bewegt sich die Nordafar mit etwa einem Zentimeter pro Jahr auseinander, der Süden mit etwas weniger als einem halben Zentimeter. Die Gesamtausweitung der Afar dürfte in den letzten drei Millionen Jahren entsprechend an die zehn bis fünfzehn Kilometer senkrecht zu ihrer Nord-Süd-Erstreckung betragen haben. Zugleich hat sich der Danakil-Gebirgshorst in der Nordafar im Gegenuhrzeigersinn gedreht und ist seit 23 Millionen Jahren überdies um rund 40 Kilometer nach Osten verschoben worden.

Bei diesem Aufreißen wurden die Grabenschultern in vielen hundert Einzelprozessen aufgekippt, während die eigentliche Grabenzone immer weiter absank. Heute beträgt die Gesamteinsenkung rund vier Kilometer, und ein Teil des nördlichen Afar-Tieflandes, das heute zum Teil sogar über hundert Meter unter Meeresniveau liegt, war sogar schon einmal Ozean, wovon bis zu 2000 Meter dicke Salzablagerungen künden. Verbunden waren diese Wandlungen mit zahlreichen Vulkanausbrüchen in Vergangenheit und Gegenwart, wobei es Höhepunkte der Aktivität vor zwei bis drei Millionen Jahren gab, als sich die Grabenbildung als »rift in rift« -Struktur im mittleren Teil des Gesamtgrabens ausprägte.

Daran liegt es auch, daß nun die Erdkruste in der Nord-Afar nur noch etwa 16 Kilometer dick ist und im wesentlichen aus Material bestehen dürfte, wie es für die ozeanischen Schollen der Erdkruste typisch ist. Der von Anfang an treibende Motor dieser Vorgänge liegt im glutflüssigen Innern des Erdmantels. Aus Tiefen von 100 bis 150 Kilometer steigen hier langsam gewaltige Mengen verhältnismäßig leichten und zähflüssigen Magmas auf, die sich pilzartig im Untergrund ausbreiten, die oberen Schichten wegschieben und so, mit Absenkungsprozessen verbunden, einen neuen, ozeanisierten Graben schaffen werden. Deshalb läßt sich hier in einer für uns Menschen fast unendlich gedehnten geologischen Zeitlupe die Geburt eines neuen Ozeans mitverfolgen.

Rolf H. Simen

8 | *Händchenhalten im Traumland der Liebe*

Nicht der Musik, sondern des Textes wegen, wurde einmal behauptet, werden Schlagertitel gekauft, in Hitparaden gewünscht oder in Musikautomaten gespielt. Tatsächlich gibt es unter den erfolgreichen Schlagern kaum reine Instrumentalstücke. Gültig ist hier offensichtlich der bekannte Satz, daß erst der Text die Musik macht, also Schlagern eine »unterschwellige« Bedeutung gibt. Daß diese Bedeutung freilich banal und ihre innere Logik in der Regel absurd ist, stört weniger, wirkt eher verkaufsfördernd. Je mehr offenbar Texte, zugespitzt vor allem auf die Refrains und Titelzeilen, Trivialwahrheiten und Vorurteile, »gediegene« Weisheiten und platte Lebensregeln verkünden und sie in den Strophen dann durch weitere Allgemeinplätze »erklären«, um so eingängiger und erfolgreicher sind diese Schlager. Ihre Vagheit macht sie jedermann verfügbar – als Trost, Ansporn oder Ja-so-ist-es-Erlebnis.

»Nicht jedes Girl wird ein Star«, »Die Welt ist kugelrund« und »Alle Männer sind nicht so wie Du« sind dafür ebenso Beispiele wie die Plattheiten, daß ein Zimmermann wandern und ein Italiener singen muß, während ein Zigeuner ohne Geige immer unglücklich ist. Selbst simpelste Allerweltswahrheiten wie »Jeden Montag fängt die Woche an und am Sonntag, da hört sie wieder auf«, werden von Schlagertextern zum Erfolg geführt.

Praktisch nie wird die Gegenwart besungen, wie eine Untersuchung von rund tausend deutschen Schlagern aus fast zwanzig Jahren von Dr. Burkhard Busse (unveröffentlichte Dissertation an der Universität Bochum) zeigt, sondern entweder die Vergangenheit, die man freilich nicht mehr zurückholen könne, oder aber die Zukunft, die aber als sehr ferne, ja zumeist unerreichbar dargestellt wird. So befindet sich auch das Geschehen in keinem Verhältnis zur Wirklichkeit, auch die Liebe nicht, die im übrigen neben »Welt« das am meisten verwendete Wort der untersuchten Schlagertexte war. Liebe ist sogar in dieser Welt gar nicht möglich, zu ihrer Verwirklichung muß man erst, und die meisten Texte sprechen dies auch noch deutlich aus, in ein Traum- oder Märchenland fahren, wo es erstaunlicherweise aber auch die »grüne Au« gibt, die einem aus der Heimat so lieb geworden ist.

Warum man den anderen liebt, verschweigt der Schlager, er stellt einfach fest, daß es ein Wunder sei. Wie sehr die Liebe im unwirklichen Bereich angesiedelt ist, zeigt sich auch darin, daß der körperliche Kontakt in der Regel auf ein Händehalten beschränkt bleibt. So haben denn auch Frauen im Schlager zwei Hände, auch Haare und Beine, aber seltsamerweise fast nie einen Busen. Die »platonische Form« von Liebe ist vorherrschend, bei der die Augen vorwiegend dazu benutzt werden, dem anderen ins Herz zu sehen. Der Mund ist im Schlager in erster Linie ein Sprachorgan, das »I love you« sagt, und nur ganz selten auch zum Küssen gebraucht wird. Im Schlager, so resümiert Busse, »reduziert sich das Liebesspiel auf Formen der Galanterie eines zackigen Kavaliers alter Schule oder eines spröden Tanzschulkurses«.

Auch glücklich kann man laut Schlageraussage offensichtlich nur in Träumen sein, und so wird denn auch materieller Besitz oder auch nur der Gedanke daran als hemmend für die Möglichkeit, Glück zu erfahren, hingestellt. Wenn das Glück einem aber doch einmal begegne, so solle man es festhalten und nicht achtlos an ihm vorübergehen. Nur, woran man es erkennt und wie es beschaffen ist, wird dem Schlagerhörer nicht gesagt. Romantik ist nach Schlagerweisheit erstaunlicherweise ausschließlich in sternenklaren Nächten möglich und der Weg zweier Liebender zueinander führt ebenfalls in der Regel über zwei Sterne. Frühlingsdüfte beschleunigen diesen Vorgang.

Nur äußerst selten geht der Schlager auch auf die negativen Seiten des Lebens ein. Tut er es doch, dann mit der Behauptung, daß sowas nicht sein darf. Ein Traum oder ein Liebesbrief genügt in solchen Fällen meist, um Glück und Liebe rasch wieder herzustellen. In vielen Fällen bietet sich aber der Schlager auch selbst als Glücksbringer oder Stimmungsmacher an oder auch als Mittel, Trübsal wegzusingen und Einsamkeit vergessen zu lassen. Er verspricht, das Paradies, das er in die Ferne gelegt hat, selbst zu sein oder wieder dorthin entführen zu können. Alles soll sein »wie im Roman«. Freilich: Am Ende des Textes entläßt der Schlager den Hörer wieder in die Realität, mit dem letzten Plattenton verlischt der glückliche Zustand, den offensichtlich erst eine neue Schallplatte wieder herbeizuführen vermag. Mit seinen Texten, so glaubt nämlich Busse, betreibt der Schlager eine wirksame Eigenreklame, indem er durch sie beständig den Bedarf nach sich selbst weckt.

Dr. Renate I. Mreschar

9 *Ein lauer Wind macht noch keinen Frühling*

Die Spatzen scheinen es von den Dächern zu pfeifen: Frühling, Frühling allerorten. Doch wie eine Schwalbe noch keinen Sommer macht, macht auch ein balzender Amselhahn noch keinen Frühling. Nicht nur der Blick auf den Kalender belehrt eines Besseren: Besonders milden Wintern, so zeigt die Erfahrung der Meteorologen, ist meist ein »eisiges Ende« beschieden. Sibirische Kälte folgt dann den lauen Winterwinden. Und wären die ersten balzenden oder sogar schon Nester bauenden Amseln nicht die Ausnahme, sondern die Regel, hätte ein solcher Wetterumschlag für die Vogelwelt möglicherweise geradezu katastrophale Folgen.

Doch nicht die Wärme, sondern die Tageslänge bestimmt normalerweise das Brutverhalten der Vögel. Daß jedoch auch die Temperatur eine gewisse Rolle spielen kann, wird von den Ornithologen freilich nicht bestritten. So beobachteten sie zum Beispiel bei Kohlmeisen, daß diese bei warmer Witterung früher mit dem »Brutgeschäft« beginnen. Gelegentlich genügt sogar »ein einziger warmer Tag«, um den Nestbaubetrieb auszulösen. Wenn dann eine Kälteperiode folgt, wird der Nestbau zwar nicht unterbrochen, aber doch verlangsamt. Meisen haben ohnedies ein merkwürdiges

Brutverhalten: Im Nadelholz brüten sie beispielsweise früher als in Laubholzwäldern.

Bei einigen Singvogelarten Hollands stellten Wissenschaftler fest, daß die meteorologischen Verhältnisse Einfluß auf die Funktionsdauer der Eierstöcke haben. So kann es, wenn das milde Wetter früh einsetzt und auch besonders lange anhält, zu einer erhöhten Zahl von Bruten kommen.

»Hauptzeitgeber« im »Liebesleben« der Vögel ist allerdings – gemeinsam mit einer im Organismus programmierten Jahresperiodik – die je nach Jahreszeit unterschiedlich vorhandene Menge an Licht. Im Winter beispielsweise, wenn nur wenige Stunden zwischen Tagesanbruch und Abenddämmerung liegen, sind die Keimdrüsen der Vögel fast mikroskopisch klein – bei Staren wiegen die Hoden in dieser Zeit nur fünf Milligramm. Mit zunehmender Tageslänge wachsen auch die Keimdrüsen – bei Staren bis zum Zweihundertfachen des Wintergewichts.

Daß Vögel »im Dunkeln« nicht lieben können, bestätigten auch Versuche im Max-Planck-Institut für Verhaltensphysiologie in Erling-Andechs mit Kunstlicht. Dabei bestimmt, wie die Forscher feststellten, nicht der Gesichtssinn, sondern ein noch unbekanntes besonders lichtempfindliches Organ im Gehirn, was hell und was dunkel ist.

Stärker auf Temperaturen als auf Licht reagieren dagegen zahlreiche Insekten. Während ihnen in ihrer »Ruheform« selbst der härteste Frost nichts anhaben kann, kann ein früherer Frühling für sie verhängnisvoll sein, wenn nämlich anschließend der Winter wieder aus seinem »Scheintod« erwacht. Die Wärme verleitet sie oft dazu, früher als sonst mit ihrer »Frühjahrsentwicklung« zu beginnen. Ist dieser Prozeß erst einmal in Gang gesetzt, läßt er sich auch nicht wieder abstellen. So kann es passieren, daß sie selbst dann vorzeitig schlüpfen müssen, wenn das Wetter wieder extrem kalt geworden ist. Die Überlebenschance ist in diesem Fall nicht sonderlich hoch. Einige Pflanzen sind da teilweise besser dran: Krokusse beispielsweise blühen auch ein drittes Mal, selbst wenn ihnen der Frost vorher schon zweimal den »Garaus« gemacht hat. *Karl-Heinz Preuß*

10 *Die Wetter-Legende um Mozarts Begräbnis*

Wer ist wohl nicht davon überzeugt, daß es am 6. Dezember des Jahres 1791 in Wien bei wilden Schneestürmen bitter kalt war? Wie anders wäre es sonst zu erklären, daß Constanze Mozart nicht im Trauerkondukt dem Sarge ihres einen Tag zuvor verstorbenen Mannes bis zur Grabstelle gefolgt war, wie anders, daß die wenigen Freunde, die an der kurzen Trauerfeier in der Stephanskirche teilnahmen, bei dem halbstündigen Wege zum St. Marxer Friedhof am Stubentor sich trennten? Schuld daran konnte doch nur das schlimme Wetter gewesen sein!

Dieser Überzeugung war vor 100 Jahren auch Otto Jahn, Mozarts großer Biograph, dessen Lebensbeschreibung, freilich in der vollkommen überarbeiteten Neufassung von Hermann Abert, selbst heute noch das Standardwerk über Wolfgang Amadeus Mozart darstellt. Dem Mozart-Bilde Jahns und später Jahn-Aberts entlehnten auch spätere Autoren- und Lexikographengenerationen mehr oder weniger rückhaltslos die historischen Fakten. Und keiner sah eine Notwendigkeit, gerade an diesem klaren und einleuchtenden Sachverhalt Zweifel anzumelden.

Nicolas Slonimsky, ein in Rußland geborener und in Amerika lebender Musikwissenschaftler, Dirigent und Komponist, der in seinen Publikationen bereits durch seine eigenwillige Art der Darstellung auffiel, machte die eigentümliche Feststellung, daß ausgerechnet in der zeitgenössischen Berichterstattung über Tod und Begräbnis Mozarts weder je vom Wetter gesprochen noch der Versuch unternommen wurde, Constanzes scheinbar seltsames Verhalten bei der Leichenprozession zu entschuldigen. Slonimsky ging dieser Diskrepanz auf dem direktesten Wege, der zweifellos auch zugleich der verblüffendste ist, nach: Er holte sich Auskunft bei der Zentralstelle für Meteorologie und Geodynamik in Wien ein. Hierüber berichtete er in der New Yorker Zeitschrift »The Musical Quarterly«.

Das Resultat, von Professor Dr. Steinhausen mitgeteilt, ist in der Tat erstaunlich: Bei konstantem mittleren Barometerstand lag die Temperatur am 6. Dezember 1791 den ganzen Tag fast unverändert bei 4 Grad Celsius über dem Gefrierpunkt, dabei wurde ein leichter Ostwind registriert. Eine zweite wetterkundliche Quelle, das Tagebuch des Grafen Karl Zinzendorf, bemerkt für den gleichen Tag »temps doux et brouillard fréquent« – mildes Klima mit häufigem Nebel oder Sprühregen. Kein Sturm, kein Schneetreiben, sondern im Gegenteil ein für die Jahreszeit milder Tag. Wie aber konnte es zu der so verbreiteten Legende von Sturm und Eis kommen? Auch das erklärt Slonimsky: Otto Jahn, der als bemühter Chronist einer Geschichtsklitterung kaum fähig gewesen wäre, nennt seine Quelle: ein anonymer Bericht über das Begräbnis, erschienen in der Mozart-Jubiläumsausgabe zu seinem 100. Geburtstag in der »Wiener Morgen-Post«, einem schöngeistigen Salonblättchen, 64 Jahre nach Mozarts Tode.

Fast möchte man es rührend nennen, wie ein um die Wahrhaftigkeit ringender Forscher, der doch die ersten frühen Lebensbeschreibungen Mozarts aus der Feder eines Nissen, Schlichtegroll und Niemtschek gut kannte, sich an einen mehr als dubiosen Bericht klammert, nur weil er, ein halbes Jahrhundert jünger als Mozart und mitten in die Zeit der Romantik gestellt, Constanzes Verhaltensweise schlechterdings für nicht möglich hielt. Wir, die wir in einer den damaligen aufklärerischen Nützlichkeitsidealen verwandteren Zeit leben, müssen nolens volens als Erklärung hinnehmen: Es war einfach nicht üblich, schon gar nicht für eine Frau, dem Sarge noch bis zum Grabe zu folgen, wenn die Begräbnisstätte anderswo als unmittelbar neben der Kirche gelegen war; und was die Beerdigung dritter Klasse anlangt, die so ruhmlos in dem für alle Zeiten unauffindbaren Massengrabe endete: Die Familie Mozart war unglücklicherweise gerade zu diesem Zeitpunkt so hoch verschuldet, daß es der reiche Baron van Swieten, der einzige Freund, der hier helfen und ordnen konnte, für angemessen hielt, lieber die wirtschaftliche Lage der Witwe aufzubessern als – nun ja – an einen Toten noch so viel Geld zu verschwenden!

Dr. Werner Heinz

11 | *Die Launen der Kalten Sophie*

Wenn der Wettergott sich an seinen Fahrplan hält, müßten die frostigen Heiligen mit Hagelschauern, stürmischen Winden und Nachtfrösten zwischen dem 11. und 13. Mai über Mitteleuropa hinwegziehen. Aber gleichgültig, ob sich die drei Eisheiligen, Mamertus, Pankratius und Servatius, pünktlich einstellen oder nicht; an den Entstehungsursachen dieses »Kälterückfalls« ändert sich dadurch nichts.

Die Eisheiligen werden – wie die Schafskälte, der Altweibersommer und das weihnachtliche Tau- oder Matschwetter – zu den sogenannten Singularitäten gerechnet. Darunter werden kalendermäßig gebundene Wettererscheinungen verstanden, die alljährlich mit einer gewissen Wahrscheinlichkeit auftreten. Gemeinsam ist diesen Singularitäten, daß sie in der im Frühjahr langsam ansteigenden und im Herbst und Winter abfallenden Temperaturkurve als Kälte- beziehungsweise Wärmerückfälle in den Statistiken sehr deutlich zum Ausdruck kommen. Dieser charakteristischen Eigenschaft – dem Kälte- oder Wärmerückfall – verdanken die Singularitäten sowohl ihre »Popularität« in der breiten Öffentlichkeit als auch das wissenschaftliche Interesse der Meteorologen. Eingehende Untersuchungen haben den Nachweis erbracht, daß sich oft Mitte Mai eine Wetterlage einstellt, bei der mit nordwestlichen Winden arktische Polarluft nach Nord- und Mitteleuropa verfrachtet wird, die dann zu den gefürchteten Nachtfrösten führen kann. In diesem Sinn haben auch die zahlreichen Bauernregeln über die Eisheiligen ihre Berechtigung.

Eine Art »Nachhut« bildet für das südliche Deutschland die »Kalte Sophie« am 14. Mai. Daß diese Eisheilige in Norddeutschland fast unbekannt ist, zeugt für gute Naturbeobachtung. Denn der Kaltluftstrom muß ja, wenn er kommt, in Norddeutschland eher durchziehen als in Süddeutschland, wo die »Sophie« zu dem schon wärmeren Wetter dann in um so stärkerem Gegensatz steht.

Der mit einiger Regelmäßigkeit Mitte Mai bei uns eintreffende Kaltluftstrom kann damit erklärt werden, daß um diese Zeit sich das Festland stärker zu erwärmen beginnt als die Ozeane. Es bildet sich dann leicht eine Wetterlage über Mitteleuropa aus, die die kälteren Luftmassen über dem Nordatlantik und den grönländischen Gewässern »ansaugt«. Da hier jahreszeitlich gebundene Erscheinungen wie zum Beispiel beim Monsun und auch eine diesem ähnliche Wetterlage vorliegen, spricht man auch von »monsunalen Erscheinungen«.

Die Eisheiligen darf man freilich nur im Rahmen der großräumigen Luftmassenzirkulation um den Erdball betrachten, und es wäre vollkommen verfehlt, sich an die drei Tage zwischen dem 11. und 13. Mai zu klammern. Richtig gedeutet ist der Wetterregel zu entnehmen: »Bis Mitte Mai besteht in unseren Breiten die Gefahr von Nachtfrösten; frostempfindliche Pflanzen sollen deshalb nicht früher in das Freibeet gesetzt werden.« So gesehen, haben auch die alten Bauernregeln über die Eisheiligen ihre Berechtigung und kein Meteorologe wird dagegen Einspruch erheben. Ganz allgemein ist zu den Bauernregeln noch zu sagen, daß die Bauern damit nicht das Wetter vorhersagen wollten. Sie dienten ihnen vielmehr nur als allgemeine Hinweise für die Feldbestellung. *Heinz Panzram*

12 | *Weshalb Frieda um die Sonne saust*

Daß er am 1. März 1973 symbolisch in den Himmel gehoben würde, dürfte sich Floris-Jan van der Meulen vorher wohl nicht mal erträumt haben. Er war der 5000. Besucher einer astronomischen Ausstellung im Observatorium in Leiden und wurde dabei Namenspatron für den Kleinplaneten 1698, der jetzt den Namen Floris-Jan trägt. 1885 hat Baron Albert von Rothschild für den von Johann Palisa entdeckten Planetoiden 250 sogar 1000 Goldmark bezahlt, damit er ihn Bettina taufen und seiner gleichnamigen Nichte als Geburtstagsgeschenk »überreichen« konnte. Das ungewöhnliche Angebot erreichte den Baron übrigens ganz normal als Zeitungsinserat, weil Entdecker Palisa auf diesem Wege seine gerade knappe Kasse aufbessern wollte.

Rund 40 000 Kleinplaneten treiben sich schätzungsweise im engeren und weiteren Raum zwischen Mars und Jupiter um die Sonne herum. 1979 von ihnen waren bis Ende 1976 genau vermessen und numeriert. 1777 haben bis dahin auch einen Namen erhalten und tragen oft nicht nur diesen, sondern auch eine recht interessante Anekdote mit sich herum. Geschichten und Geschichtchen um diese »getauften« Planetoiden hat Joachim W. Ekrutt unter anderem in seinem Buch »Die Kleinen Planeten« (Franckh'sche Verlagsbuchhandlung Stuttgart) zusammengetragen. Sie machen nicht zuletzt deutlich, daß die meist als sehr »nüchtern« eingeschätzten Astronomen zu allen Zeiten Wissenschaft ganz prächtig mit Witz und Humor verbunden haben. Rekordhalter unter ihnen gibt es übrigens auch: Der 1932 verstorbene Heidelberger Astronom Max Wolf hat nicht weniger als 233 Kleinplaneten entdeckt, der Heidelberger Hauptobservator Dr. Max Reinmuth als sein Nachfolger hat ihn mit 262 noch übertroffen und hält damit den Weltrekord. Nicht zuletzt ihnen ist es zu verdanken, daß so viele Kleinplaneten deutsche Namen tragen.

Wolf's Name ist heute im Kleinplaneten 827 Wolfina verewigt, sein Vorname in 1217 Maximiliana. Pawona für den Planetoiden 1152 ist ein Kunstgebilde aus Wolf und Palisa, letzterer ist überdies in 914 Palisana noch einmal aufzufinden. Reinmuth freilich wird von seinen Kollegen nicht ohne triftigen Grund auch »Karl der Täufer« genannt. Sein eigener Name ist bei der »Taufe« des Kleinplaneten 1111 Reinmuthia festgehalten worden; den Namen, die er aber selbst austeilte, sind zum Teil recht lustige Geschichten vorausgegangen.

So konnte Reinmuth seinen Kleinplaneten 1371 mit dem merkwürdigen Namen Haremari nur deshalb durchsetzen, weil er behauptet hatte, daß das ein indischer weiblicher Vorname sei. Später gab er aber zu, daß er sich aus Harem und ARI zusammensetzt, wobei ARI für Astronomisches Rechen-Institut (Heidelberg) steht, der »Harem« jedoch für dessen tüchtige weibliche Mitarbeiterinnen. Seinen Kollegen Gustav Stracke, der anscheinend durchaus nicht »zum Planetoiden« ernannt werden wollte, ehrte er ebenso freundschaftlich wie hinterrücks: Liest man nämlich die Anfangsbuchstaben der von Reinmuth so harmlos mit Blumennamen getauften Kleinplaneten 1227 bis 1234 fortlaufend – Geranium, Scabiosa, Tilia, Riceia, Auricula, Cortusa, Kobresia und Elyna –, wird schon alles klar. Stracke ist später aber doch noch Namensgeber für den Kleinplaneten 1019 Strackea geworden.

Die weibliche Namensgebung für Kleinplaneten war lange Zeit abgesprochene Regel. Deshalb heißen die Kleinplaneten 1000, 1001 und 1002 auch nicht Piazzi, Gauß und Olbers, sondern Piazzia, Gaussia und Olbersia. Erst in jüngerer Zeit kam man davon ab und hat beispielsweise die Planetoiden 1789, 1790 und 1791 nach der tödlich verunglückten Sojus-II-Besatzung direkt Dobrovolsky, Volkow und Patsayev genannt. Die meist aus der griechischen Mythologie stammenden Namen, wie sie die »großen Kleinen Planeten« Ceres, Pallas, Juno, Vesta oder die Gruppe der Trojaner tragen, sind heute als Repertoire schon lange erschöpft.

Daran – und natürlich an den Ehefrauen, Töchtern, Schwiegertöchtern und Enkelinnen der »taufenden« Planetoiden-Entdecker – liegt es, daß nun auch Frieda (722), Karin (832), Ruth (798), Eva (164), Anneliese (910) und Ingrid (1026) zusammen mit vielen anderen weniger ungewöhnlich weiblich benannten Kleinplaneten um die Sonne sausen.

Doch auch der »normale Sterbliche« braucht nicht betrübt zu sein, weil es bisher anscheinend nur einem Baron Rothschild als Nicht-Astronomen gelungen ist, einen Kleinplaneten als Geburtstagsgeschenk zu verwenden. Ekrutt schreibt dazu: »Obwohl Sie sicherlich nicht die Möglichkeit haben werden, einen Kleinen Planeten zu entdekken, können Sie Ihrer Angebeteten doch einen zu Füßen legen. Denn dank der rastlosen Tätigkeit von Reinmuth, Wolf und all den anderen Astronomen gibt es heute praktisch keinen weiblichen deutschen Vornamen mehr, der nicht am Himmel verewigt wäre. Mit großer Sicherheit können Sie also davon ausgehen, daß Sie selbst oder Ihre Partnerin als Planet durch das Weltall laufen.«

Im Gegensatz zu den »großen Kleinen« mit rund tausend bis zu einigen Kilometer Durchmesser, wie etwa Ceres, Pallas, Juno und Vesta, sind diese mit vielen Geschichten und Geschichtchen verbundenen Träger »gut bürgerlicher Namen« am Himmel aber weder mit dem Fernglas noch mit dem Amateurfernrohr mehr auszumachen. Die weit überwiegende Mehrzahl von ihnen ist nur einen bis einige Kilometer groß und strahlt deshalb nur noch so schwach, daß man sie allein durch Langzeitfotografie mit Riesenfernrohren »dingfest« machen kann. *Rolf H. Simen*

13 | *Erfinderischer Sprach(un)sinn*

Mit formellen Wendungen ist man heute schnell zur Hand. Redensarten, Buch-, Film- und Fernsehtitel, Sprichwörter, Bekanntes aus Sagen, Märchen und Liedern werden beliebig abgewandelt. Ebenso häufig und gern wie das Sprichwort wird auch der Buchtitel als Überschrift oder im Text verwendet, wenn nur der »Baukern der Formel« solche Anwendung gestattet. Bestseller und deren Verfilmungen sind besonders beliebt, weil man mit ihnen und ihrer Bekanntheit etwas charakterisieren, bekräftigen, signalisieren oder auf einen Nenner bringen kann. Dies ist einer Untersuchung von Renate Bebermeyer, Tübingen, und des Germanisten Gustav Bebermeyer zu entnehmen, die »Abgewandelten Formen – sprachlicher Ausdruck unserer Zeit« nachgingen und dabei auf amüsante Weise fündig wurden, wie ihr in der Zeitschrift »Muttersprache« erschienener Aufsatz bezeugt.

Der aus der Kälte kommende Spion von John le Carré regte zu Recht umfängliche Nachbildungen an. So kamen aus der Kälte auch der Pinguin, der Krebs, der Film, der Anruf, laut Zeitungsbericht aus minus 27 Grad, von zwei ausgerissenen Verbrechern, die die Polizei um Abholung baten. Aber auch aus der Langeweile kam ein Spion und – schließlich erstmalig lokalisiert – aus dem Kibbutz. »Die Wärme, die aus dem Ausguß kam«, wurde wiederum zum Titel eines Berichts über den Versuch, Wärme aus Abwasser zu gewinnen.

Enorm viele Umbildner hat Heinrich Bölls »Gruppenbild mit Dame« gefunden. »Gruppenbild mit Einzelgängern« spielte auf Abweichler in der SPD an, »Gruppenbild mit Haifisch« war das Thema einer Fernsehsendung über das Neue Hollywood, »Gruppenbild mit vielen Damen« zeigte die Kehlheimer Vierlinge, »Gruppenbild mit Mord« war eine Rezension betitelt, die »Die verlorene Ehre der Katharina Blum« behandelte. Ernest Hemingways »Der alte Mann und das Meer« erlebte als Titel zahlreiche Varianten: »Der alte Mann und das Heer« (zur Bundeswehrdebatte), »Der alte Mann und die Macht« (Franco), »Der junge Mann und das Mehr« als Untertitel zu einer Karikatur über die Steuerreform. Brechts »Guter Mensch von Sezuan« bot viele Möglichkeiten der Anspielung und Abwandlung. Plötzlich gab es lauter gute Menschen: in Marokko (König Hassan), in Süd-Dakota (Mac Govern), in Köln (Heinrich Böll) und andere mehr. Selbst ein so alter Titel wie Shaws »Frau Warrens Gewerbe« (1893) ließ sich noch mit Aktualität aufladen: »Jet-Sets Gewerbe«, »d'Hondts Gewerbe« sollten den Leser mißtrauisch stimmen. Peter Handkes »Die Angst des Tormanns beim Elfmeter« wurde vom Rezensenten Reich-Ranicki als »Die Angst des Peter Handke beim Erzählen« vorgestellt. In einem Wirtschaftsartikel wurde daraus: »Die Angst der Bosse vor dem Computer«. Zwei pädagogische Bücher wurden unter dem Titel »Die Angst des Erziehers beim Erziehen« besprochen.

Von Film- und Fernsehtiteln und -themen bot sich besonders »Sonntags nie« an, sei es zur Infragestellung des schulfreien Samstags, sei es als »Freitags nie« über den Ruhetag bestimmter Museen. Scheidung auf Italienisch erfreute sich zahlreicher Abwandlungen, so gab es »Scheidung auf vatikanisch, französisch oder berlinisch«. Das »Wort zum Sonntag« wurde unter Hinweis auf den Feiertagsverkehr zu »Blech am Sonntag« oder auf Kriminelles zu »Mord zum Sonntag«.

Zugkräftig scheinen auch umstrukturierte Märchen- und Sagentexte für die lesende Allgemeinheit zu sein: (König) »Hassan im Glück« oder »Schorsch (Leber) im Pech«. »Des Kaisers neue Kleider« wurden zu »Des Kaisers neue Waffen« (Persien). Die Geschichte von einem, der auszog, das Fürchten zu lernen, gibt als Titel besonders viel für die Werbung her. So wird berichtet von einem, der auszog, das Knödeln (Rezepte), das Puzzeln, Wintercamping oder Drachenfliegen zu lernen. Der »Rattenfänger« steht als beliebtes Symbol für gewisse Politiker oder Umweltschützer, das »tapfere Schneiderlein« erfreut sich ähnlicher Bewertung. »Das Tapfere Schweizerlein« kämpfte gegen den Bau der Schwarzwaldautobahn, »Das tapfere Eberlein« kennzeichnet ironisch-respektvoll einen mutigen Journalisten gleichen Namens.

Liedtitel und -anfänge erfreuen sich massenhafter Bearbeitung. »Das Wandern ist des Wählers Lust« zum Ärger der Politiker. »Alle Jahre früher« setzt der Weihnachtsrummel ein und bleibt doch »alle Jahre bieder«. »Freizeit, die ich meine« lauteten eine Sprachbetrachtung und ein Fernsehtitel. »Hoch auf dem falschen Dampfer« saßen, in einem kritischen Artikel geschildert, ein scheidender und ein designierter Bundespräsident. »Kohl zu sein bedeutet wenig, denn der Biedenkopf ist König« frohlockte der »Spiegel« hämisch.

Beliebt sind ferner Klassikerzitate. Häufig wird der seine Schuldigkeit getan habende Mohr bemüht. Goethe ist in diesem Zusammenhang beliebter als Schiller. Allein unzählige Gretchenfragen werden gestellt: »Wie hältst du's mit der EG, mit der Einfuhrquote, der Mitbestimmung, der Monarchie?« Schließlich werden auch Bibelworte nicht ungern angewandt: »Die Frau ist mein Hirte« lautete die Überschrift einer Reportage über weibliche Pastoren.

Ganz besonders blühenden Sprachunsinn findet man in der Ausuferung von Redensarten, wenn etwa vom »Dorn im Radarauge« die Rede ist oder davon, daß sich »die Zahnärzte den Kassenast selber absägen«. Wie intensiv das parodistische Abwandlungsspiel von der ganzen Nation aufgegriffen wurde, zeigen die Variationen auf den Slogan »Freiheit oder Sozialismus« von »Freiheit und Sozialismus« bis hin zu »Freibier statt Pessimismus«. Es ist der alte Spieltrieb im Menschen, der sich erfinderisch in der Formulierung immer neuer Variationen auch der abgedroschendsten Phrasen bemerkbar macht. *Dr. Gerda Neumann*

14 | *Schmutz geht in die Binsen*

Das, was konventionellen Kläranlagen nicht oder nur unvollkommen gelingt, sollen amphibisch lebende Pflanzen schaffen: nämlich kranke, verschmutzte und überdüngte Gewässer wieder lebensfähig zu machen. Denn bestimmte höhere Pflanzen sind in der Lage, dem belasteten Wasser Schmutz- und Schadstoffe zu entziehen sowie Krankheitskeime abzutöten. Zu diesen »Wunderpflanzen« gehören nicht nur die Flechtbinse und andere Binsenarten, sondern auch Wasserminze, Kalmus, Sumpfdistel, Schilf, Froschlöffel und Rohrkolben.

In der Zeitschrift »Die Naturwissenschaften« berichtet Dr. Käthe Seidel von der inzwischen als Stiftung fortgeführten Limnologischen Arbeitsgruppe am Max-Planck-Institut für Züchtungsforschung in Krefeld-Hülserberg über das erstaunliche Gewässer-Reinigungsvermögen der gelbblühenden Wasserschwertlilie. Die grünen, oberirdischen Organe dieser Pflanze lassen nichts von dem gewaltigen Wurzelsystem unter Wasser ahnen – das Verhältnis entspricht einem wahren »Eisbergphänomen«. Doch es ist gerade das üppige Wurzelgeflecht, das – auch im Winter – stark bakterienabtötend wirkt. Bestimmte Bakterien (Escherichia coli, Enterokokken und Salmonellen) wurden bei Versuchen in stark belasteten Gewässern bereits innerhalb von 24 Stunden bis um die Hälfte reduziert. Die Pflanze »säuberte« sogar die hochgradig verschmutzten Abwässer aus einer Fabrik zur Herstellung medizinischer Holzkohle. Außer der Wasserschwertlilie blieb in anderen Vorversuchen keine andere Pflanze am Leben. Das zeigt zugleich, daß nicht unbedingt jede dieser Pflanzen für jede Art von Abwasser gleich gut geeignet ist.

Auch der eigentliche »Mechanismus« der Gewässer-Reinigung liegt teilweise noch im Dunkeln. Man weiß zwar, daß die amphibisch lebenden Pflanzen, insbesondere die Flechtbinsen, die Fähigkeit besitzen, den Sauerstoffgehalt des Wassers, der beim Abbau organischer Stoffe eine wichtige Rolle spielt, zu erhöhen. Wie jedoch der Abbau im einzelnen vor sich geht, ist nur bei wenigen Stoffen bekannt. Auch die bakterienabtötende Wirkung des Wurzelgeflechtes ist noch nicht ganz geklärt. Im Wurzelraum der Pflanze werden ganz offensichtlich Wirkstoffe erzeugt und ausgeschieden, die auf noch unbekannte Weise in das biologische Geschehen eingreifen.

Kein Zweifel besteht allerdings an der erfolgreichen Tätigkeit der Pflanzen. Flechtbinsen beispielsweise wurden bereits erfolgreich sowohl im Versuch wie auch in der Praxis zur Vorreinigung von Oberflächenwasser für die Grundwassergewinnung, zur Klärung von Abwässern ohne und mit vorgeschalteten konventionellen Klärstufen eingesetzt – wobei im letzten Fall die vorgereinigten Abwässer durch einen »Filter« aus Drahtgeflecht, bestückt mit wurzelbildenden Pflanzen, oder über kaskadenförmig hintereinander geschaltete Becken, die mit Kies und Sand gefüllt sowie mit Binsen besetzt sind, laufen. Am billigsten, einfachsten und trotzdem nicht viel weniger wirksam ist es, die Abwässer einfach durch einen mit Flechtbinsen bepflanzten flachen Graben zu leiten. Daß es mit der Anpflanzung von Flechtbinsen sogar gelingt, die Eutrophierung eines Oberflächengewässers zu verhindern, berichtet Professor Wilhelm Zimmermann, Universität des Saarlandes, ebenfalls in den »Naturwissenschaften«. Für den Versuch stand ein etwa 1,3 Hektar großer Stauweiher zur Verfügung. Das zulaufende Wasser wurde gezwungen, zwischen den Binsen hindurchzuströmen. Das Ergebnis: Etwa 80 Prozent der Nitrate und etwa 70 Prozent der Phosphate gingen »in die Binsen«.

Karl-Heinz Preuß

15 | *Mimosen im Mittelfeld*

Franz Beckenbauer im Tor, Gerd Müller als Außenverteidiger, Sepp Maier im Mittelfeld – dieser Mannschaftsaufstellung würde wohl kaum jemand große Chancen geben. Profifußballer sind in der Regel auf eine Position festgelegt. Mit jeder Position werden dabei bestimmte Persönlichkeitsmerkmale verknüpft. So gelten »Umsicht und Besonnenheit« als Vorzüge des Liberos, »Temperament, Elan und Dynamik« als Qualitäten des Mittelfeldspielers, und »Spielwitz, Schneid und Einsatzfreudigkeit« zeichnen den Außenstürmer aus.

Diese Erfahrungswerte eines Trainers des Deutschen Fußballbundes wurden nicht immer in einer Studie des Diplompsychologen Volker Kruse, Herford, bestätigt. Sie untersuchte Zusammenhänge zwischen Persönlichkeitsmerkmalen und Spielerposition bei Fußballspielern. 173 Spieler aus 13 Hamburger Amateurvereinen wurden unter Gesichtspunkten wie »Risikoverhalten«, »Erregbarkeit« und »Direktivität« analysiert.

Die Mimosen der Mannschaft spielen danach im Mittelfeld. Sie haben sich als leicht erregbar gezeigt, und auch ihr Selbstbewußtsein läßt zu wünschen übrig. Die Spieler im Mittelfeld agieren zudem vorsichtiger, sind nicht so risikofreudig wie Spieler in anderen Positionen. Zudem kicken sie eher aus Angst vor Mißerfolg denn aus Hoffnung auf Anerkennung. Als Erklärung dieser Negativ-Motivation bietet sich die Vermutung an, daß Mittelfeldspieler weniger aufgrund besonderer Qualifikation auf dieser Position eingesetzt werden. Vielmehr kann das ebenso daran liegen, daß der Spieler weder für Aufgaben im Sturm noch für einen Einsatz in der Verteidigung geeignet ist, was bei den nicht untersuchten Profis möglicherweise anders ist.

Die Angst vor dem Elfmeter ist nicht das einzige Problem des Torhüters, des letzten Mannes in der Mannschaft. Er leidet vor allem unter seiner Isolation von den anderen Spielern. Besonders den Benjamins unter den Schlußmännern fehlen die gemeinsamen Aktivitäten mit ihren Mannschaftskollegen. Als Reaktion auf ihre einsame Rolle zwischen den Pfosten sind sie jedoch nach dem Schlußpfiff die geselligsten. Junge Torhüter (unter 20 Jahren) sind zudem erheblich risikofreudiger als erfahrene »Keeper«. Die 17 bis 19jährigen sind dabei die sich am stärksten gesellig zeigende Gruppe. Als völlig entgegengesetzt erwiesen sich die Persönlichkeitsprofile der über 30jährigen Torhüter: Sie sind zu ruhigen, sachlichen, nach innen gekehrten Spielern geworden. Die Position des Torhüters trägt also stark persönlichkeitsbildende Züge.

»Eine gute Nase« soll er haben, »Mut« und einen »Torinstinkt« – diese Vorstellung von den Qualitäten eines Mittelstürmers wird nur zum Teil bestätigt. Zwar zeigt die Befragung der Mittelstürmer, daß diese Spieler zum unüberlegten, spontan-affektiven Verhalten neigen, also das Klischee des »Nicht denken, sondern schießen« erfüllen. Auf der anderen Seite wird das Bild des Draufgängers nicht bestätigt: In seinem Risikoverhalten bewegt sich der Mittelstürmer eher im Durchschnitt.

Außenstürmer sind in der Regel recht risikofreudig und nicht leicht erregbar. Während die jungen »Flügelflitzer« eher dazu neigen, Ärger in sich »hineinzufressen«, ändert sich das mit zunehmendem Alter: Wer diese Position noch mit 30 und mehr Jahren innehat, macht weit eher aus seinem Herzen keine Mördergrube mehr. Auch die Außenspieler in der Verteidigung entpuppten sich als gelassene, selbstbewußte und seelisch robuste Gruppe, die dabei auch Mut und Draufgängertum zeigte. Sie ließen außerdem alle anderen hinter sich, was überlegtes Handeln angeht. »Erst denken, dann schießen« heißt bei den Außenverteidigern die Devise.

Die Studie ist eine Bestandsaufnahme und kann dem Trainer keine Anhaltspunkte dafür geben, wie die ideale Besetzung einer Rolle erfolgen müßte. Erst eine weitere Untersuchung soll zwischen erfolgreichen und weniger erfolgreichen Spielern unterscheiden. Fernziel könnte dann ein Fragebogen sein, nach wissenschaftlichen Kriterien zusammengestellt, der Persönlichkeitsmerkmale von guten und weniger guten Spielern abfragt. Mit Hilfe dieser Daten könnte der Trainer dann seine »Idealelf« aufstellen.

Udo Lielischkies

16 | *Wie ein Post-Computer lesen lernt*

Wenn man es freundlich betrachten will, vollzieht sich der unaufhaltsam genannte Einzug der Computer in Behörden und Verwaltungen unter dem bisweilen hektischen Konfettiflattern von allerlei merkwürdig stimmenden Formblättern, mit denen dem Normalverbraucher ein Teil der Datenverarbeitung aufgehalst wird. Längst sind streng umrandete Schriftfelder, Buchstabenkästchen und Nummerncodes auf Formularen vertraut, wundert sich niemand mehr, daß weder Schecks noch Lottoscheine geknittert werden dürfen. Geschwunden ist der schöne Raum für individuelle Notationen, Noten und auch Tintenkleckse. In Sachen Briefanschrift hat auch die Post vor dieser Entwicklung nicht halt machen können, die künftig einen Teil der täglich rund 30 Millionen Briefsendungen automatisch sortieren und verteilen will.

Das »Briefproblem« der Post besteht darin, daß moderne Verteilmaschinen in großen Postämtern zwar stündlich rund 30 000 Sendungen verarbeiten können, diese Sendungen aber zunächst einmal für diese Maschinen in Handarbeit gekennzeichnet, also codiert werden müssen. Da an einem Handcodierplatz aber nur 2000 bis 3000 Sendungen pro Stunde bewältigt werden können, müssen jeder Verteilmaschine zwischen zehn und fünfzehn Handcodierplätze zugeordnet werden. Ein von AEG-Telefunken entwickelter Anschriftenleser kann diese Handcodierung zwar nicht voll ersetzen, doch immerhin stündlich etwa 60 000 Sendungen im Standardformat verarbeiten, wenn deren Adressen in einer der üblichen Druckschriften »verfaßt« worden sind. Freilich muß auch dieser Automat vor

Kursiv- und Frakturschriften kapitulieren, müssen zu dikke, zu große, zu kleine und zu langformatige Sendungen bereits vor seinem »Lesekopf« aussortiert werden. Er dürfte dennoch rund 70 Prozent aller anfallenden Sendungen zuverlässig erfassen und weiterleiten können.

Zwar könnte ein solcher Automat noch mehr, wenn man den Postbenutzern ähnlich strenge Einschränkungen wie in Japan oder der Sowjetunion zumuten wollte, wo sich »König Kunde« mit genauen Schreibvorschriften und sogar Zahlencodes herumschlagen muß. Bei uns hält man sich indessen an den erträglichen Mittelweg eines linksbündig geschriebenen Anschriftenblocks, der sich in einer »Erwartungszone« befinden muß.

Abseits aller technischen Details zeigt sich dabei freilich, daß eine Anschrift für einen Automaten noch viel weniger ist als nur ein Haufen Buchstaben, Ziffern und Zeichen. So erkennt er beispielsweise Zeilen nur daran, daß sie sozusagen waagerecht verlaufende »Schwärzungsbalken« darstellen, und es bedarf bereits trickreicher Schaltungen, um ihn zu veranlassen, eine eventuell schräg stehende Zeile zur weiteren Verarbeitung waagerecht in seinem Speicher auszurichten. Buchstaben erkennt die Maschine wiederum erst nach einem sogenannten Bildvorbereitungsprozeß, in dem die »Einzelzeichen« nicht nur herauspräpariert, sondern auch von »Störungen«, wie etwa Flecken, befreit werden müssen.

Der Trick, der hier weiterführt, ist die sogenannte Weißwegtechnik, die auf der in der Praxis meist zutreffenden Tatsache beruht, daß sich zwischen allen Buchstaben oder Ziffern weiße Zwischenräume befinden. Diese Weißwegkanäle im sonst dunklen Balken einer Zeile werden also abgetastet und verhelfen dem Automaten dazu, jene »Portionen« der Schrift aufzufinden, die er nach Vergrößerung und Normierung als »Buchstaben« oder »Zahlen« ausmachen, einzeln speichern und »erkennungsdienstlich« auswerten soll.

Am Ende dieser Bildvorbereitung ist jedes Einzelzeichen in Form von »schwarzen« und »weißen« Rasterpunkten in ein »Bildfeld« des Automatengedächtnisses gewandert, das aus insgesamt 16 x 16 = 256 solcher Punkte besteht. Je nach Lage und Anordnung der Schwarzpunkte muß dann durch Vergleich und Prognose abgeschätzt werden, ob diese Punkte beispielsweise eine »5« oder eine »6«, ein »A« oder ein »H« repräsentieren könnten.

Wird der Fall wegen undeutlicher Schreibweise kompliziert, schätzt ein »Klassifikator« ab, ob etwa die »6« oder die »5«, das »A« oder das »H« wahrscheinlicher ist und trifft nach diesem Schätzwert seine Entscheidung. Nur wenige wird es nicht verblüffen, daß der elektronische Klassifikator für diese Aufgabe mit mathematischen Schätzungsgleichungen rechnen muß, die für die Unterscheidung von 26 Buchstaben 1024 und für die Unterscheidung von zehn Ziffern 512 Glieder lang sind. Den notwendigen »Erfahrungsschatz« für die vergleichende Abschätzung liefert die Bundespost aus einer Million abgetasteter und gerasterter Anschriften mit etwa 30 Millionen Schriftzeichen.

Da Wörter für den Automaten wiederum »Buchstabenfolgen variabler Länge« und sonst nichts sind, also beispielsweise »Düsseldorf« und »Dysseldorf« keine Alternativen darstellen, ergibt sich hieraus ein übergeordnetes Mustererkennungsproblem, das weit schwieriger zu lösen ist als die Erkennung einzelner Zeichen. Entsprechend muß ein solcher Anschriftenleser bei einem Postausgangsverteiler über ein »Wörterbuch« mit den etwa 23 000 gültigen Ortsnamen und Postleitzahlen verfügen, ein Anschriftenleser bei einem Posteingangsverteiler aber alle Straßennamen des jeweiligen Postbezirks »intus« haben. Aus diesen umfangreichen Daten, die gegenüber allen Eventualitäten variabler oder fehlerhafter Schreibweise abgesichert sein müssen, trifft der Automat dann wiederum über Vergleichs- und Wahrscheinlichkeitskriterien seine Entscheidung, der sich in Zweifelsfällen eine »zweite« und sogar

»dritte Wahl« anschließen kann, bevor er den jeweiligen Brief an die Verteilmaschine weitergibt. *Rolf H. Simen*

17 | *Quallenkette mehrfach bis zum Mond*

Mit Sorge oder Ärger sehen Fischer, Badegäste und Kraftwerksingenieure jeden Sommer dem massierten Auftreten der Quallen an der Ostseeküste entgegen. Sie verstopfen derart die Netze, daß Fischen zeitweilig unmöglich ist, machen das Baden zu einem zweifelhaften Vergnügen und verbarrikadieren sogar die Kühlwassereintritte von Kraftwerks- und Industrieanlagen. Was es mit dieser »traditionellen« Quallenplage auf sich hat, untersuchen Wissenschaftler des Instituts für Meereskunde an der Universität Kiel in einem »Quallenforschungsprogramm«. Dabei hat sich gezeigt, daß die zu mehr als 99,5 Prozent aus Wasser bestehenden Medusen durch ihr Massenauftreten weit wichtiger sind als man glaubte.

Man kann mit ziemlicher Sicherheit annehmen, daß im untersuchten Bereich von den ostholsteinischen Ostseebädern bis zur Flensburger Förde im Sommer mindestens zehn Milliarden Ohrenquallen schweben. Diese haben im Juli etwa 20 Zentimeter Schirmdurchmesser. Man könnte also die Entfernung Erde – Mond gleich mehrfach mit einer Kette aneinandergelegter Juli-Ohrenquallen auslegen. Vermutlich ist ihre tatsächliche Zahl weit höher, da bei den Fangfahrten an der Küste nur die aus dem tieferen Wasser aufgetriebenen Medusen erfaßt werden, die Tiefwasserzonen selbst aber nicht berücksichtigt werden.

Die Ohrenquallen der westlichen Ostsee kommen – gewissermaßen – im Frühjahr zur Welt, wenn die am Boden festsitzenden Polypen kleine Medusenlarven abstoßen, die, frei im Wasser schwebend, zur Geschlechtsreife heranwachsen. Nach der Dichteverteilung der Larvenformen in den Fängen kann man vermuten, daß das Gros der Polypen am Boden jener geschützten Buchten der Ostsee gedeiht, in denen keine Ostwinde direkt auf die Küste stoßen: in der Geltinger, Eckernförder, Kieler und Hohwachter Bucht.

Aus den Larven werden schnell richtige »Medusen« mit Schirm-Schwebkörper und daran hängenden Fang-Tentakeln. Sie wachsen im Laufe des Sommers ständig weiter, bis sie im Herbst ihre endgültige Größe erreichen. Gemessen wurden bisher Exemplare mit bis zu 36 Zentimeter Schirmdurchmesser. Dr. H. Möller, der seit 1976 regelmäßig Bestandsuntersuchungen durchführte, vermutet jedoch, daß die Obergrenze ihres Wachstums sogar bei 40 Zentimeter liegen könnte. Im Herbst verschwinden die Quallenschwärme wieder. Die Tiere ziehen sich aber nicht etwa in das Tiefwasser zurück, sondern gehen zugrunde. Vermutlich verhungern sie.

Diese Vermutung ergibt sich aus der Tatsache, daß die Zahl der Ohrenquallen jedes Jahr so unglaublich groß wird, daß die Schwärme praktisch jedesmal die westliche Ostsee von allen Kleinorganismen weitgehend leerfischen dürften. Der Kieler Fischereibiologe M. Kerstan stellte dazu fest, daß Ohrenquallen so ziemlich alles fressen können, was im Wasser schwebt. In der Jugend erbeuten sie einzellige Kieselalgen, die als Plankton im Wasser schweben, später vor allem die millimetergroßen Krebschen, die Hüpferlinge (Copepoden), dann große Massen von Larven von Muscheln, Entenmuscheln und Fischen, vor allem von Hering und Sprott, in kleinerem Umfang auch Jungfische, Würmer und Zuckmückenlarven. Sogar halbverdaute Spinnen und Insekteneier wurden schon im Inneren dieser Allesfresser gefunden.

Der Nahrungsbedarf der Ohrenquallenschwärme steigt

also im Laufe des Sommers schnell an. Sie verzehren nach den vorliegenden Untersuchungen im Juni »erst« etwa 30 Tonnen Biomasse täglich, im Juli jedoch um 130 bis 150 Tonnen, im August vielleicht ebensoviel. Dann aber sind die Tiere schon so groß, daß die erkennbar aufgenommenen Nahrungsmengen nicht einmal mehr den notwendigen »Betriebsstoffwechsel« decken, der sich aus ihrem Grundumsatz errechnet: Sie finden nicht mehr soviel Nahrung, daß sie überleben können. Daraus schließen die Wissenschaftler, daß diese Riesenschwärme während des Herbstes allmählich verhungern. Vor dem Tod haben sie noch ihre Geschlechtsprodukte ins Wasser abgestoßen und damit ihre biologische Funktion erfüllt.

Die Biomasse und der Fortfraß der Ohrenquallen ist nach diesen Untersuchungen so groß, daß man diese bisher fast übersehenen Tiere als sehr wichtige und vielleicht über einige Zeit des Jahres für den Biokreislauf entscheidende Bestandteile der Tierwelt der westlichen Ostsee ansehen muß. Sie verringern die Nahrung vieler anderer Tiergruppen. So sind sie zum Beispiel im Frühjahr Konkurrenten der Heringslarven, die sie überdies selbst in großen Massen auffressen. Ob da die schwankende Größe der Quallenschwärme die Bestände anderer Tierarten und an Nutzfischen aber wirklich entscheidend beeinflußt, muß noch bewiesen werden. *Dr. Harald Steinert*

18 | *Wasser, Erde und Leben*

Trotz der ungeheuren Fülle pflanzlicher und tierischer Formen sind die biochemischen Bausteine im Verlaufe der Evolution fast gleich geblieben. Sämtliche Organismen sind auf die gleiche Weise genetisch verschlüsselt und bauen

Membranen von ähnlicher Struktur. Auch der mehrere hundert Teile umfassende Enzymsatz, der im Körperhaushalt von Tieren und Pflanzen eine wichtige Rolle spielt, hat sich in Jahrmillionen kaum verändert. Selbst die Urzelle besaß sehr wahrscheinlich bereits alle biochemischen Anlagen ihrer zukünftigen Entwicklung. Darüber freilich, wie sie entstanden ist, gehen die Vermutungen weit auseinander.

Wohl am bekanntesten ist die Vorstellung, daß die Elemente Wasser und Luft zusammengewirkt haben, um die Entstehung des Lebens zu ermöglichen. Danach bildeten sich – beispielsweise durch die Einwirkung von ultravioletten Strahlen der Sonne – aus kohlenstoff- und stickstoffhaltigen Substanzen der Uratmosphäre für Organismen typische Kohlenstoffverbindungen wie Aminosäuren, Zucker oder einzelne Bestandteile von Nukleinsäuren, die gewissermaßen in den Urozean hineinregneten und sich dort, wie man bisher annahm, zu aus größeren Molekülen bestehenden Eiweißstoffen, zu Nukleinsäuren und energiereichen Kohlenwasserstoffen zusammenfügten.

Da jedoch nur ein Bruchteil der in der Atmosphäre erzeugten und dort ebenso schnell wieder zerfallenden Verbindungen das Meer je erreichten, dürfte nach Ansicht des Geopaläontologen Professor Egon T. Degens, Universität Hamburg, der Energiefluß durch die Atmosphäre nicht ausgereicht haben, um ein für die Urzeugung genügend großes Reservoir biochemischer Moleküle zu schaffen. Außerdem ist Wasser, wie Untersuchungen des Hamburger Wissenschaftlers zeigen, kein geeignetes Medium, um die gelösten organischen Substanzen in Eiweiße oder Nukleinsäuren umzuformen. Gegen das photochemische Modell spricht nicht zuletzt auch, daß eine Reihe essentieller biochemischer Moleküle in der Atmosphäre überhaupt gar nicht entstehen kann. Dazu gehören unter anderem wichtige Fettsäuren und Phospholipide.

Dagegen bietet sich, nach Degens, die Erdkruste als ein potentieller Erzeuger und Gestalter organischer Substanzen geradezu »zwanglos« an. So bilden beispielsweise Tonmineralien im Experiment bei bestimmten Temperaturen und in Anwesenheit von Wasser, Kohlendioxid und Ammoniak Substanzen wie Zucker und Aminosäuren. Aus einfachen Grundsubstanzen wie Kohlenstoff, Ammoniak, Kohlendioxid und Wasser werden in Anwesenheit geeigneter Mineralkatalysatoren recht interessante Zwischenprodukte erzeugt. Durch den Kreislauf der Gesteine erreichte in diesem Modell die Hauptmasse der in der Erdkruste erzeugten organischen Substanzen die Erdoberfläche. Der wasserlösliche Teil von ihnen reicherte sich im Urozean an, während die wasserunlöslichen Vertreter zum Wachstum einer Emulsionsschicht an der Grenze zwischen Atmosphäre und Hydrosphäre beitrugen. In einer solchen Emulsion, wo Wasser, Salze, Mineralien und ein unendliches Gemisch organischer Substanzen laufend durchbewegt wurden, mußten sich zwangsläufig Aggregate mit aktiven Oberflächen bilden, die bereits schon zelluläre Dimensionen besaßen. Man bezeichnet solche Aggregate als Micellen oder Coacervate. Eine dieser ionaren Micellen war schließlich lebensreif. Das Ergebnis ist die Urzelle.

Welch entscheidende Rolle Minerale bei der biologischen Evolution spielten, wird in diesen Überlegungen auch am Beispiel der Desoxyribonucleinsäuren, kurz DNS genannt, deutlich. Sie bilden die Gene, die das Erbgut abrufbereit speichern und stellen damit das wichtigste Element des genetischen Apparates dar. Degens hält im Gegensatz zu den meisten Biochemikern Metallionen für das entscheidende Strukturelement der Nukleinsäuren. Sie und nicht die zwangsläufig auftretenden Wasserstoffbrücken sind es, die das DNS-Molekül in eine doppelte Helix zwingen. Entfernt man nämlich die peripheren Metallionen, so bricht die zweisträngige Helix-Struktur in sich zusammen.

Metallionen geben der Erbmasse aber nicht nur die Struktur, sondern vermindern dank des soliden »Metallgerüstes« eine mögliche Schädigung des Erbmaterials durch ultraviolette oder andere erbfeindliche Strahlung. Auch das Reaktionsmuster enzymatischer Prozesse, das letztlich eine genetische Kodierung beziehungsweise Entkodierung bezweckt, wird maßgeblich durch »Metallionen-Koordinationskomplexe« gesteuert.

Art und Anordnung der Metallionen im genetischen Apparat sind demnach ausschlaggebend für die Erhaltung des Erbgutes und ermöglichen zusätzlich eine gerichtete Entwicklung zellulärer Systeme. So ist der Wirkungsgrad von Magnesium bei der Stabilisierung des DNS-Moleküls etwa zehntausendmal höher als der von Natrium. Da es außerdem im Urozean doppelt so stark konzentriert war wie Natrium und eine stabile Verbindung mit Phosphat eingehen konnte, wurde es zum Schlüsselelement in den Nukleinsäuren, während das Natrium den »Wasserhaushalt« der Organismen bereicherte. *Karl-Heinz Preuß*

19 | *Glockenbann durch Kugelblitz*

Kugelblitze kennen die meisten Menschen nur vom Hörensagen. Nur wenige erlebten das beklemmende Schauspiel dieser geheimnisvollen Feuerbälle, sahen sie heranschweben, heranrollen, detonieren oder auch ohne große Effekte wieder verschwinden. Trotzdem gibt es Beschreibungen von Augenzeugen, die genau genug waren, um bereits einiges Licht auf die Natur dieser Erscheinungen werfen zu können. Derartige Berichte ließen die Physiker schon lange vermuten, daß Kugelblitze elektrisch gezündete Plasmawirbel sind: kugelförmige Wirbelwinde aus erhitztem, elektrisch hochleitfähigem Gas, das zuvor durch Gewitterelektrizität mit Energie aufgeladen wurde.

Da Plasmawirbel nichts anderes als Wirbel elektrischer Ladungsträger sind und damit einen Stromfluß darstellen, muß dieser Stromfluß seinerseits starke magnetische Felder erzeugen. Für deren Auftreten gibt es immer wieder eindeutige Hinweise. So wird berichtet, daß ein über das Oberdeck eines Schiffes dahingleitender Feuerball dessen magnetischen Kompaß zerstört habe. Aber nicht nur die Existenz dieser Felder, auch ihre Stärke will Dr. A. J. Blair, Kernforschungsanlage Jülich, bestimmen können, wie aus einem Artikel in »Nature« hervorgeht.

Blairs physikalische Untersuchung des Kugelblitz-Phänomens bezieht sich auf einen zunächst mysteriös klingenden Bericht aus dem Jahre 1811. Am 7. Oktober jenes Jahres drang ein Kugelblitz plötzlich in das Innere der Pfarrkirche von Samford-Courtney in Devon in England ein. Der Glöckner, der gerade die Glocken läutete, bemerkte ihn zunächst nicht, mußte aber zu seiner größten Überraschung erleben, daß die Glocken wie von einer eisernen Faust festgehalten wurden und mitten im Schwung verharrten. Der »Glockenbann« verschwand jedoch im selben Augenblick, in dem sich der Kugelblitz in einer lauten Explosion auflöste.

Aus den physikalischen Voraussetzungen für das Zustandekommen einer derart abrupten »Glockenblockade« leitete nun Blair die Stärke der wirkenden Kugelblitz-Magnetfelder ab. Wie die im Metall einer Wirbelstrombremse elektrisch hervorgerufenen Wirbelströme eine fahrende Straßenbahn zum Stehen bringen, sollen nach Blair auch die Magnetfelder des Kugelblitzes und die durch sie in den schwingenden Glocken erzeugten Wirbelströme den harten Bremseffekt bewirkt haben.

Das Ergebnis war erstaunlich. Es läßt auf Magnetfelder schließen, die fünfhundertmal stärker als das zwischen 0,5 und 0,7 Gauß liegende Magnetfeld der Erde waren. Da der Kugelblitz im Innern der Kirche und damit rund zehn Meter von den Glocken entfernt auftauchte, muß sein Magnetfeld noch viel stärker gewesen sein. In der Tat ließ sich berechnen, daß das Magnetfeld in einem Abstand von einem Meter von dem Kugelblitz rund 150 000 Gauß hatte.

Prof. Dr. Hans-Jörg Fahr

20 | *Gehirn zaubert Wirklichkeit aus Illusionen*

Nicht einmal durch die Alpträume eines Astronomen dürfte ein »Observatorium« geistern, dessen Kuppel sich ständig schwankend und rüttelnd verdreht und dessen merkwürdiges Doppelfernrohr nicht nur jeder Randschärfe entbehrt und gelegentlich zu schielen anfängt, sondern überdies meist unkontrollierbar über die Bildfläche springt. Dennoch ist dieses beschwipst scheinende Observatorium und wahre Rüttelsieb für die »Verunmöglichung« jeder bildlichen Wahrnehmung das Gleichnis für eine Realität: Das Doppelfernrohr symbolisiert unsere Augen, die Beobachtungskuppel den Kopf. Der Astronom, der trotzdem klaren Überblick behält, ist unser Gehirn.

Daß das Bild unserer Umwelt trotz aller willkürlichen und unwillkürlichen Augenbewegungen für uns raumstabil bleibt, gehört zu jenen alltäglichen Selbstverständlichkeiten, die bei genauer Untersuchung verblüffen. Ebensowenig ist es selbstverständlich, daß dieses stabile Bild scharf und klar durchgezeichnet wahrgenommen wird, da unsere Augen nur einen relativ kleinen Ausschnitt ihres Bildfeldes ohne Unschärfen abbilden können.

Für die Wissenschaft offenbart sich hier ein immenses und faszinierendes Problem, mit dem sich besonders Professor Donald M. MacKay von der Universität Keele, England, und Dr. Horst Mittelstaedt vom Max-Planck-Institut für Verhaltensphysiologie in Seewiesen befaßt haben. Zwar dringen die gemeinsamen Bemühungen der beiden Wissenschaftler in weithin unbekanntes Neuland vor, doch zeigen ihre Ergebnisse und Vermutungen schon jetzt, daß der bildverarbeitende Teil des »Wahrnehmungscomputers« Gehirn ungleich sinnvoller konstruiert ist und rationeller arbeitet als die ausgeklügeltste aller heute nur denkbaren Datenverarbeitungsanlagen. »Da drin« bei uns scheint einer zu sitzen, der nicht nur ein Bild von der Welt hat, sondern auch über genügend Handlungsfreiheit verfügt, dieses Bild in aller Vollständigkeit nachzugestalten. Von »ihm« wird die Wirklichkeit unserer bildhaften Wahrnehmung buchstäblich »errechnet«.

Das hinter dieser Beschreibung verborgene biokybernetische Problem ist bereits vor Jahren von Professor Erich von Holst und Dr. Mittelstaedt aufgegriffen und von ihnen zunächst als Frage der inneren Koordination aufgefaßt worden. Vereinfacht ausgedrückt etwa in dem Sinne, daß unsere Wahrnehmung nicht nur das aufnimmt, was die Augen jeweils abbilden, sondern überdies über jede Augenbewegung exakt Buch führt. Auf diese Weise könnte jeder wahrgenommene Gegenstand in irgendeinem »Planquadrat« einer »inneren Karte« registriert werden und die Orientierung in diesem stabilisierten Abbild der Umwelt ermöglichen.

Es gibt indessen Schwierigkeiten, die MacKay und Mittelstaedt noch zu viel weitergehenden Schlüsssen führten. Läßt man beispielsweise eine Versuchsperson das Lichtbild einer Landschaft betrachten, dessen Projektionsort mit der Ausrichtung der Augen gekuppelt ist und deshalb mit jeder Augenbewegung mitspringt, so bemerkt die Versuchsperson nicht die geringste Bewegung. Sie sieht nach wie vor ein stabiles Bild. Andererseits kann eine Versuchsperson, die in einem entsprechenden Experiment veranlaßt wird, einen bisher unbekannten Gegenstand nur in einem bestimmten der vermuteten »Planquadrate« kennenzulernen, ihn ohne weiteres auch dann identifizieren, wenn er plötzlich in einem anderen »Planquadrat« auftaucht. Und es ist nicht weniger erstaunlich, daß perspektivisch verzerrt abgebildete geometrische Figuren in ihrer wahren Gestalt erkannt, die absoluten Größen von Gegenständen trotz ihrer jeweiligen Perspektive gut eingeschätzt werden können.

Der weitergehende Schluß ist verblüffend. Er wurde von MacKay am Beispiel eines besonders rationell, geradezu mit »genialer Faulheit« arbeitenden Fernsehgeräts erläutert. Es ist zum Beispiel bei der Übertragung einer Nachrichtensendung überflüssig, den Studio-Hintergrund für jedes einzelne Fernsehbild neu zu übertragen, da lediglich der Sprecher, dessen Mienenspiel und dessen Verhalten interessieren. Entsprechend würde ein solcher Fernsehempfänger den Hintergrund nur ein einziges Mal speichern und dann in »eigener Regie« so lange abbilden, wie er gebraucht wird. Nur die Gesichtszüge und die Gestalt des Sprechers müßten in jedem Bild neu und gegebenenfalls verändert vom Sender empfangen werden.

Genau das scheint aber auch unser optisches Wahrnehmungsvermögen zu leisten. Es liefert uns zum jedesmal neu aufgenommenen Wesentlichen die perfekt nachgeschaffene »Illusion« eines Hintergrundes, also ein stabiles Bild unserer Umwelt, das zum Teil aktuell, zum Teil nachgestaltet oder »errechnet« ist. Das »innere Bild« der wahrgenommenen Welt ist also nicht nur Abbild, sondern zugleich Nachschöpfung. Sollten diese Hypothesen bekräftigt und womöglich die kybernetischen Funktionen und Verschaltungen dieser Vorgänge im Gehirn ermittelt werden, dürfte es wieder einmal möglich sein, ein phantastisches Vorbild der Natur für technische Entwicklungen zu nützen.

Rolf H. Simen

21 | *Poetischer Deckel sucht passenden Topf*

Ob sich unter den Schreibern von Heiratsanzeigen auch verkannte dichterische Genies befinden oder ob die poetischen mehr Erfolg dabei haben, wurde bei der Analyse der Heiratsanzeigen eines Jahrgangs der »Zeit« zwar nicht pedantisch überprüft. Professor Ulrich Schulz-Buschhaus, Universitäten Trier/Klagenfurt, ging es bei seinem »Seitensprung eines Romanisten und Komparatisten auf eigentlich fachfremdes Gebiet« vielmehr darum, aufzuzeigen, daß Poetik in den Heiratsanzeigen überhaupt da ist und welche vielfältigen und teilweise recht komplizierten Strategien benutzt werden, um dieses Element in die »ursprünglich und grundsätzlich unpoetische alltägliche Textsorte« hineinzubringen.

Das beginnt zunächst bei dem Versuch, dem immergleichen Sinn und Zweck des Inserats von »Mann sucht Frau« und »Frau sucht Mann« durch sprachliche Finten auszuweichen. Die Inserenten beschreiben sich in diesem Fall zum Beispiel durch die »Quantitäten ihrer Maße und ihres Alters« und übertragen dies häufig auch auf den gesuchten Partner. So kommt es dann vor, daß, extrem verkürzt, eine weibliche eine männliche Zentimeterzahl sucht. Bei einem anderen poetischen Ansatzpunkt treten mehr die Qualitäten des Ichs in den Vordergrund: »Mischung aus barockem Flötenkonzert, Naturbegeisterung, heiterem Gespräch (Akademiker, 173/42) sucht zärtliche kunstsinnige Lebensgefährtin.« Wem diese Mischung zu barock erscheint, kann es wiederum mit Anspielungen auf Sprichwörtliches versuchen (»Deckel sucht endlich passenden Topf«), auf Musikalisches (»Papagena gesucht von Papageno«) und vor allem Literarisches (»Grüner Heinrich« sucht »Judith«, »Homo Sympathicus« sucht »Femina Sympathica«).

Neben dem vordergründigen Zweck verbergen sich, so Schulz-Buschhaus in den »Trierer Beiträgen«, hinter solchen Formulierungen in der Regel Hinweise auf Interessen, Wissen, Charakter und Psyche des Anzeigenden, wie etwa die Vorliebe für Gottfried Keller und möglicherweise die Andeutung einer empfindsamen, komplizierten Seele in dem einen Fall, die Kenntnis des Kleinen Latinums im anderen. Das wichtigste Verfahren zur »durchgehenden Literarisierung« des Textes scheint die Allegorie zu sein, die möglichst Informationen enthüllt, wie »Einmaliges Rauchzeichen an eine zärtl. und schlanke Squaw von Häuptling und kleiner Squaw. Antwortsignale in Weihrauch an ...«.

Die Gründe für solche poetischen Versuche in den Heiratsanzeigen liegen wohl nicht nur in dem Bemühen der Inserenten, sich als humorvoll und witzig zu präsentieren, sondern beruhen vor allem auf dem Wunsch, Heiratsanzeigen, die im Grunde genommen als etwas Peinliches angesehen werden, nicht wie Heiratsanzeigen aussehen zu lassen. Stilistisch glücken diese Versuche freilich selten.

Offensichtlich am leichtesten fällt die »Poetisierung« der Heiratsanzeige dann, wenn der Schreiber entschlossen auf direkte Information verzichtet: »Lange Haare, lange Beine, langer Verstand gesucht. Nach Düsseldorf. Von Werbemensch«, ist ein Beispiel dafür, wie man die »Klippen ärgster Peinlichkeit« umschiffen kann: die Selbstdarstellung und die Beschreibung des gesuchten Partners. Auch eine große Zahl sogenannter »Anti-Heiratsanzeigen« opponieren gegen die verbreiteten Klischees, die man vor allem bei der Selbstbeschreibung findet, wie »Ich habe keinen Humor, bin kein Mann von Welt ...« belegt.

Einen bemerkenswerten stilistischen Unterschied zwischen Anzeigen von Geistes- und Naturwissenschaftlern erbrachte diese Untersuchung so nebenbei. Während Geisteswissenschaftler offensichtlich zu Anflügen »spätbürgerlicher Verfeinerung« neigen, bekunden Naturwissenschaftler nicht selten eine gewisse Biederkeit. Dies drückt sich unter anderem in dem wiederholten Verlangen nach »Herzensbildung« aus oder in der eigentlich überflüssigen Floskel, daß man sein Pendant »auf diesem Wege«, ja sogar »auf diesem nicht mehr ungewöhnlichen Wege« suche. Ton und Argumentation sind zumeist literaturfern schlicht, das Vokabular in dem Bemühen, solide zu sein, ist nicht selten altmodisch. Die Geisteswissenschaftler neigen dagegen mehr zur »Individualisierung und Literarisierung« des Stils. Ihre Anzeigen wirken meist auch moderner, »da sie offenbar besser als die naturwissenschaftlichen Kollegen zu beurteilen wissen, welche Wörter, Sätze, Werte und Ziele gerade ein besonders gesellschaftliches Prestige genießen, also ›in‹ sind«. *Dr. Renate I. Mreschar*

22 | *Kaisersohn als Spekulationsobjekt der Politik*

Die Aachener staunten nicht schlecht, als sie im März des Jahres 1361 eine Goldsendung quittieren mußten. Das Gewicht des Edelmetalls entsprach genau dem des kaiserlichen Säuglings Wenzel, der wenige Wochen zuvor in der Nürnberger Kaiserburg geboren war. Der Absender des Goldes: der Kaiser des Heiligen Römischen Reiches, Karl IV., aus der Dynastie der Luxemburger, in dritter Ehe verheiratet. Für Karl war dieses Goldgeschenk eine dankbare Erinnerung an eine Wallfahrt nach Aachen in der Hoffnung, einen Erben geschenkt zu bekommen. Welche Rolle ein Thronfolger im politischen Kalkül eines deutschen Kaisers spielen konnte, schildert unter anderem der Bochumer

Ordinarius für spätmittelalterliche Geschichte, Professor Ferdinand Seibt, in einer Biographie über »Karl IV.« (Süddeutscher Verlag-Buchverlag, München).

Wie es sich für einen stolzen Vater gehört, war der 45 Jahre alte Karl nicht müßig und ließ die Kunde von der Geburt eines männlichen Erbfolgen in alle Welt verkünden. Mit dem Hinweis, es handele sich um einen »strammen Knaben«, erhielten allen voran der Papst und dann Europas Fürsten die frohe Botschaft aus dem Reich. Es war deshalb dann auch kein Wunder, daß die Taufe Wenzels zu einem wahren Fürstenkongreß wurde: Fünf Kurfürsten, zahlreiche Territorialherren und 18 Bischöfe versammelten sich in der Nürnberger Sebalduskirche, um Karls Erbfolger zu sehen und um gesehen zu werden.

Weil der Kaiser zu dieser Zeit gerade an einer Territorialbrücke zwischen Böhmen und Frankfurt und an einem »Staatsgebilde« in Nordbayern bastelte, verlobte er kurzerhand den eben vier Monate alten Säugling Wenzel mit der Erbtochter des hohenzollerischen Burggrafen von Nürnberg. Da eine solche Verbindung aber nicht standesgemäß war, erhob er den Burggrafen in den Reichsfürstenstand. Kaum daß der Kronprinz laufen konnte – er war zwei Jahre alt – ließ ihn Vater Karl zum böhmischen König krönen. Inwieweit Wenzel den feierlichen Inthronisierungsakt überhaupt verstand, darüber schweigt sich der Chronist aus.

Als Wenzel vier Jahre alt war, setzte sein Vater das kaiserliche Heiratskarussell wieder in Bewegung und präsentierte ihm eine neue Dame zur Verlobung: die Nichte des damals noch kinderlosen Königs Ludwig von Ungarn. Aber auch diese Verlobung hielt nur kurz, schien es doch dem Kaiser vordringlich, endlich mit seinen Intimfeinden – den Wittelsbachern – in ein besseres Verhältnis zu kommen. Karl verlobte jetzt den inzwischen neun Jahre alten Wenzel mit Johanna von Niederbayern, einer Enkelin Ludwigs des Bayern. Auch mit dieser sehr wichtigen Verlobung hatte Wenzel seine Rolle als politisches Spekulationsobjekt noch nicht beendet. Karl hatte noch große Dinge mit seinem Sohn vor: die deutsche Königskrone. Auch das wußte der Papa zu richten.

Es kostete Kaiser Karl allerdings viel Propaganda, Diplomatie und noch mehr Geld, war doch die deutsche Königskrone nicht erblich. Die Deutschen – im Gegensatz zu den Böhmen – wählten nämlich ihre Könige. Mehr als eine Viertelmillion Gulden kostete schließlich den Kaiser die Wahl seines Sohnes. So kassierte beispielsweise allein der Pfalzgraf Rupprecht 50 000 Gulden für »künftige Dienste«. Karl hatte hoch spekuliert und blieb erfolgreich: Die Kurfürsten des Reiches wählten Wenzel 1376 einstimmig zum König. Wenzel war damals 15 Jahre alt.

Trotz aller erzieherischer Sorgfalt und politischer Berechnung konnte Karl das weitere Schicksal Wenzels nicht mehr bestimmen. 22 Jahre nach dem Tod seines Vaters enthoben die deutschen Kurfürsten Wenzel seines deutschen Königsamtes. Wenzel regierte auch in seinem Stammland Böhmen nicht erfolgreich und ging als Verantwortlicher für den Tod des Prager Generalvikars, der dann ein Heiliger wurde, Johannes von Pomuk, und als Freund der Ketzer und Hussiten in das Andenken ein. Schlimmer noch: Als Beinamen erhielt er die wenig schmeichelhafte Bezeichnung »der Faule«. Zeitgenössische Chronisten wunderte das alles nicht, wußte doch der Hofklatsch zu berichten, Wenzel habe bei seiner Taufe das Taufwasser verunreinigt und dann sogar noch den Altar beschmutzt.

Dr. Robert Lutz

23 | *Eine Narrengeschichte aus Babylonien*

Der unsterbliche Schalksnarr aus Kneitlingen, der im 14. Jahrhundert n. Chr. zuerst auftaucht, hat ebenso viele Jahre vor Christi Geburt einen Vorgänger gehabt. Der englische Archäologe Seton Lloyd entdeckte auf dem Ruinenhügel Sultantepe halbwegs zwischen Charran und Urfa in der südöstlichen Türkei eine neuassyrische Tontafelbibliothek, unter deren Schätzen man einen 160 Zeilen langen poetischen Text einzigartigen Inhalts fand. Er bietet zum ersten Male eine altorientalische Geschichte, die einen possenreißenden Schelm zum Helden hat und voll grotesker Komik ist. Der Text befand sich nach Ausweis eines schon früher bekannten Bruchstückes auch in der berühmtesten Bücherei der Keilschriftzeit, der ninivitischen Bibliothek Assurbanipals (669–631 v. Chr.) und dürfte aus dem zweiten Jahrtausend stammen.

Die Erzählung spielt in Nippur in Babylonien – es ist dies die Stadt, die lange Jahrhunderte eine Art Vatikan Sumers war. Dort lebte ein armer Kerl, dem es offenbar zwar an irdischen Gütern, nicht aber an Mutterwitz fehlte. Drum geht er auf den Markt und verkauft seinen letzten Besitz, nämlich sein Obergewand, für das er eine Ziege zu einer solennen Schmauserei einhandelt. Nun ist Gimilninurta (so heißt der Held der Geschichte) von Stolz geschwellt und fühlt sich in der Lage, Verwandte und Freunde zu einem Festmahl einzuladen. Aber gehört dazu nicht auch eine angemessene Zahl gefüllter Bierkrüge? Die hat er nicht – wer könnte sie ihm stiften? Für solch ehrenvolle Geste ist gewiß der reiche, keiner Gasterei abgeneigte und offenbar bestechliche Bürgermeister zuständig. Der arme Narr zieht also – vermutlich unter dem Johlen der ganzen Gasse – zum Palast des Präfekten, die störrische Ziege an einem soliden Strick hinter sich her zerrend. Immerhin, Ziege ist Ziege, und der Torwächter, der sie für ein Bestechungsgeschenk hält, läßt unseren Helden ein. Die Ziege mit der Linken festhaltend, mit der erhobenen Rechten elegant grüßend, setzt Gimilninurta zu einer formvollendeten Ansprache an, die zu dem schäbigen und äußerst knappen Habit des Redners in skurrilem Gegensatz steht. Das zunächst unwirsche Stadtoberhaupt kann denn auch das Lachen nicht verbeißen, die Sache endet aber doch, wie sie enden muß, mit einer recht kühlen Verabschiedung: »Gib einen Knochen mit ein bißchen Sehne dem Mann von Nippur, dazu einen Schluck vom Dünnbier, das du in der Kanne hast, und wirf ihn schleunigst dann zur Tür hinaus!«

Ein so reicher Mann – und solche schäbige Gesinnung! Gimilninurta zieht sich fluchend zurück und droht dem Mann, der sein Vertrauen so enttäuschte, dreifache Rache an. Wer ist mehr als der Bürgermeister? Natürlich der König – und dieser weilt zur Zeit in der Stadt. Nun, man weiß, wie man sich zu benehmen hat: Der unverdrossene Bittsteller versteht es, sich in den Palast zu schmuggeln. Er küßt den Staub zu Füßen des Herrschers und erbittet treuherzig nichts Geringeres als eine königliche Kalesche: Einen Tag möchte er einen solchen pferdebespannten Prunkwagen zur Verfügung haben. Er sei auch bereit, bei Rückgabe eine volle Mine gutes Gold als Leihgebühr zu zahlen.

Der Herr aller Babylonier ist Kummer gewöhnt und stets in Geldnöten – auch das muß der zeitgenössische Leser vor 4000 Jahren als köstlichen Witz empfunden haben. Der König ist daher einem so guten Geschäft nicht abgeneigt. Ohne viel zu fragen, läßt er Gimilninurta das gewünschte Vehikel bereitstellen. Würdevoll im Wagen sitzend und – vermutlich auch auf Pump – neu und gut equipiert, fährt der nun also Verwandelte erneut beim Stadtpräfekten vor und schwatzt, höflichst empfangen, von einem Goldschatz, den er in dem dem Bürgermeister unterstehenden Tempeltresor deponiert habe. Eine lange Gasterei folgt, bei der der Stadtchef schließlich sanft entschläft – und nun inszeniert unser Freund eine Beraubung des (nur in seiner Phantasie bestehenden) Schatzes, weckt dann seinen hohen, aber mit den Gaben des Geistes wohl nicht sonderlich gut ausgestatteten Gastgeber in wohlgespielter Wut, »und zahlt ihm seine Schulden reichlich ab: Er prügelt ihn vom Kopf bis zu den Sohlen, daß ihn der ganze Körper greulich schmerzte.« Zwei Minen Gold muß der aus allen Wolken Gefallene überdies auf der Stelle als Ersatz zahlen – eine erhält der König, die zweite darf Gimilninurta als schnellen Verdienst buchen.

Ein zweites Mal an den Gewarnten heranzukommen, macht schon größere Schwierigkeiten, aber Gimilninurta findet seinen Weg. Neuerdings als Arzt verkleidet und mit kahlgeschorenem Kopf, läßt er sich als berühmter Heilkundiger aus dem benachbarten Isin (das damals vielleicht noch Landeshauptstadt war) melden, sagt dem Präfekten auf den Kopf zu, daß er an Schwielen am ganzen Körper leide, und preist ein Geheimmittel an, das freilich nur in einem völlig abgedunkelten Raume wirke. Der hohe Herr geht prompt auf den Leim und rühmt seinen Dienern gegenüber sogar die scharfsinnige Diagnose des großartigen Doktors. Der Eulenspiegel von Nippur wird in ein dunkles Kabinett komplimentiert, wo er den Präfekten fesselt und ihm flugs eine neue Tracht Prügel verabreicht – nicht ohne sich danach beim Verlassen des Hauses wiederum durch Fluch und Racheschwur zu demaskieren. Jetzt freilich ist dem genarrten Bürgermeister das Lachen vergangen. Er läßt sich und seine Umgebung von nun an zu jeder Zeit bewachen. Sogar der Schelm Gimilninurta ist am Ende seines Lateins beziehungsweise seines Sumerisch. Schließlich dingt er sich einen Helfer, der am verrammelten Tor des Präfekten Lärm schlagen, »Ich bin der Mann mit der Ziege!« rufen und dann schleunigst verschwinden soll, dieweil sich Gimilninurta unter einer nahen Brücke versteckt. Wie erwartet, läuft alles im alarmierten Hause zusammen; der aufgebrachte Hausherr schickt sein ganzes Gesinde auf die Jagd nach dem Tunichtgut – während er vor dem Tor die Suche mit seinen Augen verfolgt. Da schleicht sich Gimilninurta von hinten heran und verprügelt den Präfekten ein drittesmal. »Nun hab ich das, was du mir angetan, fürwahr drei Male reichlich heimgezahlt!«

Prof. Dr. Hartmut Schmökel

24 | *Wie der Hase läuft*

Schon die Steinzeitmenschen kannten ihn, in der Bibel wird er erwähnt, und reiche Kelten hielten sich sogar Berufsjäger, die morgens vor der Jagd ausgesandt wurden, um sein Versteck auszukundschaften. Doch wie bei vielen jener Wildtierarten, die weder »Trophäen« tragen noch beachtlichen Schaden anrichten und auch nicht ungewöhnlich oder bestandsgefährdet sind, ist unser Wissen über den Feldhasen in all der Zeit recht lückenhaft geblieben.

Für den Laien fangen die Schwierigkeiten bereits damit an, Meister Lampe, den meisten von Kindheit an vertraut durch seine steile Karriere als Fabelheld und Osterhase, von einem Wildkaninchen zu unterscheiden. Bestimmt ist es auch oft gar nicht leicht zu sagen, ob das Langohr, das einem gerade über den Weg gehoppelt ist, nun am Rücken mehr hasenbraun oder mehr kaninchengrau war. Da die hasentypischen Schädelknochen und das große Herz, das er als Langstreckenläufer im Gegensatz zum Kurzstreckler Kaninchen besitzt, normalerweise nicht auszumachen sind, halte man sich am besten an die Ohren – und die sind ja wirklich nicht zu übersehen: Was so ein rechter Mümmelmann ist, dessen Löffel sind so lang, daß sie, nach vorne über den Kopf geklappt, stets die Nasenspitze überragen würden, während die Kaninchenlauscher es nicht einmal auf Kopflänge bringen. Außerdem haben Hasenohren eine charakteristische Schwarz-Weiß-Zeichnung, die denen der Kaninchen fehlt.

Die übergroßen Schalltrichter auf dem Haupt kommen Meister Lampe in den verschiedensten Situationen zugute. Besonders bei großer Hitze oder wenn er vor lauter Aufregung einen heißen Kopf bekommt, ist er fein raus, braucht er doch nur seine dünnwandigen Löffel steil in den Wind zu stellen, um für das durch sie hindurchfließende Blut eine ausgezeichnete Luftkühlung zu erreichen. Deshalb besitzen Hasen aus warmen Ländern zwecks Temperaturregulation besonders großzügig ausgelegte Lauscher, während ihre Brüder in kühlen Regionen mit der kleinen Ausführung hinkommen. Hören kann der Feldhase mit seinen Ohren wahrscheinlich auch sehr gut. Daran gewöhnt, von Mensch und Tier gejagt zu werden, peilt er mit ausgefahrenen Antennen immer wieder in alle Richtungen nach verdächtigen Geräuschen. An die Aufgabe, möglichst schnell eine Gefahr zu erkennen, sind auch seine Augen angepaßt. Durch ihre etwas seitlich vorstehende Anordnung ist eine Rundumsicht möglich. Allerdings kann Lampe nur in jeweils einem ganz schmalen Bereich vorwärts und rückwärts räumlich sehen. In dem übrigen großen Blickfeld vermag er deshalb kaum zu erkennen, ob sich jemand auf ihn zubewegt oder stehenbleibt. Was sein Farben- oder Schwarzweißsehvermögen betrifft, tappen die Wissenschaftler bisher im Dunkeln. Nachts besonders aktiv, ist der Feldhase noch mit den »Hasenbart« genannten Tasthaaren und einem wahrscheinlich recht guten Geruchssinn ausgestattet.

Von allen Säugetieren unserer Breiten, die den Winter ohne einen schützenden Unterschlupf, ein Nest oder einen Bau überstehen, ist der Feldhase das kleinste. Zieht schlechtes Wetter auf, so kauert er sich einfach zwischen groben Erdschollen, an einem Baumstamm oder unter dichtem Pflanzenbewuchs zusammen und wartet auf bessere Zeiten. Auch sein normaler Ruheplatz sieht nicht anders aus. Lediglich wenn gerade nichts vorhanden ist, was ausreichend Deckung bieten würde, macht er sich die Mühe, sich eine Sasse zu bauen. Doch auch das ist nichts weiter als eine mit den Vorderpfoten in den Boden gescharrte kleine Mulde, in die das Tier gerade so hineinpaßt, daß es immer noch gut nach Feinden spähen und horchen kann. Am liebsten haben es Mümmelmänner, wenn ihnen dabei ordentlich die Sonne auf den Pelz brennt, bei starken Schneefällen allerdings lassen sie sich sogar völlig einschneien, um einen bestmöglichen Wetterschutz zu erreichen.

Wenn Herr Lampe sich nicht gerade im Tarnanzug in seiner Mulde räkelt und gähnt und auch keine seiner nur eine Minute andauernden Tiefschlafphasen hat, inspiziert er sein Revier und äst sich den Magen voll. Markante Punkte im Gelände hat er durch verschiedene Duftmarken so gekennzeichnet, daß er sich im Falle der Flucht sicher daran orientieren kann und die anderen Hasen wissen, wer hier Herr im Felde ist. Sich selbst parfümiert er während der Körperpflege. Die nimmt er sehr genau, da ein ordentliches Fell ein besserer Wärmeisolator ist. Vom Haarekämmen bis zum Zehensäubern wird nichts ausgelassen, und der Dipl.-Biologe Eberhard Schneider, Universität Göttingen, berichtet sogar in seinem Buch »Der Feldhase: Biologie, Verhalten, Hege und Jagd« (BLV Verlagsgesellschaft, München), daß der sonst – zu Unrecht – als Einzelgänger bezeichnete Mümmelmann kranken Kollegen beim Putzen hilft.

Eine weitere Hauptbeschäftigung des Langohrs ist natürlich sein Liebesleben, schließlich zeigt er sich in unseren Breiten fast das ganze Jahr über fortpflanzungsfähig, sieht man einmal ab von einer Zeit der Enthaltsamkeit im Oktober und November. Wie zum Tanzabend verabredet trifft man sich auf einem bestimmten übersichtlichen Areal, die ersten mutigen Rammler treffen ihre Wahl unter den anwesenden Damen und meinen bald, sich Vertraulichkeiten herausnehmen zu können. Die noch berührungsscheuen Häsinnen suchen daraufhin das Weite, gefolgt von ihren Verehrern. Die ersten »Paarläufer« stimulieren die zurückhaltenderen Herren, sich nun ebenfalls eine Partnerin zu suchen und bei dem Treiben mitzumischen. Dabei ist es schon öfter vorgekommen, daß ein Rammler im Eifer des Gefechts beharrlich hinter einem Hund herjagte, bis er erkannte, daß nicht alles, was rennt, Häsin ist, und schleunigst davonhoppelte. Hat die Häsin es aufgegeben, sich zu zieren, bleibt sie oft längere Zeit mit ihrem Partner zusammen. Etwa dreimal im Jahr bringt eine Hasendame nach einer Tragzeit von 42 bis 43 Tagen einen Wurf von zwei bis maximal sechs Jungen zur Welt, die schon über Schneidezähne verfügen und bald ihre Augen öffnen. Die kleinen Häschen werden sofort sich selbst überlassen, nur zu bestimmten Zeiten treffen sie sich mit ihrer Mutter zum Säugen. Diese relativ große Zahl an Nachkommen pro Jahr sind für das Fortbestehen der Art unbedingt notwendig, denn etwa 62 Prozent von ihnen werden nicht mal ein Jahr alt – und den oft zitierten alten Hasen gibt es schon gar nicht. Schuld an der hohen Verlustrate sind nicht die hasenfressenden Raubtiere, denn weil man wegen der Fähigkeit Meister Lampes, aus der Ruhelage plötzlich aufzuspringen und Haken zu schlagen, nie genau weiß, wie der Hase läuft, ist er nur schwer zu erbeuten. Auch die Jagd gefährdet den Hasen nicht, obwohl er das deutsche Jagdwild Nummer Eins ist. Vielmehr sind es Motorfahrzeuge, landwirtschaftliche Maschinen, Insektizide, Pestizide und eine Reihe von parasitären und bakteriellen Krankheiten, die den Bestand erheblich dezimieren. So werden Feldhasen selten älter als fünf Jahre, und die ganz vereinzelt vorkommenden sieben bis acht Jahre sind schon ein biblisches Feldhasenalter.

Anke Hetzer

25 | *Der modische Kniestrumpf vor 1200 Jahren*

Im frühen Mittelalter, als das Stricken noch nicht erfunden war, hatten die Frauen im Winter keine Strümpfe an. Was nicht heißt, daß sie froren; nur die Art der warmen Beinbekleidung sah damals ganz anders aus. Wie, darüber geben Frauenbestattungen aus dem 7. Jahrhundert n. Chr., die in Südwestdeutschland mehrfach gefunden wurden, und Moorfunde aus Dänemark reichlich Auskunft. So wurde ein rechteckiges Stück Wollstoff, etwa 35 mal 30 Zentimeter groß, um die Unterschenkel gewickelt. Zur Befestigung am Knie und am Knöchel waren Riemen angenäht. Der Knieriemen schloß mit einer Schnalle, der Knöchelriemen wurde geknotet. Damit das Tuch an der Seite nicht aufschlappte, wurde das schmälere freie Ende des Knieriemens durch eine Durchzugsvorrichtung geführt, die etwa fünf Zentimeter über dem Knöchel auf dem Wadenlappen aufgenäht war. Knie- und Knöchelriemen waren durch einen breiten senkrechten Trageriemen verbunden. Auf diese Weise schlumperte nichts herum, und wer schöne Beine hatte, konnte sie im eng anliegenden »Kniestrumpf« zur Geltung bringen.

Offensichtlich versuchte man aber auf ganz andere Weise zu imponieren. Der senkrechte Trageriemen endete, wie im Falle einer Bestattung in Hockenheim (Rhein-Neckar-Kreis), über die Dr. Gisela Clauss, Römisch-Germanisches Zentralmuseum Mainz, im »Archäologischen Korrespondenzblatt« berichtet, in einer aufwendigen Riemenzunge. Sie war aus Bronze, die, schön glänzend geputzt, als Goldersatz betrachtet wurde, und wies Tierdarstellungen auf.

Der aufgenähte Durchzug war aus Bronzeblech und das Ende des Knieriemens bestand ebenfalls aus einer goldglänzenden bronzenen Riemenzunge. Die Beschläge an den Kreuzungsstellen der Riemen waren fein ausgearbeitet und ornamental verziert.

Man fragt sich, warum ein solcher Aufwand mit Schnallen und Riemen getrieben wurde, wenn zwei kreuzweise geführte Bänder um die Waden den selben Dienst getan hätten. Diese Bänder hat es bei einfacheren Leuten auch gegeben. Aber der letzte Modeschrei des frühen Mittelalters waren Lederzeug und Bronzeschnallen. Den beliebten Geruch nach warmgewordenem Leder wollten die ritterlichen Herren wohl auch bei ihren Frauen nicht entbehren.

Gerda von Petrikovits

26 | *Ein Schatz bleibt ungehoben*

Ein ungeheurer Schatz liegt bisher ungehoben direkt unter unseren Füßen: Die Versorgung der Menschheit mit Metallrohstoffen wäre für viele Jahrtausende gesichert, würde man systematisch das gewaltige Reservoir erschließen, das sich in den normalen Gesteinen der kontinentalen Erdkruste verbirgt. Dabei brauchte man nur bis zu einer Tiefe zu gehen, die für den heutigen Metallerzbergbau zugänglich ist. Allein in den oberen tausend Metern der Kontinentalkruste lassen sich für alle Metalle, die begehrten Buntmetalle eingeschlossen, mit den vorhandenen Daten der Geochemie riesige Mengen errechnen, die durchweg mehr als das Zehntausendfache der Lagerstättenvorräte ausmachen. Zwar enthält eine Tonne Gestein der Erdkruste durchschnittlich nur 50 Gramm Kupfer, 13 Gramm Blei oder 80

Gramm Zink. Doch macht es hier die Masse. Auf 4,023 x 10^{17} (eine Eins mit siebzehn Nullen) Tonnen für alle Kontinente errechneten Erdkrustengesteins kommen rund 20 Billionen Tonnen Kupfer. Das ist mehr als das Fünfzigtausendfache der heute bekannten, in abbauwürdigen Lagerstätten vermuteten Kupferreserven.

Angesichts dieser fast unvorstellbaren großen Mengen wird immer wieder darüber spekuliert, ob sich das Metallrohstoffreservoir im Gestein der oberen Erdkruste nicht vielleicht doch nutzbar machen ließe. Daß dies zumindest unter wirtschaftlichen Bedingungen nicht möglich ist, hat Professor Friedrich Bender, Bundesanstalt für Geowissenschaften und Rohstoffe, Hannover, auf einem geowissenschaftlichen Symposium am Beispiel des Kupfers geschildert.

So betragen die heute abbauwürdigen Gehalte in Kupfer-Großlagerstätten knapp 0,5% Kupfer im Erz. Das heißt, gegenüber dem mittleren Krustengehalt an Kupfer muß eine 120fache Anreicherung gegeben sein. Wollte man nun Gesteine mittlerer Krustenzusammensetzung als »Kupfererze« nutzen, so müßte man für die Gewinnung von einer Tonne Kupfer 25 000 Tonnen Gestein – das entspricht einem Würfel mit einer Kantenlänge von 21 Metern – abbauen und durch Aufbereitungsanlagen bringen. Geht man von einem heute üblichen Welt-Kupferverbrauch von etwa jährlich 7,5 Millionen Tonnen aus, so wäre pro Jahr ein Gesteinswürfel mit gut vier Kilometer Kantenlänge abzubauen.

Doch nicht nur das Mengenverhältnis, sondern auch die Betrachtung der Energiebilanz spricht gegen eine Nutzung normaler Gesteine als Ressourcen zur Metallgewinnung nicht nur für die nahe, sondern auch für die ferne Zukunft jenseits des Jahres 2000. Professor Bender hat errechnet, daß beispielsweise eine Energie von 3,6 Millionen Kilowattstunden aufgewendet werden muß, um aus normalen Gesteinen sechs Tonnen Kupfer zu gewinnen. Das bedeutet, daß dafür die gesamte Energie notwendig ist, die ein mittleres Steinkohlenkraftwerk mit einer Kapazität von 150 Megawatt bei einem Einsatz von 1200 Tonnen Steinkohle an einem Tag erzeugt. *Karl-Heinz Preuß*

27 | *Lügen haben schöne, lange Beine*

Volkstümliche Lebenserfahrungen vieler Jahrtausende stecken in den Sprichwörtern. Während sie früher vor allem als direkte Belehrungen gebraucht und verstanden wurden, verhält sich der moderne Mensch ihnen gegenüber heute eher skeptisch. Dennoch sieht es keineswegs so aus, als verschwänden die Sprichwörter aus unserer Sprache – im Gegenteil!

Allerdings lebt das Sprichwort in unseren Tagen vor allem in der Veränderung und Umdrehung. »Lügen haben schöne, lange Beine« sagt beispielsweise der Schriftsteller Martin Walser, der Sprichwörter wie Mosaiksteinchen in den Text einbaut und diese ironisch variiert. Verfremdung oder Infragestellung bisheriger Werte ist die Absicht.

Doch nicht nur in der Literatur lebt das Sprichwort weiter. Es belebt und würzt, wie der Germanist Wolfgang Mieder, Universität Vermont, USA, in der Zeitschrift »Muttersprache« schreibt, die Sprache der Politiker, lockert ihre abstrakten Gedankengänge auf. Im Dienste der politischen Agitation wird es gern verdreht. Wer erinnert sich nicht an Werner Fincks Anspielung auf Goebbels: »Die Lüge hat ein kurzes Bein?« Walter Ulbricht war ein Meister in der Handhabung sprichwörtlicher Formulierungen: »Wer das Unkraut nicht bekämpft, erstickt die junge Saat«, kommentierte er den Berliner Mauerbau.

Natürlich haben auch die Bonner Politiker seit je die belebende Wirkung des Sprichworts für ihre Zwecke zu nutzen verstanden. »Je tiefer man in den Wald kommt, um so mehr Holz muß man schlagen«, bemerkte Egon Bahr zu seinen Gesprächen mit dem DDR-Vertreter Michael Kohl. Willy Brandt hatte die bayerischen Spitzenpolitiker im Sinn, als er sagte: »Lieber einen Vogel in der Hand als einen Strauß auf dem Dach«. Den Fluglotsen wünschten Kommentatoren, daß die Regierung »groben Klotz auf groben Keil« setzen möge. »Andere Länder – gleiche Probleme« wurde zum Slogan der Europa-Politiker. Auch die Wirtschaftspolitik bietet ein weites Feld für Veränderungen des Sprichworts: »Reden ist Silber, Schweigen ist Öl«, »Guter Staat ist teuer«, »Mark bleibt Mark«, »Scheich und Scheich gesellt sich gern«.

Vor allem die Wirtschaftswerbung hat erkannt, daß im Sprichwort Gold steckt. Kurz, eingängig, jedermann bekannt, wird es geschickt zum konsumfördernden Slogan umfunktioniert und in hämmernder Wiederholung Lesern, Hörern und Sehern der Massenmedien eingebläut, denn mit Bekanntem – Klang und Rhythmus – verbindet der Verbraucher nur allzu schnell Positives. Besonderen Erfolg aber verspricht sich der Werbefachmann von der Verbindung von Bild und Text, denn da das Sprichwort im allgemeinen eine Metapher enthält, ergibt sich doppelte bildliche Wirkung.

Die Likörflasche mit dem Text »Schenken und schenken lassen«, die Uhr mit dem Hinweis »Neue Zeit braucht neue Uhren«, der Stoßdämpfer mit der Mahnung »Wie man sich bettet so fährt man« suggerieren dem potentiellen Käufer die Notwendigkeit, sich diese Mahnung zu Herzen zu nehmen. Gern versehen Firmen längere Werbetexte mit einem Titel, dem ein Sprichwort zugrunde liegt. »Erst lesen, dann bauen«, »Studieren geht über Probieren«, »Sauber fährt am längsten«. Das soll zum Weiterlesen animieren. Anklang an Vertrautes sowie die Formelhaftigkeit stärken das Vertrauen des Lesers und steigern die Glaubwürdigkeit der Aussage.

Die Abnützung des Sprichworts und seine befehlsmäßige, oft einseitige Moral fordern heute Widerspruch heraus. So wird ein moralischer Appell ins Gegenteil umgekehrt: »Man muß die Feste feiern, wie die Mädchen fallen«, »Wo ein Wille ist, ist auch ein Gebüsch«, »Ehrlich währt's am längsten«, »Was sie nicht will, das ich ihr tu, das füg ich einer andern zu«. Die Sprichwortvarianten von heute dürften eine Fundgrube für Moralphilisophen sein.

Besonderer Beliebtheit erfreut sich heute das Sagwort, dem viele Zeitungen und Zeitschriften regelmäßig eine Spalte widmen. Der dreiteilige Text enthält das Sprichwort, eine Kurzcharakteristik von Sprecher und Situation, schließlich die frei erfundene überraschende Pointe: »Aller Anfang ist schwer, sagte der Dieb und stahl zuerst den Amboß«. Hier wird dem Sprichwort die Allgemeingültigkeit genommen, alle eingleisigen Vorschriften werden ironisiert. In einer Zeit, die alles in Frage stellt, bietet sich das Sagwort als gängigste Form der Parodie an und ist zur intellektuellen Mode geworden. Der biedere Humor des Sprichworts verwandelt sich in makaberen Galgenhumor.

Mit welcher Willkür auch immer das Sprichwort heute abgewandelt wird, es bleibt in seiner sprachlichen Formelhaftigkeit erhalten, denn nur diese ermöglicht die zahlreichen Variationen. Wolfgang Mieder sieht darin eine Bestätigung von »volkssprachlicher Dauer im Wechsel«.

Dr. Gerda Neumann

28 | *100 Tage ist der Frühling unterwegs*

Ob der Frühling diesmal »nach Plan« verläuft oder nicht, wäre über ständige und über viele Jahre hinweggehende Beobachtungen und Vergleiche wohl kaum festzustellen. Deshalb wird in einem speziellen Arbeitsbereich des Deutschen Wetterdienstes, Offenbach, über Schneeglöckchen- und Krokusblüte genau so sorgfältig Buch geführt wie über jene Rückfälle in winterliche Kälte, die den frohen Vorsprung des Frühlings wieder zunichte machen können.

Diese »Fahrpläne« der Natur gehen auf Daten zurück, die von den rund 3000 Stationen im phänologischen Beobachtungsnetz des Deutschen Wetterdienstes gesammelt und ausgewertet werden. Freiwillige Mitarbeiter in diesem Netz sind viele Rentner und Pensionäre, aber auch jüngere Landwirte, Obstbauern, Gärtner, Förster, Straßenwärter und andere Angehörige naturverbundener Berufe. Das aus dem Griechischen hergeleitete Kunstwort Phänologie bezeichnet eine biologische Forschungsrichtung, die Lebenserscheinungen und Entwicklungsvorgänge bei Pflanzen und Tieren in ihrer Beziehung zum Jahresablauf untersucht.

Von den phänologischen Beobachtern wird eine Anzahl von auffallenden und immer wiederkehrenden Wachstumsphasen an Pflanzen, wie etwa Blattentfaltung, Blüte, Fruchtreife und Laubverfärbung, Jahr für Jahr registriert. Da die Wachstumsgeschwindigkeit von der jeweils herrschenden Witterung eines Jahres oder einzelner Monate abhängig ist, wird die Pflanze gleichsam »zu einem feinen Klima- und Witterungsmeßgerät, das nichts kostet und überall vorhanden ist«. Im Gegensatz zu Thermometern, Regenmessern oder Strahlungsmessern, die nur auf einzelne Wetterelemente und deren Veränderung reagieren, ist die Pflanze deshalb »ein besonderes meteorologisches Gerät«, weil sie durch ihr Wachstum den Gesamteinfluß aller Witterungselemente wie ein Klimamesser registriert.

Das Beobachtungsmaterial wird nach seiner Prüfung und Aufbereitung vor allem dazu benutzt, phänologische Karten zu entwerfen, die Früh- und Spätgebiete der Pflanzenentwicklung erkennen lassen. In ihnen spiegelt sich auch die klimatische Gunst oder Ungunst der Pflanzenstandorte und -anbaugebiete wider. Solche Karten lassen zum Beispiel erkennen, daß die Obstbaumblüte zuerst im Südwesten Deutschlands, etwa am Westfuß des Schwarzwaldes, an der Bergstraße und der Weinstraße einsetzt. Es wird auch deutlich, daß sich die durch den Beginn der einzelnen Wachstumsphasen gekennzeichnete »Marschrichtung« im Laufe eines vollen Vegetationsjahres völlig umkehrt, was durch die unterschiedliche Wärmeverteilung zwischen Land und Meer in den einzelnen Jahreszeiten verursacht wird. So sind im Vorfrühling im allgemeinen die Küstengebiete wärmer als das Innere des europäischen Kontinents, während im Sommer das Umgekehrte der Fall ist. Entsprechend beginnt die Obst- und Schneeglöckchenblüte im Südwesten und setzt sich mit zeitlicher Verzögerung nach Nordosten fort. Die Winterroggenernte hingegen beginnt im Südosten und schreitet dann nach Nordwesten fort. Die phänologischen Karten dienen aber nicht nur der Beschreibung: Sie sind auch nützlich. Mit ihnen können den Landwirten die besten natürlichen Anbaugebiete für die verschiedenen Kulturpflanzen angegeben werden. Man kann Ratschläge für die Sortenauswahl geben und eine ganze Reihe arbeitstechnischer Fragen beantworten. Das phänologische Beobachtungsmaterial läßt Rückschlüsse auf die verschiedenen Arbeitsspitzen zu, die mit der Frühjahrs- und Herbstbestellung oder der Ernte verbunden sind, und damit auch auf die in den einzelnen Phasen benötigten landwirtschaftlichen Saisonarbeiter. Man kann Blühvorhersagen und auch Ernteertragsvorausschätzungen vornehmen. Für die Schädlingsbekämpfung liefert die Phänologie wichtige Daten und Beratungsunterlagen.

Aus den phänologischen Daten, zum Beispiel über den Beginn der Apfelblüte, läßt sich auch ablesen, daß der Frühling in Europa Mitte März im Raum Gibraltar – Cadiz – Lissabon seinen Einzug hält und von dort nordnordostwärts wandert. In den Küstengebieten des Bottnischen Meerbusens erblühen die Apfelbäume erst um den 20. Juni herum. Der Frühling braucht also für seine Wanderung durch Europa vom äußersten Südwesten der iberischen Halbinsel bis in das nördliche Skandinavien nicht ganz einhundert Tage.

Heinz Panzram

29 | *Wenn selbst die Brennesseln sterben*

Dort, wo Auwälder mit Erlen, Ulmen, Stieleichen oder Schmalblattweiden vom Menschen zerstört wurden, rükken ganze Bataillone »nitrophiler« Pflanzen an. Ihnen bekommen die Waschmittelrückstände, Fäkalien, stickstoff- und phosphorreichen Abfälle gut, die das Hochwasser im ufernahen Boden hinterläßt. Mitunter muß man sich beim Spaziergang in einer Flußaue durch bis zu zwei Meter hohe Brennessel»wälder« kämpfen. So lästig diese Stauden dem Menschen manchmal sein mögen, sie bieten andererseits eine gewisse Garantie dafür, daß der Boden bei Hochwasser nicht abgetragen wird. Andere einheimische »Wurzelkriech-Pioniere« wie Gemeine Pestwurz, Giersch, Zaunwinde und Kriechende Quecke oder jene verwilderten Zier-

und Nutzpflanzen ausländischer Herkunft wie Herbstaster, Goldrute, Spießblätteriger Knöterich und Indisches Springkraut, die ihnen den Platz streitig machen, halten den Boden ebenfalls fest.

Doch im Kampf um das Flußufer droht jetzt selbst der Großen Brennessel (Urtica dioica) der Erstickungstod. Ihr Feind kommt aus Amerika und breitet sich, nach einem Umweg über deutsche Gärten, an vielen Flußufern aus; es ist die Topinambur-Knollensonnenblume (Helianthus tuberosus). Sie wird bis zu vier Meter hoch und läßt alle einheimischen Stauden unter sich verkümmern. Das besonders Tückische an dieser »Kulturflüchter«-Pflanze: Sie bildet kein den Boden schützendes Wurzelgeflecht.

Topinambur stirbt im Herbst ab und läßt nur bis zu 80 Zentimeter lange, daumendicke Ausläuferknollen zurück. Sie sind für Wühlmäuse, Ratten und Kaninchen ein willkommenes Winterfutter. Um an diese stärkereiche Nahrung heranzukommen, müssen die Nagetiere den Boden zehn bis zwanzig Zentimeter tief durchwühlen. Steigt der Fluß im Frühjahr an, wird viel von dieser gelockerten und nicht mehr festgehaltenen Erde abgetragen. Oft beginnen damit, wie Dr. Wilhelm Lohmeyer, Bundesforschungsanstalt für Naturschutz und Landschaftsökologie, Bonn, in dem Sammelband »Belastete Landschaft – Gefährdete Umwelt« (Goldmann Verlag) berichtet, große Uferzerstörungen.

Mit dem Wasser treiben nicht aufgefressene Knollen fort; weiter unten bleiben sie irgendwo hängen, Topinambur kann sich dort ausbreiten. Die Nagetiere verschleppen die Knollen aber auch flußaufwärts, und so kommt es, daß zum Beispiel die Ufer der Ahr vom Mündungsgebiet an, wo sich zwischen 1964 und 1970 eine Knollensonnenblumen-»Herde« von zwei auf 200 Quadratmeter ausdehnte, von unten nach oben immer mehr mit diesem Unkraut besiedelt werden.

Die Knollensonnenblume hat noch eine andere schädliche Wirkung: Sie biegt sich nicht elastisch herunter, wenn Wasser über sie hinwegströmt, sondern bleibt starr und hält so Treibgut fest, verlangsamt die Fließgeschwindigkeit des Sommer-Hochwassers, fördert die Ablagerungen und trägt damit zur Aufhöhung des Ufers bei, was den Abfluß behindern kann. Wenn man das und die noch stärkere Erosion im Winter und Frühjahr verhindern will, muß man die Knollensonnenblume regelmäßig jeden Juni abmähen; das schwächt ihre Vitalität, und wenigstens die Brennessel kann wieder an Boden gewinnen und ihr uferschützendes Wurzelgeflecht ausbreiten. Auf die Dauer gesehen hilft aber nur, wenn man in den unkrautbewachsenen Flußauen wieder standortsgemäße Bäume und Sträucher wachsen läßt. *Georg Hartmut Altenmüller*

30 | *Wie der Herbst die Farben mischt*

Die »bunte Palette«, die der Maler Herbst über der Landschaft ausbreitet, ist nur die äußere Erscheinungsform einer Reihe von komplizierten, chemisch-physiologischen Vorgängen, die unsichtbar in Blättern und Gehölzen ablaufen.

Der Blattfall wird im allgemeinen schon während des Spätsommers vorbereitet: An der Basis des Blattes oder Blattstiels bildet sich eine sogenannte »Trennungsschichte« aus Kork. Der Stofftransport wird durch sie nicht behindert, da die Leitelemente durch die Korkschichte hindurchlaufen. Im Herbst bildet sich dann längs der äußeren Seite dieser Schichte eine weitere Lage, in der die Ablösung des Blattes erfolgt. Eigene Lamellen, die sonst in dieser Lage die einzelnen Zellen miteinander verkitten, werden von zelleigenen Wirkstoffen aufgelöst, die Zellen haften nicht mehr so gut und das Blatt fällt schon bei der kleinsten Erschütterung ab. Gefördert wird dieser Trennungsvorgang durch Nachtfrost. Am Zweig verbleibt eine Narbe, die durch die undurchlässige Korkschichte abgeschlossen wird.

Auf die Frage, warum in den gemäßigten Klimazonen der Erde der Laubfall der meisten Gehölze innerhalb einer relativ kurzen Zeitspanne erfolgt, gibt es mehrere Antworten. Eine ist, wie Professor Josef Kisser, Hochschule für Bodenkultur, Wien, feststellt, daß das Leben der Blätter ganz bestimmten Temperaturen angepaßt ist: Im Winter würden sie erfrieren, keine Leistung erbringen und wären unter der Schneelast eine Gefahr für Bäume und Sträucher. Nur die Nadelbäume haben sich aufgrund ihrer geringen Blattfläche an diese Last angepaßt. Aber selbst in den Tropen leben Blätter nicht ewig. Nur werden sie dort fortlaufend und deshalb weniger auffällig ausgewechselt.

Der herbstliche Laubfall ist aber auch aus chemisch-physiologischen Gründen unerläßlich, da auch ein Blatt alt und verbraucht wird. Die Abnützungserscheinungen, die in den verschiedenen Bestandteilen des Zellinneren auftreten, führen zu einem wesentlichen Absinken der Leistungsfähigkeit. Außerdem häuft sich während der Lebensdauer des Blattes eine Reihe von Stoffwechsel-Endprodukten an, die nicht ausgeschieden werden können.

Bevor das Laub abgeworfen wird, erfolgt der Abbau und Rücktransport eines Großteils der verwertbaren Stoffe in den Zweig oder Stamm. Ebenso wird in den meisten Pflanzen auch der grüne Blattfarbstoff Chlorophyll abgebaut. Alle Abbauvorgänge zusammen führen schließlich zum bunten »Farbenspiel« des Herbstes. So entsteht Gelb nach dem Abbau des Chlorophylls, wenn die schon vorher im Blatt enthaltenen gelben Farbstoffe, wie Karotin oder Xantophyll, allein übrigbleiben. Leuchten die Blätter rot, so sind in ihnen noch Zuckerreste enthalten, die mit den sogenannten Flavonen zu dem roten Farbstoff Anthocyan aufgebaut werden. Sobald sich ein Blatt braun verfärbt, ist das ein Zeichen dafür, daß es abgestorben ist, während die gelb und rot verfärbten ja noch leben. Die Braunverfärbung, an der Gerbstoffe beteiligt sind, tritt erst dann ein, wenn in die Zellen des abgestorbenen Blattes ungehindert Luftsauerstoff eindringen kann. Eine Ausnahme macht der Birnbaum. Seine zunächst gelben Blätter nehmen nach dem Abwurf eine fast schwarze Färbung an. Das ist auf das Überdauern eines kupferhaltigen Wirkstoffs zurückzuführen, der unter dem Einfluß von Sauerstoff die Blätter gewissermaßen »anschwärzt«. *Leopold Lukschanderl*

31 | *Warme Wohnung unterm Mistdach*

Der römische Schriftsteller Tacitus schrieb in seinem Buch »Germania«: »Sie pflegen sich unterirdische Räume zu graben und sie dick mit Mist zu bepacken. Das ist ihr Unterschlupf für den Winter und ihr Lagerraum für Feldfrüchte.« Ein bayrischer Chronist des 17. Jahrhunderts übertrug diese Stelle bezeichnenderweise so: »Sie machten auch Erdstädel, darinnen sie das Getreide möchten behalten und verbergen für den Feinden.« Die Vorstellung, die Ahnen hätten in diesen Mistgruben gewohnt, vermochte man gar nicht zu fassen, vor allem nicht in Zeiten der Hoch- und Überschätzung der deutschen Vorzeit.

Die heutigen Erläuterungen zu der »Germania« des Tacitus sind weniger zimperlich. Die Sitte, Häuser in den Boden einzutiefen, ist alt und weit verbreitet. Sie wird auch heute noch geübt, zum Beispiel in Bulgarien und Rußland. Kellergruben für Vorräte, mit Holz, Flechtwerk oder Steinen ausgekleidete Gruben, kommen schon in der ausgehenden Bronzezeit vor. Bei der Bedeckung mit Stallmist handelt es sich nicht nur um eine die strenge Kälte abhaltende Schutzschicht. Mist, vor allem Pferdemist, entwickelt von sich aus Wärme, er »heizt« zusätzlich.

Ein anderer römischer Schriftsteller, Plinius, berichtet uns, daß die Germanen unterirdisch webten. Das leuchtet ein, zum Weben braucht man einen warm-feuchten Raum. So glaubten die Forscher lange Zeit, die genannten Grubenhäuser seien teils Webhütten, teils Vorratsgruben gewesen.

Die Ergebnisse neuerer Ausgrabungen klärten die Frage und komplizierten sie gleichzeitig. In England, den Niederlanden, in Norddeutschland und Südschweden hat man in letzter Zeit viele Grubenhäuser ausgegraben. Sie sehen sich alle ähnlich. Zwei oben gegabelte senkrechte Pfosten tragen einen Firstbalken. Das Dach wird von Sparren gebildet, die vom Erdboden bis zum Firstbalken aufsteigen und mit geflochtenen Zweigen belegt sind. Auf diese werden Lagen von Stroh, Ried oder Stallmist gepackt. Von außen gesehen bestand das Haus nur aus Dach. Es wurde meistens von sechs Pfosten getragen. Der Boden darunter wurde etwa 75 Zentimeter tief ausgeschachtet, so daß das Dach über einer rechteckigen Grube saß.

Am häufigsten sind solche »Dachhäuser« in der Zeit der Völkerwanderung und im Wohnbereich des sächsischen Stammes, das heißt im westlichen Norddeutschland und in den Einwanderungsgebieten der Sachsen in den Niederlanden und im südwestlichen England. Auch Südschweden ist ein Ausstrahlungsgebiet von Norddeutschland.

Durch genaue Beobachtung des Hütteninnern konnte man bei vielen Ausgrabungen den Zweck der Hütte erkennen. Demnach gab es Webhütten, Kochhütten, Backstuben, Arbeitsräume und Schlafhütten. Es ist wohl auch an Krankenstationen zu denken. Einige der Feuerstellen waren nur für Holzkohle eingerichtet, dienten also nur zum Heizen oder zur Erwärmung bereits gekochter Speisen. Eine Zeitlang glaubte man annehmen zu müssen, daß das

Grubenhaus »das« Haus der Angeln und Sachsen gewesen sei, zumal man in ihrem Einwanderungsgebiet in England zunächst keinen anderen Wohnhaustyp fand. Mit der Zeit hat sich das durch weitere Ausgrabungen als irreführende Forschungslücke erwiesen. Heute nimmt man nach einem Bericht von Dr. Elisabeth Schlicht, Hannover, in »Neue Ausgrabungen und Forschungen in Niedersachsen« an, daß ein frühgeschichtliches sächsisches Bauernhaus einen weiträumig angelegten Hofplatz hatte, auf dem sich ein großer Hallenbau (Wohnstallhaus) befand und durchschnittlich acht Erdhütten für bestimmte Zwecke. Die Vorratsgruben lassen sich archäologisch von den Grubenhäusern trennen.

Die Hütten waren, so meint Dr. Bendix Trier, Münster, in seinem Buch »Das Haus im Nordwesten der Germania libera«, wohl nicht immer nur Nebengebäude. Sie sind als Außenstationen von einer weiter abliegenden Siedlungsgemeinschaft denkbar wie heutige Sennereien oder Hirtenunterkünfte. Auch für Funktionen der Küstenschiffahrt oder als Arbeitsunterkünfte für Eisenverhüttung sind sie vorstellbar. Solche Grubenhäuser waren Provisorien, wie es heute Baubuden oder Baracken sind. Ferner waren sie wohl Unterkünfte des Gesindes, etwa der Unfreien auf großen Höfen oder die Notunterkünfte von ersten Einwanderern, die noch nichts anderes hatten. Ein großes Haus in der Art eines Niedersachsenhauses zu bauen, erfordert eine Menge ausgesuchten trockenen Holzes, handwerkliche Spezialkenntnisse und eine Gruppe von Männern, die sich einem Arbeitsleiter unterordnet. Das ist nicht immer und für jedermann zu haben. Eine Erdhütte dagen konnte mit wenig Material von jedem Mann hergestellt werden.

Gerda von Petrikovits

32 *Grüne Inseln zwischen kranken Bäumen*

Grüne Inseln im Wald verraten den Standort: Überall, wo die Kleine Waldameise (Formica polyctena) ihre Nester baut, sind in einem bestimmten Umkreis die Bäume üppig und gesund. Beeren und Sträucher geben bessere Ernten. Wirksamer als physikalische, mechanische oder chemische Bekämpfung, die für Mensch und Tier höchst schädliche Nebenwirkungen haben kann, schützt sie den Wald vor Krankheiten, weil sie zugleich seine Lebensgemeinschaft stabilisiert und ihn so widerstandsfähiger macht.

In einem Umkreis bis zu hundert Metern und noch mehr, am Boden, in der Streu, auf Baumstämmen und selbst in den höchsten Baumkronen, machen die Ameisen Jagd auf jeden Schädling. Darüber hinaus verbessern sie sehr intensiv den Boden, seine Struktur, die Wasserkapazität und den Säuregrad. Nützlich sind die Waldameisen auch durch die »Pflege« der Lachniden (Rindenläuse). Die Lachniden, die das Wachstum der Bäume nicht beeinträchtigen, geben zuckerhaltige und schwach eiweißhaltige Ausscheidungen ab, die den Ameisen Nahrung bieten. Auch die Bienen profitieren davon: Sie tragen die Ausscheidungen als »Waldhonig« ein, der besonders schmackhaft ist. Wo es viel Ameisen gibt, gibt es auch viel Waldhonigtracht. Wo viel Bienen sind, gibt es wiederum viel Pflanzen. Bienen wie Ameisen tragen zu einem erhöhten Pflanzenreichtum bei, die Bienen durch das Bestäuben, die Ameisen durch das Verschleppen und die Ausbreitung von Pflanzensamen. Der Wald ist manchmal deshalb krank, weil die Pflanzenarmut, die Monokultur von Nadelhölzern oder Eichen etwa, die konkurrenzlose Übervermehrung der Schädlinge erleichtert. Je mehr Pflanzen dazukommen und den Wald anreichern, um so gefestigter ist auch aus diesem Grunde seine Lebensgemeinschaft.

Wo die Ameisen den Wald grün erhalten haben, gibt es auch eine erhöhte »Eichelmast«; so nennt der Förster den Ertrag an Eicheln. Diese Eichelmast ist notwendig, um wertvolle Eichen nachziehen zu können. Es schlagen so viele Eicheln zu Boden, daß der »Aufschlag« (das, was aus den Eicheln aufgeht) dicht gesät ist. Das gilt ebenso für den »Anflug« von Kiefern, Fichten und Tannen. Die jungen Pflänzchen wiederum werden wirksam vor Wurzelschädlingen geschützt, so daß um die Nester herum dicht an dicht junge Fichten, Kiefern, Tannen und Eichen wachsen. Das ist für das Wild sehr wichtig, denn es frißt diesen Aufschlag und Anflug und verschont damit die Kulturen. Dazu kommt die Anreicherung mit Früchten. Wo der Boden von Ameisen gedüngt ist, werden die Früchte auch größer. Bei alten Ameisennestern kann es vorkommen, daß zum Beispiel Pfifferlinge wie gesät aus dem Boden sprießen. Die Singvögel haben ebenfalls ihren Vorteil: Sie finden in den Ameisen, vor allem aber auch in den Lachniden, zusätzliche Nahrung und sind so in größerer Zahl gegen Waldschädlinge einsatzbereit.

In dieser Kette von Nützlingen, von natürlichen Schutzfaktoren, die gemeinsam das bewirken, was Professor Karl Gößwald, Universität Würzburg, »Waldhygiene« nennt, nämlich die natürliche Gesundung und Stabilisierung des ganzen Waldes vom Boden an bis in die Pflanzenwelt und Tierwelt hinein, sind die Ameisen das entscheidende Schlüsselglied. Deshalb propagiert Professor Gößwald seit Jahren den Einsatz der Ameisen im Forstschutz und die künstliche Verbreitung der Nester. Umfangreiche Grundlagenforschungen haben die Voraussetzungen dafür geschaffen. Denn nicht alle Ameisenarten sind gleich nützlich und gleich leicht künstlich zu vermehren. Im Flach- und

Hügelland hat sich speziell die Kleine Waldameise durch ihren Reichtum an Königinnen, die Verträglichkeit ihrer Völker untereinander und das besonders breite Spektrum von Schädlingsarten, die sie vertilgt, dafür als am geeignetsten erwiesen.

Erfahrungen in 35 Versuchsgebieten in der Bundesrepublik Deutschland haben gezeigt, daß sich bei einer entsprechenden Dichte der Nester, aber auch schon bei einem schwerpunktmäßigen Einsatz der Ameisen in besonders gefährdeten Gebieten, der Wald lückenlos schützen läßt. Die notwendigen Konsequenzen freilich wurden noch nicht überall gezogen. Im Gegenteil: Noch heute werden viele Nester geplündert und zerstört. *Karl-Heinz Preuß*

33 | *Der wahre Wert der Kröten*

Viele Menschen ekeln sich vor ihnen, und selbst in den Märchenbüchern werden sie als Inbegriff des Häßlichen beschrieben, als Wesen, an denen hauptsächlich garstige Hexen Gefallen finden: die Kröten. Dem wahren Wert dieser Tiere, speziell der Kreuzkröten, ging der Diplom-Biologe Horst W. Schwabe, Universität Bonn, auf den Grund. Dabei fand er heraus, daß diese Froschlurche auf dem Gebiet der Schädlingsbekämpfung chemischen Mitteln zum Teil haushoch überlegen und bares Geld wert sind – nämlich 25 bis 75 DM pro Stück.

Da es Schwabe vor allem um die mögliche landwirtschaftliche Bedeutung der Kreuzkröten im Rhein-Main-Gebiet ging, fing er in der Nähe von Rüsselsheim 180 von etwa 300 bis 500 auf zwanzig Hektar Ödland lebenden Kröten. In Terrarien mit nachgeahmten Freilandbedingungen wurden ihnen verschiedene, bei Massenauftreten in Gemüse- und Obstanbau und besonders in Gewächshäusern schädliche Asselarten angeboten, außerdem weitere Kartoffel-, Raps-, Gemüse- und Lagerschädlinge. Keinen Anklang fanden, wie Schwabe in der »Zeitschrift für angewandte Zoologie« schreibt, lediglich erwachsene Kartoffelkäfer, die vielleicht abstoßend riechen, und die borstigen Kohlweißlingsraupen, die sich bei Berührung einrollen und dann wahrscheinlich zum Schlucken zu sperrig sind. Ansonsten dauerte es bei den meisten anderen Insekten nur eine Minute, bis sie in den Kröten einen ungeheuren Appetit erweckt hatten: Zehn von ihnen verzehrten in vier Tagen 200 Kartoffelkäferlarven, an einem Tag 50 Larven des Speckkäfers, eines Lagerschädlings, und nach zwei Tagen hatten sie von 100 Asseln ganze vier übriggelassen.

Bei Versuchen mit derselben Gruppe zeigte sich auch, daß Kreuzkröten auf Futtersuche ausgezeichnete Kletterer sind. So hatten sie nach drei Tagen eine Kartoffelstaude von sämtlichen 127 Kartoffelkäferlarven gesäubert, und bei einer Kontrolle befanden sich die meisten Tiere nicht in ihren Verstecken, sondern zwischen den Blättern einer Kohlpflanze. Außerdem scheinen sie sich bei der Beutejagd nach ihren Erfahrungen zu richten, denn jede der Versuchsgruppen fraß die ihr bekannten Beutetiere am häufigsten. Im Freiland können sich Kreuzkröten beim Überhandnehmen einer Schädlingsart deshalb daran gewöhnen, fast ausschließlich diese Insekten zu jagen. Seltenere und vielleicht nützliche potentielle Beutetiere werden geschont. Dieses Verhalten macht die Kröten auch in Monokulturen, die von relativ wenigen spezialisierten Insektenarten, von diesen aber um so heftiger, heimgesucht werden, so nützlich. Auf der anderen Seite dezimieren sie die Schädlinge auch dann, wenn diese zwar die Felder befallen haben, aber nicht zahlreich genug sind, als daß sich eine Bekämpfung mit teuren Chemikalien lohnen würde.

Insgesamt waren die Tiere so freßaktiv, daß der Biologe

empfiehlt, sie und ihre Laichplätze nicht nur zu schützen, sondern Kreuzkröten als Insektenvertilger in landwirtschaftlichen Gebieten heimisch zu machen und ihnen dort neue Laichgewässer einzurichten. Eine Kreuzkrötenbevölkerung so groß wie die, aus der die Versuchstiere stammten, könnte im Raps-, Kartoffel- und Gemüseanbau auf einer Fläche von 20 Hektar pro Jahr durchschnittlich chemische Bekämpfungsmittel für etwa 1000 DM ersetzen. Bei der Vernichtung von Eulenraupen in Kohlfeldern sind sie sowieso nicht zu schlagen: Spritzmittel wirken nur in den ersten Entwicklungsstadien dieser Raupen, in denen sie sowohl nachtaktiv als auch recht klein sind, so daß man sehr schlecht feststellen kann, wann ihre Zahl pro Hektar so hoch ist, daß man spritzen sollte. Den Kröten dagegen entgehen weder die kleinen noch die großen Raupen.

Davon ausgehend, daß Pflanzen mit Spuren von Schädlingsbefall in einer billigeren Handelsklasse verkauft werden müssen, kann eine Kreuzkröte nach Schwabes Berechnungen schon jährlich Schäden für fünf bis fünfzehn DM verhindern, wenn sie pro Woche nur drei oder vier Eulenraupen verspeist. So kommt es, daß ein einziger dieser vielleicht nicht sehr hübschen Froschlurche bei durchschnittlich fünf Jahren Lebenserwartung immerhin zwischen 25 und 75 DM wert ist. *Anke Hetzer*

34 | *Tupajas sterben aus Furcht*

Was Menschen krank macht, macht auch Tieren zu schaffen – nämlich der »Ärger« mit den eigenen Artgenossen. Nicht immer ist dieser Ärger sichtbar; meßbar und zum Teil auch sichtbar sind dagegen die Folgen: Unfruchtbarkeit, verringertes Körpergewicht, langsameres Wachstum, erhöhte Anfälligkeit gegenüber Krankheiten und gelegentlich auch scheinbar unerklärlicher Tod.

Auf welche Weise Artgenossen einander zur gegenseitigen Belastung werden, wurde am Zoologischen Institut der Universität München am Beispiel der Tupajas untersucht. Das sind etwa eichhörnchengroße, tagaktive, in ganz Südostasien beheimatete Säugetiere, die zu den Halbaffen zählen und speziell für diesen Untersuchungszweck einen unschätzbaren Vorteil besitzen: Sie können nämlich nicht verbergen, wenn Artgenossen sie »aufregen«. Sind sie erregt, so ist es auch ihr Schwanz: Er beginnt sich zu sträuben.

Und das geschieht recht häufig. Die possierlich erscheinenden Tiere sind nämlich in der Natur wie im Labor sehr aggressiv. Fremde erwachsene Tiere attackieren sich sofort, es gibt harte Kämpfe, die innerhalb kürzester Zeit mit dem Sieg eines der beiden Kämpfenden enden. Während der Sieger bereits nach zehn Minuten keinerlei Anzeichen von Erregung mehr zeigt, geschieht mit dem Besiegten etwas ganz Merkwürdiges: Er zieht sich in eine Ecke zurück, rührt sich nicht mehr von dort fort, verfolgt die Bewegungen des Siegers, obwohl sich dieser überhaupt nicht mehr um ihn kümmert, mit dem Kopf, hat den Schwanz ständig aufgerichtet, ist, wie sich leicht an der ungewöhnlich langen Dauer des Schwanzsträubens »messen« läßt, maximal erregt, verliert in wenigen Tagen bis zu 40 Prozent seines Körpergewichts, bekommt nach zwei bis sechszehn Tagen Muskelkrämpfe, Lähmungen und stirbt, ohne irgendwelche Verletzungen zu haben. Das gleiche passiert, wenn man die Krontrahenten nach dem Kampf nur durch ein Drahtgitter voneinander trennt. Trennt man sie dagegen durch eine undurchsichtige Holzwand, so erholen sich beide Tiere gleich schnell.

Das unterlegene Männchen stirbt nicht im Kampf, sondern am »Anblick« des Siegers – aufgrund noch genauer zu erforschender zentralnervöser Prozesse, die auf Erfahrung (dem »Besiegtwerden«) und Lernen (»des Siegers«) beruhen. Menschlich ausgedrückt: Das Tier stirbt an Angst. Feststellbare Todesursache: Nierenversagen. Beim Anblick des Überlegenen ziehen sich bei dem Besiegten die Nierengefäße so stark zusammen, daß die Nierendurchblutung gedrosselt wird und es auf diese Weise zu einer Vergiftung des Organismus kommt. Bei diesen von der Deutschen Forschungsgemeinschaft geförderten Untersuchungen zeigen sich übrigens Parallelen zu bisher weitgehend unverständlichen Befunden, die an Soldaten in Korea oder Vietnam gefunden wurden. Auch unter diesen Soldaten herrschte offenbar Furcht, und die Nierenerkrankungen nahmen zu. Vom Zustand des Gewebes her entsprechen die Nieren unterlegener Tupajas menschlichen Schocknieren, deren physiologische Ursachen bisher noch ungeklärt sind.

Auch andere »typisch menschliche« Zivilisationskrankheiten wie Arteriosklerose oder Bluthochdruck lassen sich im Tierexperiment – allein durch Kontakt mit Artgenossen – hervorrufen. Die der Belastung zugrundeliegenden sozialen Streßsituationen mögen zwar unterschiedlich sein – die physiologischen Reaktionen sind dagegen weitgehend gleich. *Karl-Heinz Preuß*

35 | *Warum der Wein nicht nach Rosen riecht*

Daß im Wein Wahrheit ist, sagten bereits die alten Römer. Was sie aber nicht wußten ist, daß außer Wahrheit Weingeist, Zucker und noch mindestens 400 Aromastoffe im »Rebensaft« enthalten sind. Diese Erkenntnis wurde in der Bundesforschungsanstalt für Rebenzüchtung in Geilweilerhof bei Landau in der Pfalz gewonnen. Dort widmete sich der Chemiker Dr. A. Rapp auf eine nicht jedermann selbstverständliche Weise dem Weinaroma. Mit Reagenzglas, Destillierkolben und der Gaschromatographie. Dieses höchstempfindliche Analyseverfahren macht es möglich, die einzelnen Aroma-Bestandteile voneinander abzutrennen.

So zahlreich diese Aromastoffe aber auch sind, zusammen machen sie doch nur einen unendlich winzigen Teil des Weines aus: Dieser besteht nämlich zu 99,8 Prozent aus Wasser, Äthylalkohol (Weingeist), Zucker und Glycerin. In »schweren« und gereiften Weinen ist das Glyzerin die Ursache der Fülle und der »öligen« Flüssigkeitsbewegung. Die restlichen 0,2 Prozent sind »Aroma«. Von diesem wiederum sind es zwei Stoffe, die 80 bis 90 Prozent des Aromavolumens bestimmen, nämlich Amylalkohol und Rosenduft.

Daß der Wein trotzdem nicht nach Rosen riecht, liegt an den 0,03 bis 0,04 Prozent der in ihm »schwebenden« restlichen rund 400 Aromastoffe. Die Hälfte von ihnen kennt Rapp freilich vorerst nur als Spitzen im Kurvenverlauf des von seinem Gaschromatographen aufgezeichneten Aromagramms; die andere Hälfte ist chemisch identifiziert. Darunter befinden sich rund ein Dutzend weiterer Alkohole, verschiedene Fruchtsäure-Ester genannte Alkoholverbindungen, die stets angenehmen Geschmack liefern, chemische Substanzen und Substanzgruppen wie Aldehyde, Ketone, Terpene, Phenole, außerdem Kaffeesäure und Cumarinsäure, Narringin, Hesperidin und Blütenfarbstoffe (Anthozyane) – kurz, eine Musterkarte aus dem Lexikon der organischen Chemie, die wohl kaum ein Weinkenner hinter Bukett und Aroma »seines« Getränkes vermuten dürfte.

Diese Fülle von Aromastoffen beeinflußt sich gegenseitig und erzeugt Aromen, die eine einzelne Komponente überhaupt nicht liefern könnte, überdeckt andere Aromen (wie den »Rosenduft«) und summiert sich zu der bekannten Fülle des Weinaromas, aus der einzelne Bestandteile so wenig herauszuerkennen sind wie einzelne Instrumente aus einem Symphonieorchester: Hier wie dort liefert die Mischung erst den wahren Reiz.

Die Aromaforschung soll freilich auch weniger die Geschmacksphysiologie des Weins klären, als vielmehr etwas nüchterneren Zwecken dienen. So wird es an Hand der Geschmackskurve möglich, Weinsorten exakt zu identifizieren und etwa Verfälschungen bei Herkunft und Lage zu erkennen. In der Bundesforschungsanstalt geht es vor allem darum, die Methoden zur Züchtung neuer Rebsorten zu verbessern und gezielte Züchtung auf Sorten zu betreiben, die Weine mit »positiven« Geschmacksmerkmalen liefern.

Bisher benötigt ein Züchter für die »Schöpfung« einer neuen Rebsorte mindestens 20 bis 25, wenn nicht 30 Jahre. Das bedeutet nicht nur einen erheblichen finanziellen Aufwand, sondern auch jahrelange Ungewißheit; die neue Sorte kann zwar viele gute Eigenschaften haben und doch keinen guten Wein liefern. Frühestens sechs Jahre nach Beginn der Erprobung eines neuen Zuchtstamms kann aus ein paar Pflanzen eine winzige Menge Wein destilliert werden – oft nur ein Viertelliter oder ein Liter. Wegen der winzigen Quantität kann er jedoch kaum einen wahren Begriff seiner künftigen Qualität bei Massenproduktion geben. Acht bis zehn Jahre später erst ist die Nachkommenschaft soweit vermehrt, daß größere Mengen Most vergoren werden können und der zukünftige Wein erkennbar wird.

Dieses Problem soll jetzt – nachdem man einen Begriff von der Konstitution des Weinaromas hat – einfach gelöst werden, indem man aus der chemischen Analyse einer Traube, wie sie die Neuzüchtung schon nach drei oder vier Jahren liefert, die Geschmackseigenschaften des künftigen Weins vorhersagt. Der Weg dorthin ist mit der Diagnose der Aromastoffe aber nur zum Teil zurückgelegt. Denn die Aromastoffe stammen nur zum kleinen Teil direkt aus der Traube: Diese wird ja erst »gemostet« und der Most durch Hefe vergoren, bevor er Wein wird.

Der Most enthält nur rund 80 Aromastoffe, und zwar meist andere als der »fertige« Wein. Die Hauptarbeit der Aromabildung leisten die Gärungshefen, die zum Beispiel aus den im Most gelösten Eiweißbestandteilen, den Aminosäuren, in großem Umfang die verschiedensten Aromabildner produzieren. Es wird in absehbarer Zeit kaum möglich sein, sämtliche chemischen Umsetzungen bei der Arbeit der Hefen im einzelnen zu verfolgen; doch es wird genügen, wenn man die großen Linien und die Entstehung der besonders positiven oder negativen Aromabildner aus dem Rohstoff in der Traube verfolgt. *Dr. Harald Steinert*

36 | *Der Mörder auf der Netzhaut*

Vor rund hundert Jahren machte der Heidelberger Physiologe Willy Kühne (1837–1900) eine atemberaubende Entdeckung: Auf der Netzhaut eines sezierten Frosches erkannte er plötzlich das Bild einer Gasflamme wieder, die dieser Frosch vor seinem gewaltsamen Ende im Dienste der Wissenschaft vierzehn Stunden lang angestarrt hatte. Offensichtlich war das Auge in der Lage, Bilder festzuhalten, die es kurz vor dem Tode seines Trägers wahrgenommen hatte.

Diese Entdeckung ließ den Heidelberger Forscher nicht ruhen, und er begann bald mit planmäßigen Versuchen, um den ersten, mehr zufällig erhaltenen Befund abzusichern. Als Versuchstiere wählte Kühne Kaninchen. Er setzte sie jeweils für eine bestimmte Zeit vor ein Fenster, tötete die Tiere dann und entfernte ihnen noch im Dunkeln den Augapfel. Als er schließlich die Netzhaut der toten Tiere isolierte, behielt er mit seiner Vermutung recht: Deutlich war auf der Netzhaut das Bild des Fensters wie ein heller quadratischer Fleck zu erkennen. Kühne ließ sich seine Beobachtungen damals von prominenten Zeugen bestätigen. Außerdem wurden nach dem Original Zeichnungen angefertigt, um die »Optogramme« auch der Nachwelt zu erhalten.

Das Phänomen, auf das Kühne gestoßen war, wird Optographie genannt. Die Optographie ist eine Art Blendung, bei der die vom Licht unmittelbar betroffenen Stellen der Netzhaut ihres Sehpurpurs beraubt werden. Der Sehpurpur, das Rhodopsin, ist eine besonders lichtempfindliche chemische Substanz, mit der die Stäbchen, also jene Sinneszellen der Netzhaut, die für das Sehen bei herabgesetzter Beleuchtung verantwortlich sind, zwischen hell und dunkel unterscheiden können. Das Rhodopsin zerfällt unter der Einwirkung von Lichtreizen und wird bei Dunkelheit vom Körper neu gebildet. Die Bleichung des Rhodopsins durch Licht ist es auch, die das Optogramm auf der Netzhaut entstehen läßt. Auf diesen »Bildern« bedeuten die hellen Stellen den Bereich des gebleichten Sehpurpurs, die dunklen den Bereich des intakten. Es ist also umgekehrt wie beim photographischen Film. Während man dort ein Negativ erhält, entsteht hier ein Positiv: Ein heller Gegenstand erscheint hell, während dunklere Motive durch ihre geringere Bleichwirkung entsprechend dunkler bleiben.

Außer Kühne gelang es 1925 einem weiteren deutschen Physiologen, S. Garten, ein eindrucksvoll deutliches Optogramm auf der Netzhaut eines Frosches zu gewinnen. In jüngster Zeit konnten auch Japaner und Engländer entsprechende Erfolge melden. Die Engländer V.A. Highman und R.A. Wale brachten es sogar fertig, die Sehpurpurbleichung in der Netzhaut des lebenden Menschen mit Hilfe von Spezialfiltern für den Beobachter sichtbar zu machen. Doch nicht nur Wissenschaftler waren von der Möglichkeit fasziniert, betrachtete Gegenstände auf der Netzhaut abzubilden; sie beflügelte auch die Phantasie möglicher »Anwender«.

Ein Kriminalist richtete deshalb an die Augenklinik der Universität Heidelberg schriftlich die Anfrage, »ob und inwieweit es möglich ist, auf der Netzhaut eines Ermordeten ein Optogramm von Gegenständen oder Personen, die er unmittelbar vor seinem Tode gesehen haben muß, zu gewinnen«. Die Wissenschaftler der Fachgruppe Augenheilkunde fanden diese Fragestellung immerhin so interessant, daß sie die Anfrage zum Anlaß nahmen, die Bedingungen zu klären, unter denen ein Optogramm entstehen kann. Fast ein Jahrhundert nachdem Kühne erstmals über seine Experimente berichtet hatte, nahmen Professor Evangelos Alexandridis und Mitarbeiter die Kühne'schen Untersuchungen zu diesem Zweck wieder auf.

Die Versuchstiere, ebenfalls Kaninchen, wurden unter Narkose gesetzt und vor einer Leinwand fixiert. Auf die Leinwand projizierte man kontrastreiche, helle Muster. Nach einer bestimmten Zeit wurden die Tiere – nach Verdunklung – getötet, ihre Netzhäute nach 24 Stunden isoliert und von den nicht sehr lichtbeständigen Optogrammen Schwarzweißphotos angefertigt, die das von den Kaninchen zuletzt betrachtete Muster tatsächlich sehr wirkungsvoll wiedergaben.

Die Frage des Kriminalisten indes, ob es möglich ist, das Bild eines Mörders auf der Netzhaut des Ermordeten wiederzusehen, mußten die Heidelberger Wissenschaftler vorläufig mit einem Nein beantworten. Rein theoretisch bejahten sie zwar eine solche Möglichkeit, doch für die kriminalistische Praxis mußten sie nach den bisherigen Ergebnissen eine sinnvolle Verwertung des optographischen Effektes weitgehend ausschließen. Denn eine Fülle von Bedingungen muß erfüllt sein, bevor ein »lesbares« Optogramm überhaupt zustandekommen kann. Solche optimalen Bedingungen lassen sich freilich nur in einem Labor herstellen, und welcher Mörder tut seinen späteren Verfolgern schon den Gefallen, unter Laborbedingungen zu arbeiten.

Alexandridis hat sich freilich mit einem endgültigen

»Nein« – im Hinblick auf die spezielle Frage des Kriminalisten – »innerlich«, wie er sagt, noch nicht abgefunden. Er erwägt deshalb, die Versuche in Zusammenarbeit mit einem großen wissenschaftlichen Fotolabor zu einem späteren Zeitpunkt noch einmal neu aufzunehmen und schließt nicht aus, daß sich mit modernsten Hilfsmitteln der Photographie die Grenzen der Optographie noch erweitern lassen.

Karl-Heinz Preuß

37 | *Der Mensch ist der größte Datenspeicher*

Computer sind das »Non-Plus-Ultra« technischer Intelligenz. Richtig programmiert steuern sie in der Industrie komplizierte chemische Prozesse, kontrollieren den Warenbestand großer Kaufhäuser, ersetzen in der Verwaltung weitgehend die Buchhaltung, übernehmen in der Schule die Rolle des Lehrers, sagen das Wetter voraus und lösen komplizierte Differentialgleichungen schneller als jeder Mathematiker. Die Zahl der Beispiele für die Anwendung der Computer ließe sich beliebig ergänzen. Es gibt kaum einen Bereich in Wissenschaft, Industrie und Verwaltung, in dem sie nicht die Funktion des Menschen übernehmen könnten.

Die Anlagen für die elektronische Datenverarbeitung sind in den letzten Jahren immer leistungsfähiger und schneller geworden. Trotzdem bleibt nach wie vor das Zentralnervensystem des Menschen der größte Computer. Seine Speicherkapazität beträgt am Ende eines siebzigjährigen Lebens etwa 10^{14} (hundert Billionen) bit, während die Speicherfähigkeit einer modernen Großrechner-Einheit immer noch weit unter 10^6 (eine Million) bit liegt. Zum Vergleich sei nur angeführt, daß der Informationsinhalt eines Buchstabens zwischen vier und fünf bit liegt und daß eine Buchseite Informationen in der Größenordnung von einigen Tausend bit enthält.

Professor Wolf D. Keidel von der Universität Erlangen-Nürnberg hat zum Vergleich einmal vorgerechnet, daß der Mensch in der Lage ist, auf seine Rezeptoren eine Informationsmenge in der Größenordnung von 10^9 bit pro Sekunde einwirken zu lassen. Gleichzeitig gibt er an die Umwelt in Sprache, Mimik und Bewegung etwa 10^7 bit ab. Aus der gesamten angebotenen Informationsmenge, die ein Computer in seiner »Dummheit« in allen Detailprozessen verarbeiten würde, wählt das Zentralnervensystem des Menschen nur den zehnmillionstel Teil aus. Von den nur 100 bit pro Sekunde, die im Bewußtsein erlebt werden, können wiederum 10 bit kurzfristig und 1 bit langfristig gespeichert werden. Aufgrund umfangreicher Untersuchungen weiß man heute, daß für die kurz- und mittelfristige Speicherung neurophysiologische Kreisprozesse verantwortlich sind. Das Langzeit-Gedächtnis, das etwa 1 bit pro Sekunde aufnehmen kann und das zu den erwähnten 10^{14} bit gespeicherter Information in 70 Jahren führt, ist mit Sicherheit chemischer Natur. Wissenschaftler nehmen an, daß es an die Bildung und Umbildung von speziellen Eiweißen in den Nervenzellen gebunden ist.

Der Fortfall unwesentlicher Information bedeutet aber eindeutig den Vorteil rascher Entscheidungsfähigkeit. Wiederholt hat die Computer- und Automatentheorie versucht, dieses Prinzip zu übernehmen. Bis heute gibt es aber kein System, bei dem die Zugriffszeit zum Speicher das gleiche günstige Verhältnis zu der Speichermenge hat wie beim Menschen. In 180 Millisekunden vermag der Mensch seinen gesamten »Speicher« abzutasten.

Konrad Müller-Christiansen

38 | *Die unmögliche Maschine des Herrn Banks*

Es war kein Wunder, daß die Teilnehmer der Nobelpreisträgertagung in Lindau nach dem Vortrag des Laureaten Edwin M. McMillan aus Berkeley in den USA die Bühne stürmten. Dort drehte sich nämlich die »unmögliche Maschine« des Herrn Banks. Ein Ding, das entfernt an eine Turbine erinnerte und allein durch einen Guß heißen Wassers in Betrieb gesetzt worden war. Vielleicht ist der Banks-Motor die erste Festkörper-Maschine überhaupt. Denn als »Kolben« und »Zylinder« arbeiten hier buchstäblich die Atome eines Metalls, dessen merkwürdige Eigenschaft darin besteht, sich »erinnern« zu können.

Die Sache hatte vor wenigen Jahren begonnen, als Ridgway Banks, Datenanalytiker und Musiker, ein »hoffnungsvoller junger Mann«, dem Nobelpreisträger die Idee vorgeschlagen hatte, eine Kraftmaschine zu bauen, die bereits sehr geringe Temperaturdifferenzen ausnützen, also beispielsweise aus dem Temperaturunterschied zwischen heißem und kaltem Wasser Antriebsenergie beziehen kann. McMillan, dem die Hochenergiephysiker das Synchrotron verdanken, horchte auf, überwand seine nicht unberechtigten Zweifel und half tatsächlich mit. Nun hat er einen Prototyp der Banks-Maschine mit ins Flugzeug gepackt und in Lindau für eine kleine Sensation gesorgt.

Das Grundprinzip des Banks-Motors ist so einfach wie das der Büroklammer. Man stelle sich eine Metallfeder von der Form des Großbuchstaben »U« vor, die bei Temperaturen von 20 bis 30 Grad Celsius derart »abschlafft«, daß sie dann weit eher dem Querschnitt einer weitausladenden Salatschüssel gleicht. Wird das schlaffe Gebilde aber dann mit heißem Wasser übergossen, erinnert es sich daran, daß es eine Feder war: Es schnellt mit erheblicher Kraft in seine ursprüngliche enge U-Form zurück. Nicht anders als das Auf und Ab des Kolbens eines Benzinmotors kann man auch diese Schnellbewegung mit einem Kurbelgetriebe auf eine Antriebsachse übertragen, wenn man nur dafür sorgt, daß die Metallfeder auch regelmäßig abschlaffen und wieder anspringen kann. Deshalb setzte Banks diese Federn in seinem Motor-Prototyp auf Dreharme, die mit der Achse der Maschine rotieren und die Federn durch einen längs eines Durchmessers halbierten zylindrischen Behälter schleppen, dessen eine Hälfte mit heißem Wasser, dessen andere aber mit kaltem Wasser gefüllt ist. Da die Federn in kaltem Wasser sofort abschlaffen, in heißem Wasser aber ebenso unverzüglich wieder »anspringen«, ergibt sich so ein harmonischer Kreisprozeß, der die Achse des Motors fast unverzüglich auf ziemlich hohe Touren bringt.

Das Geheimnis der Antriebsfedern liegt in der Nickel-Titan-Legierung »Nitinol«, aus der sie bestehen. Werden Gegenstände aus diesem Metall bei hohen Temperaturen vorgeformt, doch später bei niedrigen Temperaturen verformt, so zeigt sich bei einer neuerlichen Erwärmung, daß das Metall die »Erinnerung« an seine ursprüngliche Form behalten hat. Die physikalischen Ursachen dieses verblüffenden Erinnerungsvermögens sind zwar noch nicht restlos geklärt, doch ist offensichtlich, daß die atomare Gitterstruktur des Werkstoffs hier durch zwei Zustände pendelt, von denen der bei der Erstbehandlung eingeprägte der energetisch günstigste ist.

Überall dort, wo heißes Abwasser anfällt und auch kaltes Wasser vorhanden ist, gibt es für die Banks-Maschine zweifellos viele Einsatzmöglichkeiten. Man denkt in Berkeley bereits an Prototypen mit Leistungen um ein Kilowatt. Es fragt sich nur, ob auch diese Maschinen noch nach dem ursprünglichen Modell gebaut werden. Anstelle von Federn kann man aus Nitinol nämlich auch eine Art »Treibriemen« (eine Spiralfeder) benutzen, der zusammen mit einem Getriebe direkt als Motor funktioniert. Er wird über eine große und eine kleine Riemenscheibe von genau berechnetem Durchmesserverhältnis gespannt, die in einem Getriebe auf gleicher Umdrehungsgeschwindigkeit gehalten werden. Wird der Nitinol-Riemen nun auf einer Seite zwischen den beiden Riemenscheiben in kaltes Wasser getaucht, auf der anderen Seite aber in heißes Wasser, so zieht er sich auf der heißen Seite abrupt zusammen, während er sich auf der kalten Seite ebenso abrupt ausdehnt. Auf der einen Seite entsteht also ein Zug, dem auf der anderen Seite durch »Nachgeben« entsprochen wird. Deshalb beginnen sich die Riemenscheiben zu drehen und bewegen damit auch gleichzeitig den Treibriemen durch die Heiß- und Kaltwasserzone, so daß er wie eine muskulöse Endlos-Schlange für ununterbrochenen Antrieb sorgen kann. Der erste wirklich treibende Treibriemen dürfte damit seine Premiere gehabt haben. *Rolf H. Simen*

39 | *Das Wärme-Auge der Klapperschlange*

Drei Tage lang verhielten sich Arabella und Anita verstört und unentschlossen. Die beiden Kreuzspinnen, die auf Vorschlag einer amerikanischen Schülerin an einem Skylab-Flug der NASA teilnahmen, standen vor einer ungewöhnlichen Aufgabe: Nie zuvor in der Naturgeschichte hatten Spinnen ein Netz im schwerelosen Raum gesponnen. Zwar hatte man ihnen für diesen Zweck einen quadratischen Rahmen mitgegeben, doch eine der wichtigsten Voraussetzungen fehlte. Die Spinnen machen auf der Erde beim Bau ihrer Netze nämlich von der natürlichen Schwerkraft Gebrauch. Deshalb war man gespannt darauf, wie sie sich bei Schwerelosigkeit verhalten würden.

Doch nach den ersten Tagen der Verwirrung hatten sie sich wieder gefaßt und begannen mit unterschiedlichem Erfolg Netze zu spinnen. Das erste war ein wirres Knäuel, das zweite war noch deformiert und füllte nur etwa den halben vorgegebenen Rahmen. Jedoch bereits beim dritten Versuch war das Netz fehlerfrei und unterschied sich nicht von denen auf der Erde.

Über diese beispiellose ohne jedes Training erreichte Anpassungsleistung berichtete Professor Wilhelm Dettmering, Essen, in einem Vortrag über »Vorbilder der Natur für die moderne Technik«. Spinnen sind nämlich nicht nur offensichtlich Anpassungskünstler, sondern können mit ihren kunstvollen Netzwerken durchaus auch Anregungen für technische Konstruktionen liefern. So ähneln beispielsweise die steif und räumlich gebauten Netze der Glocken- und Strahlenspinne in der Form verblüffend den modernen Radioteleskopen. Doch auch bei ebenen Spinnennetzen ist ein Konstruktionsprinzip angewandt, das das technische Bauwerk mit jenem in der Natur verbindet: Bei beiden werden mit einem Minimum an Gewichtsaufwand sehr große Flächen verwirklicht.

Besonders erstaunliche und zugleich für die Technik interessante biologische Lösungen wurden von der Natur aber vor allem auf dem Gebiet der Ortungsbiologie und der gegenseitigen Verständigung entwickelt. So liegt den verblüffenden Orientierungsleistungen der Fledermaus, des Delphins oder der Spitzmaus das gleiche Prinzip zugrunde, das in der Technik unter dem Namen »Echolot« oder »Sonar« verwirklicht wurde. Bei diesem System werden kurze Schallsignale ausgesandt und dann die Echos aufgefangen und verarbeitet.

In der Natur wird das Sonar-System in interessanten Abwandlungen angewendet. Beispielsweise haben verschiedene von der Fledermaus gejagte Insekten ein Abwehrsystem entwickelt, mit dem sie durch das Aussenden von kurzen Signalen hoher Frequenz das Ortungs-System ihres Todfeindes stören. Stechmücken haben zur »Kommunikation« miteinander ein sogenanntes passives Sonar-System verwirklicht, bei dem sie akustische Wellen benutzen, ohne eigene Schallimpulse auszusenden. Wenn an einem Schwarm männlicher Stechmücken in einem Abstand von ein bis zwei Metern ein weibliches Tier vorbeifliegt, kann man beobachten, daß sich einige männliche Insekten aus dem Schwarm lösen und auf das Weibchen zufliegen. Ihre »Antennen« sind nämlich in der Lage, den schwachen Grundton des periodisch verlaufenden Flugklanges des Weibchens mit der Frequenz von 300 Hertz zu empfangen und von ihrem eigenen Flugklang zu unterscheiden. Sie selbst bewegen ihre Flügel mit etwa 500 Schlägen pro Sekunde.

Ein völlig anderes Ortungssystem hat die Natur bei der Klapperschlange verwirklicht. Es beruht auf der Messung von Temperaturunterschieden zur genauen Bestimmung von Wärmestrahlungsfeldern. Mit einem Organ, das in den »Gruben« rechts und links zwischen den Augen und Kopfspitze sitzt, kann die Klapperschlange noch Temperaturunterschiede im Milligradbereich wahrnehmen und auf diese Weise auch bei Dunkelheit durch »Temperaturmessungen« ihre Beute mit größter Sicherheit ausmachen. Ähnlich funktionieren technische Infrarot-Ortungsgeräte.

Eine sehr große Rolle im Tierreich spielen Sensoren für das Registrieren von Geschmacks- und Geruchsreizen. So reagieren Fische und bestimmte Insekten auf Riechstoffe auch in extrem niedrigen Konzentrationen, auf die weder die menschliche Nase noch die bislang empfindlichsten Meßgeräte mehr ansprechen. Einige Käfer nehmen Duftstoffe selbst in einer Verdünnung von weniger als einem halbmillionstel Milligramm in einem Kubikmeter Luft wahr. Der Seidenspinner kann sein Weibchen sogar über eine Entfernung von zehn Kilometern durch Riechstoffe ausmachen.

Diese Fähigkeit der Natur, Geruchsreize aufzunehmen und technisch zu verarbeiten, würde man gern auch technisch nutzen. Doch bisher ist es nicht gelungen, etwas entsprechendes in der Natur »nachzubauen«. Auch für das Schmecken gibt es – mit Ausnahme der Bestimmung des Säuregehaltes durch Messung des pH-Wertes – noch keine geeigneten technischen Sensoren. *Karl-Heinz Preuß*

40 | *Pilz mit Duft-Radar*

Im Zeitalter von Radar und Echolot findet kaum noch jemand etwas Besonderes dabei, daß die Fledermaus im Flug fortwährend Ultraschallwellen aussendet und sich dann nach den Signalen orientiert, die von Hindernissen auf ihrer Flugbahn als Echos zurückgeworfen werden. Auch die Duftstoffe, mit denen sich manche Insekten gegenseitig anlocken, oder die chemischen Signale, mit denen friedfertige Fische vor weniger friedlichen Räubern gewarnt werden, sind noch einigermaßen einfach begreifbare Phänomene. Sie gehören zum großen Komplex der Signalwandlungen, auf denen auch schon ein so selbstverständlicher Vorgang wie das Sehen beruht, das zwar als psychische Leistung im Gehirn lokalisiert ist, jedoch durch das physikalische Signal »Licht« erst ausgelöst und dann von einer ganzen Reihe chemischer und elektrischer Veränderungen im Auge und auf den Nervenbahnen zum Gehirn begleitet wird.

Wie so etwas funktionieren kann, hat Nobelpreisträger Professor Max Delbrück unter anderem an einem ganz unscheinbaren, nur ungefähr einen Zentimeter großen Pilz mit dem Namen Phycomyces studiert. Dieser merkwürdige Pilz war schon längst dadurch aufgefallen, daß er um ein Hindernis in seiner Nachbarschaft in respektvoller Entfernung herumwächst, ohne es jemals zu berühren. Delbrück interessierte sich für diesen Pilz zunächst nur deshalb, weil sein Fruchtkörper augenscheinlich auf Licht reagierte. Erst allmählich stellte sich heraus, daß der Fruchtkörper eine chemische Substanz, eine Art Duftstoff, aussendet, die sich überallhin gleichmäßig ausbreitet, deren Moleküle aber wieder zum Pilz zurückkommen, wenn sie auf ein Hindernis in der Nähe stoßen. Eine im Stengel eingebaute Empfangsanlage, einem Sinnesorgan vergleichbar, registriert die wie ein Radarstrahl zurückgeworfenen Moleküle und veranlaßt den Stengel, auf dieser Seite etwas schneller zu wachsen als auf der anderen. Der Erfolg: Der Fruchtkörper biegt sich von dem Hindernis weg.

So weit, so gut. Was dem Phycomyces billig ist, muß anderen noch lange nicht recht sein. Aber die Beunruhigung der Biologen über die Existenz eines solchen chemischen Duft-Radars läßt sich jetzt nicht mehr aus der Welt schaffen. Ihr verdankt der kleine, unscheinbare Algenpilz eine Berühmtheit, die ihn zu einem biologischen Forschungsobjekt überall in der Welt macht. *Karlheinz Ebert*

41 | *Klee ist nicht »mondsüchtig«*

Warum nur kuscheln sich die Blättchen der Kleepflanze am Abend zusammen, als suchten sie Schutz vor den drohenden Schatten der Nacht? Professor Erwin Bünning, Universität Tübingen, machte hierzu in der »Umschau in Wissenschaft und Technik« eine ebenso überraschende wie interessante Mitteilung: Der Klee und mit ihm auch andere

Pflanzen, die solche auffälligen Blattbewegungen zeigen, schirmen sich gegen das Mondlicht ab, um sich in ihrem »Zeitgefühl« nicht stören zu lassen.

Zeitliche Orientierung ist nicht nur für Mensch und Tier, sondern auch für die Pflanze etwas sehr Wichtiges, denn wie sonst sollte sie beispielsweise wissen, wann Frühjahr wird und wann Herbst, wann es also gilt, sich auf Blüte, Wachstum oder Ruhe vorzubereiten? Die Pflanze betreibt deshalb eine von den Veränderungen der natürlichen Lichtintensität abhängende Zeitmessung, die sich allerdings nicht nur auf die groben Markierungen von Sonnenauf- und -untergang verläßt, um die der Jahreszeit entsprechende Tageslänge zu bestimmen. Sie hält sich vielmehr an genauere Meßdaten, um möglichst sicher zu gehen.

Die experimentelle Beobachtung und Messung ergibt, daß beispielsweise eine Beleuchtungsstärke von 100 Lux, die etwa dem tausendsten Teil des vollen Mittagssonnenlichtes entspricht, an mehreren Abenden hintereinander zu recht verschiedenen, in der Größenordnung einer halben Stunde differierenden Zeiten registriert werden kann. Dagegen ist der Anstieg der Lichtintensität am Morgen und ihr Abfall am Abend im Bereich von etwa 1 – 10 Lux sehr viel steiler und daher auch präziser zu erfassen, wobei nicht einmal der Bewölkungsgrad eine wesentlich störende Rolle mehr spielt.

Die Pflanzen haben sich offensichtlich auf diese natürliche Gegebenheit eingestellt und orientieren sich mit den Lichtreaktionen nach den Beleuchtungsstärken zwischen ungefähr 0,1 bis 1 Lux auf der einen und 10 Lux auf der anderen Seite. Was darüber hinausgeht, ist für sich in diesem Zusammenhang relativ uninteressant und bringt folglich auch kein stärker störendes Moment mehr in die Zeitrechnung.

Wenn es sich jedoch so verhält, wenn so geringe Beleuchtungsstärken schon den Ausschlag für die Zeitmessung geben, dann allerdings kann hier die Rolle des Mondes nicht mehr außer Betracht bleiben, denn Intensitäten von ungefähr einem halben Lux sind auch im Mondlicht durchaus an der Tages- oder besser gesagt: an der Nachtordnung. Da nun der Klee seine Blätter am Abend bis zum nächsten Tag aus der horizontalen Präsentierlage wegbewegt, verkleinert er die Lichtempfänglichkeit der Blattflächen so sehr, daß der Einfluß des Mondes auf jeden Fall unter den Grenzwert absinkt, der von der Pflanze noch registriert würde. Und weil es außerdem Gründe dafür gibt, daß auch ein stark seitlich stehender, dem Horizont sich zuneigender Mond in dieser Hinsicht »machtlos« ist, bleibt die Zeitorientierung einer auf diese Weise verfahrenden Pflanze intakt.

Karlheinz Ebert

42 | *Auf Freiersfüßen in die Falle*

Mit nahezu unvorstellbarer Empfindlichkeit durchkämmen Insektenfühler die Luft nach Gerüchen. Schon rund tausend Moleküle eines arteigenen weiblichen Sexual-Lockstoffes pro Kubikzentimeter Luft lassen beispielsweise ein Schwammspinner-Männchen die Freiersflügel ankurbeln und seine ferne Holde weit intensiver anschwirren als die chansonbekannten Motten das Licht. Eine überschlägige Rechnung zu den physikalischen Grundlagen dieser Mission liefert das verblüffende Ergebnis, daß in dieser für den Falter so erotisch aufgeladenen Luft auf jedes einzelne Duftmolekül nicht weniger als 27 Millionen Milliarden »normale« Luftmoleküle kommen. Bei einigen Nachtfaltern konnte sogar nachgewiesen werden, daß bereits ein einziges arteigenes Duft-Molekül in ihren »Antennen« Nervenimpulse auslösen kann.

Es fällt nicht leicht, sich in diese überscharfe und eigenartige Geruchswelt der Insekten hineinzudenken. Denn wie ein »Braten« für uns auch riechen mag, er läßt uns doch immer nur die passive Seite des Riechens erleben. Insekten sind aber nicht nur Riecher, sondern sozusagen auch Riech-Sprecher. Sie haben eine gezielt einsetzbare chemisch verschlüsselte Signalsprache, deren nur mit Vorbehalt so zu nennenden »Worte« von Körperdrüsen formuliert werden. Mit Duftstoffen vermögen (Insekten-) Weibchen nicht nur zu locken und zu reizen; mit dieser Duftsprache können Insekten auch Spuren legen, Nahrungsfunde oder Gebiete für Artgenossen markieren, Alarm geben, Alarmbereitschaft ausdrücken und Wehrbereitschaft ankündigen. In einigen Fällen sind überdies umwerfend bis tödlich wirkende chemische Waffen zu erwähnen. Man denke nur an Ameisen, Schwimm- oder Bombardierkäfer, vielleicht auch an den Gelbrandkäfer, angesichts dessen schon einmal gebrannte Kröten lieber verhungern als nochmals zuzuschnappen.

Nicht die ergänzend erwähnten Waffen, doch die chemischen Codeworte der Verständigung, die »sinntragenden Düfte«, werden Pheromone genannt. Bereits in den fünfziger Jahren wurde der Sexual-Lockstoff des Seidenspinners identifiziert; ab 1960 stand die »Bombykol« genannte Substanz auch künstlich hergestellt zur Verfügung. Zahlreiche andere Pheromone sind inzwischen entdeckt und isoliert worden, auch solche von ausgesprochenen Schadinsekten. Sie werden in Versuchen eingesetzt, mit denen sich auch die Abteilung von Professor Dietrich Schneider im Max-Planck-Institut für Verhaltensphysiologie in Seewiesen befaßt, das im Hinterland des Starnberger Sees liegt.

Ein außerordentlich wichtiger Nutzeffekt dieser Arbeit besteht darin, Schadinsekten schnöde mit erotisierenden Pheromonen zu verwirren und in vernichtende Fallen taumeln zu lassen. Beispielsweise haben Experimente zu der Annahme geführt, daß der Lockstoff der Schwammspinner-Weibchen mit dem des zur gleichen Gattung gehörenden Nonnenfalters identisch ist, der ein gefürchteter, bisweilen ganze Wälder verheerender Schädling ist. Aber nicht nur die »Nonne«, auch der Schwammspinner selbst, Mücken und sogar Wanderheuschrecken werden in Seewiesen über das Korn der chemisch codierten Duftflinte anvisiert.

Das praktische Ziel verbindet sich mit der multidisziplinären Erforschung dieser eigenartigen Riechsysteme. Sie führt vom Studium des Aufbaus der Riechorgane und Sinneszellen über die Analyse ihrer Funktionen und der Riechstoffe bis hin zur kybernetischen Untersuchung der Geruchsorientierung der Insekten. Steinchen für Steinchen wird so ein Mosaik erarbeitet. Dabei ergab sich bisher das folgende Bild des Insekten-Riechsystems: »Geruchsorgane« sind die sogenannten Riech-Haare, die bevorzugt auf den Fühlern zu finden sind. Sie sind winzige, mit mikroskopischen Poren und Kanälchen durchsetzte Gebilde, in deren Innern sich ein Auläufer der Riechsinneszelle befindet, die mit einem anderen Ausläufer mit den sekundären Riechzellen des Insektengehirns verbunden ist. Ein einziger Insektenfühler kann bis zu 300 000 dieser Riechhaare aufweisen. Aus der Luft – und bei Wasserinsekten aus dem Wasser – werden die Riechstoffe an diesen Haaren absorbiert; sie wandern weiter von der Oberfläche der Haare auf die »Fühleräste« und erreichen zum Teil die reizempfindliche Oberfläche der Riech-Sinneszelle. Es entsteht ein Nervenimpuls, der ins Gehirn weitergeleitet wird.

Diese Nervenimpulse kann man mit winzigen Elektroden an den Fühlern abgreifen, elektronisch verstärken, aufzeichnen und untersuchen. Gerade mit diesen »Elektroantennogrammen« wird die Ansprechempfindlichkeit des Geruchssinns bestimmter Insekten auf verschiedene Pheromone und ihnen ähnliche Substanzen gemessen. Und diese Testreaktionen sind es auch, die über den Einsatz einer Substanz als vernichtendes Lockmittel für Schädlinge entscheiden können. Bei diesen Experimenten zeigte sich aber auch, daß bei manchen Insekten bis zu 40 Prozent aller

Riechzellen auf Pheromone spezialisiert sind, daß Pheromon-Rezeptoren identischer Reaktionsweise bei verschiedenen Insekten vorkommen, es aber auch »Empfänger« für die verschiedensten Geruchsstoffe gibt. Wie die Wechselwirkung der Riechmoleküle mit dem Sinnessystem in allen Einzelheiten abläuft, ist noch nicht ganz geklärt. Sehr wahrscheinlich ist indessen keine chemische, sondern eine schwache physikalische Wechselwirkung ausschlaggebend. Auch die Geruchsorientierung der Insekten gibt noch einige Rätsel auf. Bei ihr wirken nicht nur beide »Antennen«, sondern auch Einstellungen auf bestimmte Duftkonzentrationen zusammen.

Trotz vieler noch ungeklärter Geheimnisse zeichnet sich aber schon heute ab, daß durch diese Arbeiten nicht nur wirkungsvolle Wege gefunden werden können, Schadinsekten durch den gezielten Mißbrauch ihrer eigenen chemischen Signalsprache zu bekämpfen. Es gibt auch einen freundlicheren Aspekt: Derselbe »Mißbrauch« der chemischen Signale kann die Insekten aus ihrer »Reserve« locken und eine wertvolle Hilfe für die Verhaltensforschung sein.

Rolf H. Simen

43 | *Als die Pflanzen das Blühen lernten*

Hinter der farbenfroh blühenden Pflanzenwelt der Festländer der Erde verbirgt sich eine interessante Entwicklungsgeschichte, in deren Verlauf die im engeren Sinne »Blütenpflanzen« genannten Angiospermen ihren heutigen Platz erst erobern mußten. Diese jetzt höchstentwickelten Pflanzen haben die ohne sichtbare Blüten gedeihenden Gymnospermen und erst recht die Farne, Schachtelhalme und andere Großpflanzengruppen weit in den Hintergrund abgedrängt. Wann das begann und wie diese Entwicklung weiter verlief, belegt jetzt auch der Aufsehen erregende Fund einer fossilen »Urblüte« im Iran aus der Zeit vor rund 190 Millionen Jahren.

Der Siegeszug der Angiospermen hängt zweifellos damit zusammen, daß sie ein hochspezialisiertes Transportsystem für Nährlösungen und auch eine besonders fortschrittliche Vermehrungstechnik entwickelt haben: mit weitgehend umweltgeschützter und in das Innere der Blüte konzentrierter Befruchtung und mit einer Art »Brutpflege« durch Samen, die dreifach umhüllt sind und denen über eine eigentümliche Doppelbefruchtung ein reichliches »Nährgewebe« für den Start in das selbständige Dasein mitgegeben wird. Bis vor kurzem hat die Paläobotanik freilich vergeblich versucht, den Gang ihrer Entwicklung aus den Gymnospermen nachzuvollziehen, zu denen vor allem die Nadelbäume gehören, doch zum Beispiel auch die Palmfarne und die Gingkobäume.

Aufschlußreiche Versteinerungen sind zwar aus der Kreidezeit des Erdmittelalters bekannt. Bei ihnen handelt es sich freilich um primitive, aber dennoch durchaus »fertige« Blütenpflanzen und nicht um Übergangsformen. Aus Pollenfunden, wie sie Geologen der Eidgenössischen Technischen Hochschule Zürich in den Bündnerschiefern der Alpen nachgewiesen haben, läßt sich auch nachvollziehen, wie sich »echte« Blütenpflanzen, darunter Magnolien, seit etwa 130 Millionen Jahren aus kleinsten Anfängen heraus immer mehr in der Flora des Erdmittelalters ausgebreitet haben. Der wissenschaftlich noch nicht erfaßte Beginn dieser Entwicklung liegt aber sicher viele Jahrmillionen weiter zurück, wahrscheinlich am Anfang oder sogar noch vor Beginn der Juraformationen, während der die Saurier lebten und sich Vögel und Säugetiere zu entwickeln begannen.

Aus diesen und noch älteren geologischen Formationen kennt man lediglich Reste von heute ausgestorbenen, damals jedoch besonders hoch entwickelten Gymnospermen oder »Nacktsamern«. Es sind die Bennetitazeen als meist kleine Bäume mit Blattbelaubung, deren teilweise zwittrig angelegten Blüten anatomische Merkmale der Angiospermen gleichsam vorweggenommen haben. Mit solchen Zwitterblüten, die eine Bestäubung durch Insekten stark vereinfachten, hat nämlich die Evolution zu den Angiospermen begonnen. Freilich waren die Bennetitazeen bereits zu stark spezialisiert, als daß man in ihnen noch die direkten Vorfahren der Angiospermen hätte erkennen können. Sie verweisen jedoch durch ihre Existenz in etwa auf den Zeitpunkt des Beginns dieser Entwicklung vor etwa 200 bis 180 Millionen Jahren.

Aus der Kenntnis der blütenanatomischen Merkmale der primitivsten Angiospermen und der höchstentwickelten Gymnospermen läßt sich sogar eine theoretisch mögliche Übergangsform konstruieren: eine Zwitterblüte mit einer länglichen Blütenachse, an deren unterem Ende eine Reihe von »Kätzchen« in spiraliger Anordnung hing und die oben die weiblichen Blütenorgane, den Samenstand, trug. Solche Rekonstruktionen sind in verschiedenen Variationen durchgeführt worden.

Eine solche »Urblüte« tatsächlich aufzufinden, ist nun dem Bonner Paläontologen Professor Hans-Joachim Schweitzer gelungen, wie im »Courier« des Forschungsinstitutes Senckenberg, Frankfurt, zu lesen war. Sie ist ein Fossil von höchster Bedeutung, wenn nicht gar ein paläobotanischer Jahrhundertfund.

Schweitzer suchte 1975 im nordpersischen Kohlerevier von Zirab in den Ausläufern des Alborz-Gebirges nach Belegen für das Alter dieser Kohleformationen. Dabei stieß er nahe einer Bachschlucht auf eine »Linse« aus feinsandigem Tonstein mit Pflanzenfossilien. In ihr entdeckte er zunächst zwei nicht ganz deutbare kohlige Reste, die er als unverwertbar wegwerfen ließ. Beim dritten Fund dieser Art wurde ihm aber klar, daß es sich dabei um fossile »Kätzchen« einer urzeitlichen Blüte aus der Entstehungszeit der Angiospermen handeln könnte – und zwar um Kätzchen einer Zwitterblüte. Da die Kohleformation hier 180 bis 190 Millionen Jahre alt ist, konnte es sich also möglicherweise um die älteste Angiospermenblüte der Welt handeln!

Die beiden ersten Exemplare dieses Fundes waren unwiederbringlich im Geröll der Bachschlucht verloren. Doch Schweitzer und seine persischen Begleiter räumten nun sofort die Fundschicht ab und fanden nach sorgfältigen Nachforschungen nach und nach noch sechs weitere Blüten, darunter vollständige Blütenstände mit Kätzchen und Samenanlagen. Sie entsprechen in ihrem Aufbau geradezu ideal den theoretisch ermittelten Urformen. Schweitzer taufte seinen Fund »Irania raetica« nach dem Fundland und den Fundschichten, dem Rhät, das eine Übergangsepoche zwischen Jura und Trias verkörpert.

Bei der Pflanze, an der diese Urblüten hingen, hat es sich mit Sicherheit um einen Strauch oder Baum, also ein Holzgewächs gehandelt. Wie die Blätter ausgesehen haben mögen, weiß man zwar nicht im Sinne eines erfolgten wissenschaftlichen Nachweises. Man nimmt aber an, daß sie länglich-zungenförmig und paralleladrig waren, weil man fossile Blätter dieser Art im Zusammenhang mit dem Blütenfund entdeckt hat. Ob das Holz dieser Pflanze noch primitives Gymnospermenholz mit einheitlichen Leitbündeln oder bereits hochspezialisiertes Angiospermenholz war, ist nicht festzustellen. Ebensowenig kann eindeutig beantwortet werden, ob nun die »Irania-Urblüte« noch zu einer Gymnosperme oder schon zu einer Angiosperme gehörte.

Spuren von Kelch und Blütenblättern, wie sie die Blüten der »echten« Blütenpflanzen tragen, sind nicht zu finden. Das kann aber auch daran liegen, daß diese zarten Organe im Boden nicht erhalten geblieben sind. Andere charakteristische Unterscheidungsmerkmale sind nicht zu erkennen. So ist etwa die Ausbildung einer Samenhülle nicht nachweisbar, weil die Samen offenbar schon ausgestoßen waren, als die Urblüten in den Schlamm fielen, aus dem sie jetzt geborgen wurden.

Letzlich ist die Frage, auf welcher Seite die »Irania« stand, auch nicht so bedeutend: Sie ist nämlich die Übergangsform, die man suchte und mit der jener entscheidende Schritt von der Natur eingeschlagen wurde, der zu den echten Blütenpflanzen und der Blütenpracht der heutigen Blumenwelt geführt hat. *Dr. Harald Steinert*

44 | *Ein »Keim im Eigelb«: die Erde*

Von den Kanarischen Inseln bis Sumatra, von Norwegen bis Timbuktu kannte man in Europa vor 600 Jahren die Welt. Auf Mallorca, damals Zentrum der Navigationskunst, wußte man natürlich über die nähere Umgebung, das Mittelmeer, am besten Bescheid. Man kannte aber auch Marco Polos Bericht über seine Reise nach Fernost; Erzählungen von mohammedanischen Pilgern, christlichen Kreuzfahrern, von Kaufleuten und von Seefahrern gaben weitere Auskunft über ferner liegende Gegenden. Das war die Grundlage, auf der in den Jahren 1374 bis 1376 die erste Weltkarte von wissenschaftlichem Rang entstand, der »Katalanische Weltatlas von 1375«. Er ist ein auf Pergament gezeichnetes, gemaltes und geschriebenes Prachtwerk, das der Sohn des damaligen Herrschers von Aragon, Pedro el Ceremonioso, dem König Karl V. (»der Weise«) von Frankreich geschenkt hatte.

Die sechs Doppelblätter, aufgebracht auf zwölf Holztafeln, von denen je zwei zusammengeklappt wurden, ruhen seither in Pariser Bibliotheken. 1380 wurde der Atlas zum ersten Mal in einem Inventar der Bibliothek des Louvre erwähnt; heute wird er in der Bibliothèque Nationale aufbewahrt. Eine vollständige farbige Wiedergabe ist im Stuttgarter Verlag Brockhaus erschienen. Der Hamburger Navigationshistoriker Dr. Hans-Christian Freiesleben hat dazu eine allgemeine Einführung, detaillierte Erläuterungen der einzelnen Karten sowie Übersetzungen der wichtigsten Texte aus dem Katalanischen, einer im Lauf der Jahrhunderte vom Kastilanischen in Spanien verdrängten Sprache, geschrieben.

Die Präzision, mit der Cresques Abraham, sein Sohn Jafuda Cresques und wohl auch noch einige andere Kartenzeichner Ende des 14. Jahrhunderts die Küstenlinien im Bereich vom Mittelmeer und Schwarzem Meer sowie die französische Atlantikküste wiedergeben konnten, ist erstaunlich. Sie beruht, so Freiesleben, »offenbar auf sehr alten und gründlichen Erfahrungen, vor allem, was die Entfernung zwischen verschiedenen Häfen anbetrifft«.

Weniger bekannt waren die Verhältnisse im Binnenland – die Flüsse verlaufen meist als ziemlich gerade Wellenlinien, die Gebirge als schmale lange Bänder oder werden einfach mit ein paar schematischen Bergen dargestellt. Doch die Ortsnamen an Rhein und Elbe zum Beispiel sind zu einem großen Teil richtig und in der richtigen Reihenfolge aufgeführt – an der fast gerade nach Westen verlaufenden Elbe bis hinauf nach Prag, das in einem nach Westen (!) geöffneten hufeisenförmigen Gebirge liegt.

Weiter nördlich und vor allem dann in Richtung Osten werden auch die Küstenlinien im Katalanischen Weltatlas sehr schematisch. Die Ostseeküste zwischen Schleswig-Holstein und der Kurischen Nehrung ist nicht mehr als eine elegant geschwungene Linie, an der wie Perlen aufgereiht elf gleiche Stadtsymbole (Mauer und Turm) eingetragen sind mit den Namen von Wismar (Ugmaria) bis Danzig (Godanse). Dazu wird schriftlich erläutert: »Dieses Meer heißt Meer von Deutschland und das Meer von Gotland und Schweden. Wißt, daß es während sechs Monaten des

Jahres gefroren ist von Mitte Oktober bis Mitte März. Man kann während dieser Zeit mit von Ochsen gezogenen Wagen darüber fahren.«

Für Innerasien und China behalfen sich die Kartographen damit, historische, sagenhafte und biblische Gestalten – von den Drei Königen bis zum Großen Khan in Peking – in die großen Landmassen einzuzeichnen. Ein bemerkenswertes Flußsystem in China könnte nach Freieslebens Vermutung die von Marco Polo gerühmten chinesischen Kanäle darstellen. Zu den südostasiatischen Inseln, die als kleine runde Farbflecke das Meer füllen, da heißt es: »Im Indischen Meer gibt es 7548 Inseln, von denen wir hier nicht alle wunderbaren Reichtümer aufzählen können, die es dort an Gold, Silber und Edelsteinen gibt.« Groß eingezeichnet sind Ceylon und Sumatra, das so beschrieben wird: »Die Insel Trapobana ... Es ist die letzte nach Osten im Ozean. Auf dieser Insel gibt es Menschen, welche von allen übrigen ganz verschieden sind. In einigen Gebirgen dieser Insel gibt es Menschen beträchtlicher Größe, nämlich von zwölf Ellen, wie Riesen, sehr schwarz und ohne Vernunft. Sie fressen die weißen und fremden Menschen, wenn sie sich ihrer bemächtigen können. Auf dieser Insel gibt es während eines Jahres zwei Sommer und zwei Winter ...«

Soviel Phantasie und Willkür bei der Darstellung dieser Region im Katalanischen Weltatlas auch am Werk sind – er enthält die erste geographische Darstellung Südostasiens auf einer Karte. Ähnliches gilt für Afrika: Der Atlas ist das erste Dokument des christlichen Abendlandes, das über diesen Erdteil Kenntnisse vermittelt, vor allem auch durch Bilder und schriftliche Erläuterungen. Etwa: Mitten in der Sahara thront ein König: »Der schwarze Herr heißt Musse Melly, Herrscher der Neger in Guinea. Er ist der reichste König, der berühmteste Herr des ganzen Landes wegen der Menge des Goldes, das man in seinem Lande findet.« Im Namen des Herrschers sind das Königreich Mali und der

1332 gestorbene Sultan Musa enthalten. Knallrot leuchtet auf der Karte des Vorderen Orients das Rote Meer, mit einem weißen Streifen in seinem Nordwestzipfel: »Durch diese Enge gingen die Kinder Israel, als sie von Ägypten auszogen.«

Die beiden ersten Doppelblätter des Katalanischen Weltatlasses enthalten in Schrift und Bild Darstellungen kosmologischer Art, darunter einen immerwährenden Kalender für die Berechnung unter anderem von Ostern und Pfingsten sowie astrologische Tabellen. Die Welt wird so beschrieben: »Das Bild der Welt ist rund wie ein Ball und ähnlich einem Ei . . . ; im Eidotter findet sich der Keim als Innerstes des Eies. Ebenso ist auch die Welt von allen Seiten vom Himmel umgeben wie von einer Schale. Die reine und klare Luft ist so von Himmel umgeben wie das Eiweiß von der Eischale; und die heiße Luft ist von der klaren Luft ebenso umgeben wie das Eidotter vom Eiweiß. Und in der Luft ist die Erde in gleicher Weise enthalten wie der Keim im Eigelb.«

Bemerkenswert ist auf dem ersten Blatt ein Gezeitendiagramm für 14 am Ärmelkanal gelegene Punkte, dazu eine ausführliche Erläuterung, wie sich Hoch- und Niedrigwasserzeiten mit Hilfe des Monddurchgangs bestimmen lassen (»Hafenzeit«). Es ist das erste bekannte Dokument für dieses bis ins 17. Jahrhundert hinein erhaltene Verfahren.

Georg Hartmut Altenmüller

45 | *Als das Leben ans Ufer schwamm*

Am Anfang des Erdaltertums vor rund 600 Millionen Jahren waren die Meere lebensreich, die Festländer aber noch »wüst und leer«. Erst in den folgenden rund 250 Jahrmillionen konnte das Leben auch sie allmählich erobern. Entscheidende Schritte gab es dabei in den etwa 100 Jahrmillionen der Obersilur- und Devonzeit, der sich die Karbonzeit mit einem bereits von Leben erfüllten Festland anschließt. Wie das Leben aus dem Wasser das Land eroberte, läßt sich bisher nur lückenhaft rekonstruieren. Um so wichtiger sind deshalb neuere Funde an der Mosel.

Den Weg der Wirbeltiere aus dem Meer dokumentiert ein grönländischer Fund, der erkennbar eine Übergangsform zwischen Fisch (Quastenflosser) und Amphibium darstellt. Der Einzug der heute zahlenmäßig landbeherrschenden Gliederfüßer (Arthropoden) auf den Kontinenten war aber bisher so gut wie nicht nachzuverfolgen. Spärliche Überreste einer vielleicht teilweise landlebenden Gliederfüßer-Tierwelt wurden in Rhynie, Schottland, zusammen mit einer der ältesten Landfloren entdeckt, fast 350 Jahrmillionen alt. Neuerdings jedoch wurden im Moseltal nahe der Gemeinde Alken in den sogenannten Nellenköpfchen-Schichten Gliederfüßer-Reste in erstaunlich reicher Fülle entdeckt, die verhältnismäßig gut erhalten und noch etwas älter sind als die schottischen Funde: ein Fundort, der in bisher einzigartiger Weise den Weg der Gliederfüßer vom Meer auf das Festland dokumentiert.

Die schon länger bekannte und vor allem durch den Koblenzer Privatsammler Josef Hefter intensiv untersuchte Fundstelle lag in der Zeit des Unterdevon am Rande einer großen Meeresinsel, die in etwa dem heutigen Hunsrück entsprochen haben dürfte. Wo heute Alken ist, befand sich eine Lagune mit offenen Verbindungen zum Meer. Ihr Gezeitenwatt und ihre mit mangrovenähnlicher Vegetation bewachsenen Sümpfe und Flachwassergebiete waren der Lebensbereich der Gliederfüßer. Chitinpanzer von Hunderten dieser Tiere von über 20 Arten sind bisher gefunden und von Professor L. Störmer, Oslo, untersucht worden. Die Ergebnisse (veröffentlicht in »Senckenbergiana lethaeae«) zeigen, daß alle diese Formen bisher unbekannt waren. Mehrere sind nach ihrem Entdecker Hefter benannt worden.

Andere Tierarten scheinen in der Lagune selten gewesen zu sein. Die Lebensverhältnisse waren für sie schlecht, und die Bodenfauna dürfte im wesentlichen aus dahinkümmernden Muscheln, Schnecken und Muschelkrebsen bestanden haben. Schwer gepanzerte Fische, wie sie für das Devon typisch waren, dürften die Lagune ebenfalls gelegentlich aufgesucht haben.

Ein Teil der Gliederfüßer aus dieser Zeit gehörte bereits zu den »terrestrischen Formen«, also den ältesten bekannten Vorfahren von Tiergruppen, wie sie in der folgenden Karbonzeit die »Steinkohlewälder« belebt haben. Es sind urtümliche Spinnen (drei Arten) und ein etwa zehn Zentimeter langer Riesentausendfüßler einer Gruppe, die im Karbon noch viel größer wird. Die Spinnen haben bereits ganz auf dem Land, die Tausendfüßler wohl noch amphibisch gelebt. Auch Skorpione gab es in der Strandzone. Ihrem Körperbau nach waren sie allerdings noch Meerestiere. Besonders merkwürdig muten die Reste von Pfeilschwanzkrebsen an, deren Kiemen so gut durch Platten abgedeckt waren, daß sie sich sicherlich längere Zeit außerhalb des Wassers aufhalten konnten. Sie sind Vorfahren des heutigen, im Meere lebenden Limulus. Ein Versuch dieser Gliederfüßer, das Land zu erobern, scheint aber vergeblich gewesen zu sein.

Während sich die bereits dem Leben auf dem Land angepaßten oder im Übergang zum Landleben befindlichen Gliederfüßer von Pflanzenteilen aus dem Spülsaum des Gezeitenwatts ernährten, schwammen im Watt vermutlich vorwiegend räuberische Meeres-Panzerkrebse. Von ihnen sind die meisten Überreste erhalten. Sie verweisen auf Tiere bis zu 20 Zentimeter Länge, die gute Schwimmer und entsprechend gute Jäger waren. Spuren der Riesen dieser Art (Jaeckelopterus), die bis zu 1,80 Meter Länge erreichten, sind bei Alken nicht entdeckt worden. Vermutlich haben diese gewaltigen Panzerkrebse die Lagune ähnlich sporadisch im »Vorbeischwimmen« aufgesucht wie die Panzerfische.

Der allmähliche Übergang der Flachwasserbereiche der Lagune in das »vollsalzige« Meer stellt ein typisches Mischbiotop dar. Nach Störmer ist es für die Anpassung der Gliederfüßer an das Land optimal gewesen. Zwar war die Lagune von Alken – neben dem etwas jüngeren Rhynie – damals sicherlich nicht das einzige Biotop dieser Art, doch sind weitere Fundplätze nicht bekannt.

Wie von den meisten Paläontologen angenommen wird, haben die Fisch-Vorfahren der Landwirbeltiere im Süßwasser gelebt. Man vermutete bisher auch, daß der Übergang zum Landleben vom Meerwasser über das Süßwasser einfacher gewesen sein könnte als der direkte Auszug aus dem salzigen Meer. Die Analyse des Lebensraumes der Alkener Lagune spricht aber gegen diese Annahme: Die Lebensbedingungen eines Watts mit seinem stetigen Wechsel zwischen Überflutung und Trockenheit könnten demnach die Entwicklung zum Leben auf dem Festland noch mehr begünstigt haben. *Dr. Harald Steinert*

46 | *Wenn Sterne aus dem Universum fallen*

Wenn man sich die gesamte Masse unserer Erde zu einem Kügelchen von nur etwa drei Millimeter Größe zusammengepreßt denkt, hat man eine erste Vorstellung von jenen extremen Zuständen der Materie, in die gewisse sterbende Sterne bei ihrem Übergang in ein Schwarzes Loch versetzt werden können. Selbst die Sonne mit ihren rund 1,4 Millionen Kilometer Durchmesser würde nach einem solchen Zusammenbruch kleiner als drei Kilometer sein. Wenn auch weder Sonne noch Erde ein solcher Untergang bevorsteht, so faszinieren die Endzustände der Materie im Weltall die Physiker doch deshalb, weil ihre Erforschung weitgehende Konsequenzen für die bestehenden Theorien und das Verständnis der Naturgesetze haben können.

Zu einem Schwarzen Loch können nach heutigen Erkenntnissen ausgebrannte Sterne nur dann werden, wenn sie mindestens doppelt so viel Masse wie unsere Sonne haben. Wenn ihre nukleare Brennenergie verbraucht ist, geht es nämlich auch mit jenem grandiosen Balanceakt zu Ende, der ihre bisherige Form im Gleichgewicht zwischen dem nach außen gerichteten Explosionsdruck der Kernreaktionen und der nach innen gerichteten allseitigen Schraubstockwirkung der eigenen Schwerkraft bisher garantierte. Enden in diesem Prozeß »leichtere« Sterne ausgeglüht als etwa planetengroße »Zwerge« und etwas »schwerere« nach gewaltigen Supernovaexplosionen in extrem dichten, nur noch etwa ein Dutzend Kilometer großen Neutronensternen, so fallen jedoch die ganz massiven sterbend buchstäblich aus dem Universum heraus: Sie werden zu Singularitäten, streng mathematisch gesehen also zu punktförmigen Gebilden, die darüber hinaus die Eigenschaft besitzen, daß sie endlos immer weiter in sich zusammenstürzen.

Der Ausschluß aus dem Universum besteht aber nicht darin, sondern in dem Umstand, daß ihre gesamte Masse trotz des unglaublichen Schrumpfprozesses weiter erhalten bleibt. Eine ehemalige Erde von nur noch drei Millimeter Größe beispielsweise besäße nach wie vor dieselbe Schwerkraft. Ein schadlos gebliebener Mond würde deshalb nach wie vor auf seiner alten Bahn um dieses Kügelchen kreisen. Wenn sich diese ganze Schwerkraft dann aber auf eine derart winzige Oberfläche verteilen muß, wird die Anziehungskraft dort örtlich so gewaltig, daß es für alle Materie und selbst das Licht hier nur noch ein Hin und kein Zurück mehr gibt. Physikalisch heißt das, daß sich ihr Inneres kausal von der Außenwelt abgeschnürt hat, weil nicht einmal ein Licht- oder Funksignal, wenn man es auf ihnen auslösen könnte, jemals wieder das äußere Universum erreichen würde.

Doch allem Anschein nach gibt es nicht nur unsichtbare Schwarze Löcher. Sind sie nämlich Teil eines Doppel- oder Mehrfachsternsystems, so kann es sein, daß sie von einem der Nachbarsterne Materie absaugen und deshalb ihr unsichtbarer innerer »Bereich des endlosen Zusammenstürzens« von einem strahlenden »Horizont« umgeben ist, in dem sich die angesaugte Materie durch die verschiedensten Reaktionen doch noch bemerkbar machen kann. In dieser Region können Teilchen so sehr beschleunigt werden, daß sie sogar zur Ausstrahlung von Röntgenstrahlung angeregt werden. Das ereignet sich im System Cygnus-XI im Sternbild des Schwans.

Für die Astrophysiker ist das Studium solcher Schwarzer Löcher nach Ansicht des britischen Wissenschaftlers Dr. Martin Rees, Cambridge, deshalb interessant, weil sie in einem gewissen Sinne die »Geister« toter Sterne sind und uns einige Aussagen über die letzten Phasen der Sternentwicklung vermitteln können. Auch deshalb, weil sich diese Gebilde bei ihrem endgültigen Zusammenbruch selbst aus dem übrigen Universum und dessen raumzeitlichem Gefüge ausgeschlossen haben, doch von ihnen ein »Schwerkraftabdruck« jenes Raumes geblieben ist, den sie verlassen haben. Für die Physiker ist der »Schwerkraftkollaps« interessant, der diese Sterne in ihren Endzustand überführte. Hier nämlich müssen die klassischen Gesetze der Schwerkraft ungültig sein und neue Gesetzmäßigkeiten für die Erklärung gefunden werden. *Rolf H. Simen*

47 | *Wie die Saurier laufen lernten*

Die Entstehungsgeschichte der heute lebenden Säugetiere birgt noch manches Rätsel. Ziemlich sicher ist, daß sie ihre Existenz einem Entwicklungsprozeß verdanken, der mindestens dreihundert Millionen Jahre gedauert hat.

Damals begann die Besiedelung des Landes gewissermaßen als Wettlauf zweier reptilischer »Konstruktionsprinzipien«. Während die einen, die »Stammreptilien«, schließlich die »Rolle« der Echsen übernahmen, gelingt es den anderen, zunächst als Ur-Raubsaurier, dann als Therapsiden, das sind säugetierähnliche Reptilien, die Vorherrschaft auf dem Lande zu gewinnen. Ihr Bauplan war zunächst noch recht urtümlich, erinnerte bei den fortschrittlichsten »Ausgaben« jedoch bereits an die Säugetiere.

Direkte Beweise, wie sich beispielsweise ihre Weichteile oder ihr Fortpflanzungsverhalten in Richtung der Säugetiere entwickelt haben, fehlen allerdings. So weiß man, wie Professor Siegfried Henkel im »Pressedienst Wissenschaft« der Freien Universität Berlin berichtet, bis heute nicht, ob die Therapsiden noch Eier gelegt haben oder ihre Jungen bereits lebend gebaren und säugten. Ebenso wenig weiß man genau, ob die säugetierähnlichen Reptilien schon die Fähigkeit besaßen, eine gleichmäßig hohe Temperatur zu halten und dadurch in ihrer Aktivität von der Außentemperatur unabhängig waren. Indirekte Anhaltspunkte allerdings geben dafür die gefundenen Skelettreste: So kann man beobachten, wie sich bei mehreren Gruppen von Therapsiden in der Mundhöhle schrittweise ein zweites Gaumendach ausbildete. Fortschritte gibt es auch bei der Ausbildung des Gebisses. Schneide-, Eck- und Backenzähne entstehen. So können die »modernen« Therapsiden ihr Futter für eine sorgfältigere Verdauung besser vorbereiten und wegen des zweiten Gaumendaches sogar während der Nahrungsaufnahme atmen. Eine verbesserte Nahrungsaufnahme läßt auf einen höheren Energieverbrauch schließen, und dieser wiederum ist Hinweis auf Warmblütigkeit.

Die ganze schöne (mögliche) Warmblütigkeit nützte den Therapsiden nichts, als es nach der permkarbonen Eiszeit wärmer wurde und die Archosaurier, eine neue, anders konstruierte, »kaltblütigere« Reptilgruppe, vor rund 220 Millionen Jahren auf den Plan traten und die herrschenden Therapsiden fast völlig aus der fossilen Überlieferung verdrängten. Wie es zu diesem plötzlichen Szenenwechsel kam, ist bis heute ungeklärt. Möglicherweise entschieden die unterschiedlichen Arten der Fortbewegung das »Rennen« zugunsten der Archosaurier. Beide Gruppen hatten zwar inzwischen das »Gehen« gelernt, waren dabei jedoch unterschiedliche Wege gegangen. Während die Therapsiden, wie Professor Henkel berichtet, sowohl Vorder- als auch Hinterextremitäten für die neue Fortbewegungsart umbauten, beschränkten sich Archosaurier ganz offensichtlich zunächst auf den Umbau der Hinterbeine. Der vordere Teil des Tieres richtete sich zu der für Zweibeiner typischen Haltung auf, während ein kräftiger Schwanz den Körper im Gleichgewicht hielt. Auf diese Weise konnten sich die Archosaurier vermutlich weitaus schneller als die Therapsiden bewegen und waren diesen sowohl im Angriff wie auf der Flucht überlegen.

Doch die Archosaurier nutzten ihre 140 Millionen Jahre währende Vorherrschaft nicht. Sie variierten lediglich den »alten« reptilischen Bauplan in alle möglichen Richtungen, ohne ihn je in seinem Grundprinzip zu überwinden. Die Therapsiden waren dagegen stetig darauf bedacht, sich in Richtung Säugetiere weiterzuentwickeln. In dieser Zeit reifte ihr fortschrittliches »Bauprinzip« bis zu dem Stand, mit dem die Säugetiere dann Anfang des Tertiärs wieder die Vorherrschaft auf dem Lande übernahmen. Doch was in dieser letzten Phase »vor der Entfaltung des fertigen Konstruktionsprinzips« tatsächlich im einzelnen passierte, liegt bis heute noch weitgehend im Dunkeln. Der Grund ist recht banal: Erreichten die bekannten fossilen Wirbeltiere dieser Zeit zum Teil riesige Ausmaße, sind die unmittelbaren Ahnen der Säugetiere sehr klein gewesen. Kaum eines der bisher bekannten Ahnen-Tiere aus dem Erdmittelalter war größer als eine Ratte. Entsprechend klein sind die fossilen Reste.

In diese Wissens- und Forschungslücke wollen nun Wissenschaftler eines von der Deutschen Forschungsgemeinschaft geförderten Forschungsschwerpunktes »Paläontologische Analyse nichtmariner mesozoischer Sedimentationsräume unter besonderer Berücksichtigung der Stammesgeschichte der Säugetiere«, der an der Freien Universität Berlin eingerichtet wurde und an dem auch Professor Henkel mitarbeitet, mit neuen Methoden stoßen. Sie erlauben, kleine und kleinste Wirbeltierfossilien aufzuspüren und in größeren Mengen zu gewinnen. Dabei werden verdächtige Schichten regelrecht abgebaut und dann nach einem Verfahren aus dem Erzbergbau aufbereitet. Auf diese Weise beutet die Wissenschaftlergruppe ein oberjurassisches Braunkohlenvorkommen in Guimarota/Leiria in Mittelportugal aus. Man hofft schon bald anhand möglichst vollständiger Fossilienfunde die noch fehlenden Entwicklungsschritte nachweisen zu können und dabei gleichzeitig die »direkten« Ahnen der echten Säugetiere zu entdecken.

Karl-Heinz Preuß

48 | *Moderne Musik geht an Herz und Nieren*

Sie sprechen nicht mehr von Klängen und Rhythmen, sondern von Geräuschen und Effekten. Komponisten sogenannter »zeitgenössischer Musik« haben dieses gemeinsam: die Suche nach neuen Ausdrucksmitteln und bisher ungekannten musikalischen Effekten, die Freude am Experimentieren und die offen eingestandene Absicht, zu provozieren und zu schockieren. Ginge es allein nach der Phonstärke und bestimmten medizinischen Gesichtspunkten, müßten ihre Werke eigentlich »Maßnahmen der Lärmbekämpfung« herausfordern. Denn die neue Musik schokkiert nicht nur das Publikum, sie macht auch ihre Interpreten krank.

Entsprechende Werke gehen, wie die Psychiater Marie-Luise Fuhrmeister und Eckart Wiesenhütter in einer in München unter dem Titel »Metamusik« (J. F. Lehmanns Verlag) veröffentlichten medizinischen Untersuchung ermittelten, den ausübenden Musikern buchstäblich an Herz und Nieren. Untersucht wurden insgesamt 208 Berufsmusiker, die drei verschiedenen Sinfonieorchestern angehörten, von denen das erste fast ausschließlich, das zweite mit steigender Tendenz und das dritte so gut wie nie Werke zeitgenössischer Komponisten aufführte.

Die Musiker waren – subjektiv wie objektiv – um so gesünder, je mehr sie sich auf klassische Werke konzentrierten. Diejenigen aber, die häufig oder überwiegend die modernen Stücke spielten, litten Arges: Nur ein Bruchteil von ihnen (acht bzw. zehn Prozent) verspürten keinerlei Beschwerden nach Proben zeitgenössischer Musik, die nicht auch nach dem Spielen klassischer Stücke auftraten. Die anderen jedoch waren nervös (82 bzw. 73 Prozent), gereizt und streitsüchtig (81 bzw. 62 Prozent), litten unter zum Teil schweren Schlafstörungen oder unter Kopf- und Ohrenschmerzen (39 bzw. 22 Prozent) sowie unter Depressionen (33 bzw. 23 Prozent), bekamen Bauchschmerzen, Durchfall, Herzbeschwerden oder wurden impotent. Die ermittelten Krankheitsbilder bestätigten diese Angaben. Erstaunlicherweise besaß gerade das »kränkste« Orchester, bei dem das Spielen zeitgenössischer Werke überwog, die meisten athletisch, also »stämmig und breit gebauten« Mitglieder, »Typen«, von denen man hätte annehmen können, daß sie am wenigsten anfällig sind. Die Krankheitssymptome traten übrigens auch bei denjenigen Orchestermitgliedern auf, die die zeitgenössische Musik nicht aus irgendwelchen Gründen ablehnten. In den beiden am meisten belasteten Orchestern machten über 60 Prozent der Musiker hauptsächlich oder allein diese Musik für ihre Krankheiten und Beschwerden verantwortlich.

Der Umgang mit zeitgenössischen Komponisten bringt die Musiker jedoch vor allem in seelische Nöte: Sie sind enttäuscht, weil sie fast alles, was sie gelernt und »worum sie sich künstlerisch bemüht haben«, bei der zeitgenössischen Musik nicht anwenden können. Verbunden ist hiermit das Gefühl, »in einer anonymen Masse zu versinken«, in der einzelne Fähigkeiten weder anwendbar noch hörbar noch gefragt sind. So sehen sie den Sinn ihrer langen, oft mühsamen Ausbildungszeit in Frage gestellt. Vor allem Streicher geben dies als Grund für ihre Enttäuschung an, weniger Holz- und noch seltener Blechbläser.

Schwierig ist für viele auch die Umstellung von der Arbeit mit zeitgenössischen Werken auf klassische, obwohl traditionelle Werke von der Mehrzahl als ihre eigentliche Aufgabe angesehen werden. Die Geiger befürchten zum Teil, ihr »absolutes Gehör« verloren zu haben oder auf dem besten Wege zu sein, es zu verlieren. Bläser gaben an, daß sie die Tonkultur ihres Instrumentes nicht mehr im alten Maße besäßen. Ärgerlich für viele ist auch, noch in der Freizeit für die zeitgenössische Musik üben zu müssen. Die Ehefrauen der Musiker schlossen sich dieser Auffassung an: Sie finden zum großen Teil dieses »Üben« ihrer Ehegatten zu Hause musikalisch-akustisch ausgesprochen unerträglich. Noch schlimmer jedoch seien die Gereiztheit und die schlechte Laune, die mit dieser Arbeit verbunden sind und sich zu Hause verstärken. So ist nicht verwunderlich, daß mehr als zwei Drittel aller betroffenen Musiker fest glauben, daß diese Musik sie frühzeitig pensionsreif macht.

Karl-Heinz Preuß

49 | *Die Tanzfliege mit dem Schleierchen*

Die Geschichte der »Tanzfliege mit dem Schleierchen« ist zweifellos eines der spannendsten und wohl auch dramatischsten Kapitel der Fliegenforschung. Sie begann 1877 in Gurnigel bei Thun im Kanton Bern, wo der Baron von der Osten-Sacken während eines Urlaubs nichtsahnend aus seinem Hotelfenster herausschaute, als seine Aufmerksamkeit plötzlich durch einen Schwarm tanzender Fliegen gefesselt wurde, die alle merkwürdige kleine Schleierchen bei sich trugen. Erst später erfuhr er, daß bereits vier Jahre vor ihm ein Entomologe in Graubünden einen derartigen Schleiertanz beobachtet hatte. 1887 wurden weitere Tänze in Bad Gastein beobachtet und beschrieben, und seither häuften sich die Mitteilungen darüber. Die im Laufe der Zeit erschienenen Berichte widersprachen einander teilweise, so daß diese Angelegenheit statt geklärt eher verworren wurde. So bleibt es das Verdienst des Wiesbadener Entomologen Dr. K. Gruhl, das vorliegende Material gesichtet und auf Grund eigener Beobachtungen und Studien zu einer weitgehenden Klärung des Schleiertanzes dieser Fliegen beigetragen zu haben.

Jene Tanzfliege, der einer ihrer ersten Untersucher den wissenschaftlichen Namen Hilaria sartor gegeben hat, scheint vorwiegend in den höheren Lagen der Alpen vorzukommen, wo sie sich an schönen Augusttagen auf Lichtungen oder an Waldrändern (gelegentlich wohl auch in Parkanlagen) zu sogenannten Tanzgesellschaften zusammenfindet; diese Tanzgesellschaften bestehen jedoch nur aus Männchen, sind also sozusagen die »Bräutigamsschau« für die in der Nähe weilenden Weibchen. Die Tänze, zu denen sich zwischen zehn und fünfzig Männchen zusammenfinden, dauern mitunter einige Stunden. Wenngleich es einem flüchtigen Beobachter auch so scheinen mag, so herrscht innerhalb dieser Tanzgesellschaften keineswegs ein regelloses Durcheinander, vielmehr werden bestimmte Tanzformen mit Reigen- und Gegenreigen beobachtet, also wenn man so will, eine relativ ritualisierte Form des »Gesellschaftstanzes«. Was jedoch dieses Schauspiel so faszinierend macht und die Aufmerksamkeit eines Beobachters alsbald auf sich lenkt, ist der Umstand, daß jede dieser tanzenden Fliegen ein kleines Schleierchen trägt, das offenbar eigens für diese Tanzzeremonie hergestellt wird. Wie man inzwischen weiß, werden diese Schleierchen von Spinnfäden aus den Spinndrüsen an den Vorderbeinen der Fliegen gewoben. Nach ihrer Vollendung werden sie – ausgespannt zwischen den Vorderbeinen – gleich wehenden weißen Fähnchen getragen und leuchten je nach ihrer wechselnden Stellung zum Sonnenlicht bald heller und bald dunkler in dessen Widerschein auf. Neuankömmlinge in diesen Tanzgesellschaften tragen zunächst noch kein Schleierchen; sie weben es erst beim Tanz.

Die Tatsache, daß es sich bei den Tänzern lediglich um Männchen handelt, deutete bereits darauf hin, daß diese Tänze in irgendeiner Weise der Geschlechterfindung dienen mußten. Tatsächlich erscheinen auch nach einiger Zeit, wenn die Männchen lange genug getanzt haben, vereinzelte Weibchen; diese beteiligen sich jedoch nicht am Tanz, fliegen vielmehr nur an der tanzenden Gruppe vorbei, vielleicht auch einmal um sie herum, gewissermaßen um zu zeigen, daß sie die Werbung verstanden haben. Bald nachdem ein Weibchen erschienen und damit seine »Ehebereitschaft« kundgetan hat, löst sich ein Männchen aus der Tanzgruppe, fliegt ganz dicht unter dem Weibchen her und wartet darauf, daß dieses sich zum Zeichen seiner Bereitschaft auf das Männchen fallen läßt; das Männchen aber hält während dieses gemeinsamen Fluges sein Schleierchen gleich einer Siegesfahne an den Vorderbeinen ausgespannt vor sich her, zweifellos eine besondere Geste der Einladung zur »Verlobung«. Nicht immer nimmt das Weibchen das gerade auf es zusteuernde Männchen an, und wenn dieses das schließlich merkt, dann kehrt es wieder in die Tanzgesellschaft zurück und läßt – wenn auch ungern – einem Rivalen den Vortritt.

Sobald das Weibchen nun gewählt, sich auf das unter ihm fliegende Männchen fallengelassen und es mit den Beinen ergriffen hat, trennt sich das Paar von der Tanzgruppe. Die Begattung findet während des Fluges statt, und da das Männchen dazu seine »untergeordnete« Stellung aufgeben und auf dem Rücken des Weibchens aufsitzen muß, wozu es seine Vorderfüße benötigt, läßt es jetzt das Schleierchen fallen, das dann langsam zu Boden sinkt. So bedient sich die Natur, wie das Beispiel der Tanzfliege zeigt, zur Erhaltung der Art mitunter der wunderlichsten Wege, denen man fast menschliche Züge zu unterlegen geneigt sein könnte. *Dr. Hans-J. Wasserburger*

50 | *Wie aus Männchen Weibchen werden*

Für männliche Anemonenfische der Gattung Amphiprion gibt es unter bestimmten ökologischen Bedingungen offensichtlich kein erstrebenswerteres Lebensziel als das Dasein als Weibchen. Sie »rangeln« sich durch eine strenge hierarchische Ordnung nach oben, bis sie die Geschlechtsumwandlung erreicht haben und über die »Männergesellschaft«, aus der sie gekommen sind, als Superweibchen herrschen, mit dem sich allein das ranghöchste »Noch-Männchen« in der Gruppe fortpflanzen darf.

Diese merkwürdige Form der »Einehe« durch Rangordnung und sozial kontrollierten Geschlechtswechsel hat der Verhaltensforscher Dr. Hans W. Fricke, Mitarbeiter des Max-Planck-Institutes für Verhaltensphysiologie in Seewiesen, bei Freiwasseruntersuchungen vor dem Aldabra-Atoll im Indischen Ozean entdeckt. Normalerweise leben Anemonenfische der Gattung Amphiprion auf »ihrer« Anemone in ganz gewöhnlichen Einehen. Im Indischen Ozean jedoch, wo es Anemonen gibt, die riesige Kolonien bilden und deshalb kein Platzmangel herrscht, leben häufig mehr als zwei erwachsene Tiere auf großen »Anemonenbergen« zusammen. Je mehr Anemonen zusammenstehen, um so größer ist die Zahl der darin lebenden Tiere und um so größer ist vor allem die Zahl der Männchen. Fricke, der diese Beobachtungen in seinem »Bericht aus dem Riff« (Piper Verlag, München) schildert, beobachtete Gemeinschaften, die aus einem Weibchen und bis zu elf Männchen gebildet wurden.

In diesen Gruppen herrscht eine ganz strikte Rangordnung, die der Körpergröße nach gestaffelt ist. An der Spitze steht dabei immer ein Weibchen, das noch fast doppelt so schwer ist wie das größte Männchen. Das ranghöchste Männchen verhält sich in dieser Dauergruppe äußerst despotisch. Es greift alle unter ihm stehenden Männchen an und reagiert besonders aggressiv gegen das ihm im Rang nachfolgende Männchen. Auf diese Weise hindert es aktiv andere Männchen an der Fortpflanzung und laicht allein mit dem großen Haremsweibchen ab, dem es offenbar egal ist, wer es befruchtet.

Das Bild über diese unkonventionelle Variante »monogamer« Lebensweise rundete sich jedoch erst im Labor ab, als Fricke zu seiner Überraschung entdeckte, daß der gesamte Amphiprionnachwuchs anscheinend nur aus Männchen bestand. Erst die gewebekundliche Untersuchung löste das Rätsel, wo die Weibchen herkamen: Die Jungtiere haben sowohl männliche als auch weibliche Anlagen. Sie durchlaufen dann während ihrer Entwicklung zunächst eine funktionelle Männchenphase.

Die Ausbildung der funktionellen Weibchenphase wird offenbar durch Aggressivität reguliert. Entsprechend haben die angriffslustigsten Männchen am ehesten die Chance, sich zum Weibchen umzuwandeln. Alle großen, ranghohen Männchen haben in ihren Geschlechtsorganen weibliches Keimgewebe und bereits einige Eier in ihren Hoden. Sie sind, wie Fricke berichtet, Zwitter und wandeln sich erst dann zu funktionellen Weibchen um, wenn sie im Rang an oberster Stelle stehen und die letzte Hürde in der sozialen Hierarchie genommen haben, wenn also das Weibchen gestorben, durch einen Freßfeind erbeutet oder im Experiment aus einer Gruppe entfernt worden ist. Als Fricke zwei Männchen im Riff auf einer Anemone aussetzte, wandelte sich das größere und aggressivere Tier in ein Weibchen um.

Den umgekehrten Fall hat man bei anderen Fischarten schon früher beobachtet: nämlich die Umwandlung von Weibchen zu Männchen. Dort verläuft der gesamte Mechanismus der Geschlechtsumwandlung in genau derselben Weise ab wie beim Anemonenfisch – nur eben mit umgekehrten Vorzeichen. Auch dort ist es die Aggressivität, die diesen Geschlechtswandel offensichtlich auslöst. Doch anders als beim Amphiprion dominieren nicht die Weibchen über die Männchen, sondern die Männchen über die Weibchen. Das neue von Fricke entdeckte Beispiel zeigt, daß die Geschlechtsumwandlung bei Fischen möglicherweise sehr viel häufiger ist, als man bisher angenommen hat.

Karl-Heinz Preuß

51 | *Kluge Tiere sind sozial*

Eines der Urphänomene im Verhalten von Mensch und Tier ist die soziale Bindung. Diese zu stören, heißt Gefahren heraufbeschwören, denn Bekanntschaft, Freundschaft, Lebensgemeinschaft helfen Aggressionen abzubauen. Das Vorhandensein enger sozialer Beziehungen bei den verschiedenen Gattungen beweist deren Notwendigkeit, wenngleich ihre Existenz bei Tieren lange Zeit nicht recht erkannt oder gar geleugnet wurde, soweit es die niederen Gattungen betraf. Doch auch bei diesen bestehen solche Bindungen: Das Garnelenmännchen klebt am Weibchen, erkennt dieses am Geruch wieder; der Paarung geht also das individuelle Erkennen voraus. Fische bilden Kolonien; jedes Männchen kennt hier seinen Nachbarn, ist ihm gegenüber freundlicher, aufgeschlossener.

Daß ein Mensch sofort liebenswürdiger wird, sobald ein Bekannter auftaucht, kann man auf Bahnreisen beobachten. Der Passagier verteidigt sein Abteil gegen andere, solange es sich um Fremde handelt. Auch Fische traten nicht mehr als Usurpatoren auf, wenn sie sich wiedererkannten.

Ob es Dauerbindungen unter Fischen an einen Partner gibt, ist nach Ansicht des Verhaltensforschers Professor Konrad Lorenz zwar noch nicht geklärt. Es stehe jedoch fest, daß bei Fischen eine Beziehung bis zum Ablaichen besteht, dann aber das Interesse am Partner erlösche und nur das an den Jungen erhalten bleibe.

Bei höher entwickelten Tieren findet das Wiedererkennen über den Gehör- und Gesichtssinn statt, die aber nicht so unfehlbar sind wie der Geruchssinn. So beobachtete Professor Ernst Schütz, Max-Planck-Institut für Verhaltensphysiologie, Seewiesen, daß ein Storch ein fremdes Weibchen an Stelle des eigenen ins Nest ließ und der heimkehrenden Gattin die Vertreibung der Rivalin überließ. Die Graugrans, deren Verhalten in vieler Hinsicht dem Menschen ähnlich ist und die wohl deswegen das Hauptobjekt der Studien von Konrad Lorenz wurde, reagiert auch in dieser Beziehung ähnlich wie ein Mensch. Unfähig, zwei völlig gleich aussehende Schwestern zu unterscheiden, lebte ein Ganter in Bigamie.

Das Zusammenleben und Zusammenhalten von Paaren ist als individueller Zug zu werten. Bei den niederen Arten ist das sexuelle Signal der auslösende Faktor, bei den höheren verliert dieses jedoch an Bedeutung. Ein höheres Wahrnehmungsvermögen verläßt sich auf andere Merkmale. Die klügsten Tiere gehen die engsten Bindungen ein. Wirbeltiere schließen sich häufig in größeren Gruppen zusammen, so Wölfe, Kaninchen, Affen.

Bei Menschen sind es gemeinsam ausgeübte Funktionen, Gemeinsamkeit der Interessen, die verbinden. Bei Vögeln, zum Beispiel Gimpeln, ließ sich eine leicht sexuell gefärbte Relation zum Vater nachweisen. Ein Kanarienvogel in einer Volière blieb bis zum Urenkel mit seinen Nachkommen verbunden. Der Gimpel hat die Tendenz, eine begonnene Melodie zu Ende zu führen. Pfeift man ihm ein Stück daraus vor, setzt er ein und singt weiter. Sein Paarbindungsmechanismus drückt sich auch im Gesang aus. Verbunden mit rhythmisch ritualisierten Bewegungen stimmt er gemeinsam mit dem Weibchen ein Duett an, wobei nach anfänglichen Wiederholungen, dem Anlassen eines Motors vergleichbar, gegenseitige Steigerung zu beobachten ist.

Der der Graugans angeborene Aggressionstrieb wird durch zahlreiche aggressionshemmende Mechanismen eingeengt. So ist es bei Haushunden, beim Schakal und bei Hunden, die von nordischen Wölfen abstammen. »Ich greife an, aber nicht dich«, besagt die Ablösungszeremonie, die die Umorientierung in die Begrüßung ausdrückt. Der Tanz der Kraniche gehört in den Bereich dieser Ritualien. Die Begrüßungszeremonie der Graugans entstand aus einer Drohgeste. Der vorgestreckte Hals bedeutet Drohung, aber am Freund vorbei.

Lange war man davon überzeugt, daß innerhalb einer Familie Kämpfe um die Rangordnung nicht ausgetragen würden. Das war falsch. Solche Kämpfe beginnen bei der Graugans bereits in den ersten vierzig Lebensstunden, und die einmal aufgestellte Rangordnung wird bis zum Herbst beibehalten. Sie drückt sich vor allem in der Art des Grüßens aus. Das höherstehende Tier grüßt das niedere mit intensivem Geschrei, der Untergebene grüßt leiser, wenn auch öfter. So ist es auch beim Menschen. Der Übergeordnete benimmt sich auffälliger. Der Professor begrüßt den Studenten überschwenglicher als umgekehrt, wie Lorenz scherzhaft sagt.

Bindungen kultivieren Emotionen. Obwohl der Hund den Verlust seines Herrn tief betrauert, so übertrifft doch die Wildgans in der Trauer um den verlorenen Partner alle anderen Tiere. Sie kehrt zu ihren Eltern zurück und wird schwach, unfallanfällig wie ein unglückliches Kind. Menschliche Bindungen sind differenzierter als tierische, intensiviert durch Nachgeben und Aufeinander-Eingehen. Unterlegenheit ist kein Hindernis für eine Bindung. Lorenz glaubt im Gegensatz zu Freud, daß die Beherrschung einer Partnerschaft nicht mit Liebesverlust bezahlt werden muß.

Schwierig wird es, innerhalb großer menschlicher Gruppen Individualität und Einzelbindungen zu wahren. Jeder Manipulant wird zunächst da ansetzen und versuchen, individuelles Verhalten und soziale Bindungen zu unterdrücken.

Dr. Gerda Neumann

52 | *Wer angibt, hat mehr vom Leben*

Eine Zeiterscheinung ist es, daß der Angeber heute mehr zu Wort kommt als früher. Es ist der Mensch, der gern mehr scheinen möchte, als er in Wirklichkeit ist, und der zu Ansehen gelangen will, ohne dafür eine Leistung aufbringen zu wollen. Das, was ihm an Substanz fehlt, ersetzt er durch »Angabe«. Dieses Angeben hat schon einen ganz eigenen Jargon mit ihm eigentümlichen Vokabeln entwickelt. Ein großer Teil des Wortschatzes ist aus der Welt der Technik entlehnt. Das ist nicht etwa Schuld der Technik, die eine sachliche, knappe, bis zur Formel verkürzte Sprache zu führen pflegt. Hinter diesen Abkürzungen steht die gesamte Leistung. Wenn der Angeber diese Sprechart annimmt, so erweckt er leicht den Eindruck, an dieser Leistung teilzuhaben. Genau das will er erreichen. Die Technik liefert ihm Redewendungen, bei denen er nichts zu denken braucht. Der Gernegroß lebt nicht nur über seine Verhältnisse, er spricht auch weit über seine Verhältnisse hinaus.

Der Angeber schreckt vor nichts zurück. – »Wir werden das schon drehen«, heißt das in seiner Sprache. Oder: »Das werden wir schon in Gang bringen.« Und vom motorisierten Fahrzeug, dessen Besitz ihn als einen Erfolgreichen ausweisen soll, hat er auch die »Touren« übernommen. Er erledigt etwas »auf die kesse, die schnelle, die billige« und spart sich dabei sogar das Wort »Tour«.

Er bauscht gern auf; er stellt gern zur Schau, daß er alles kann und daß für ihn Schwierigkeiten nicht existieren. »Ganz klarer Fall«, sagt er, um zu zeigen, daß er auf Anhieb begriffen hat. Aber er wirft sich auch gern zum Kritiker auf und fällt Werturteile. Findet er etwas gut, so ist das »mit Abstand« das Beste. Statt des schlichten Wortes viel fährt er auf mit »in rauhen Mengen«, »in Masse«. Scheint ihm etwas oder jemand gut, so ist »goldrichtig« am Platze. Hat er einen Weg gefunden, etwas mühelos zu erledigen – und auf mühelos legt er immer größten Wert –, so ist ihm das »die Masche«.

Gern nimmt er in seinen Sprachschatz Redewendungen auf, die auf dem Kasernenhof zuhause sind: Er stößt jemandem Bescheid, zerstört ihn am Boden. Den Meinungsgegner macht er gern fertig – hier macht er wohl gleichzeitig eine Anleihe bei industriellen Fertigungsprozessen. Dem Boden des Kasernenhofes entsprossen sind auch Blüten wie »die Schnauze oder den Kanal voll haben«, »jemandem ein Ding verpassen« oder »eine reinwürgen«. Was er bewundert, ist groß, ganz groß oder beachtlich.

»Werden wir schon hinkriegen«, sagt er gönnerhaft, wenn eine Sache in Ordnung gebracht werden soll. Hier schimmert ein Stück seiner Gesinnung durch. Kriegen heißt: etwas ohne eigenes Zutun, ohne eine Leistung erhalten.

Gewiß, auch in früheren Zeiten wurden Sprachbilder aus bestimmten Berufen entnommen. Sein Schäfchen ins Trokkene bringen, stammt aus der Sprache der Fischer, die ihr Schiffchen an Land gezogen hatten. Wer eine Meinung untermauerte, war immerhin mit handwerklicher Arbeit vertraut. Damals handelte es sich eben um ehrliche Arbeit. Die Redewendungen sind genau so echt, wie die Arbeit des Fischers, des Maurers echt war. Angabe steckte nicht in ihnen. Sie ist erst in unserer Welt, die Karl Korn die »verwaltete« nennt und deren Sprache er in dem Buche »Sprache in der verwalteten Welt« (Verlag Heinrich Scheffler, Frankfurt

a. M.) eingehend untersucht, entstanden. Hier wurde der Bauer vom Landwirt abgelöst, der Feierabend durch die Freizeit, die womöglich noch »gestaltet« wird.

Korn weist nach, daß manche Sprachunart nicht nur bei der Technik, sondern sogar bei großen Sprachschöpfern Anleihen gemacht hat, so bei Nietzsche. Er war ein genialer Worterfinder und verfuhr bei seinen Wortbildungen sehr eigenmächtig. Niemals aber schuf er Klischees – er prägte genau den Ausdruck, den er für einen bestimmten Tatbestand brauchte und auf den er zutraf. Der Nachahmer dagegen nimmt solche Wörter gedankenlos in seinen Wortschatz auf und verwendet sie wieder und wieder. Was bei Nietzsche geniale Sprachbereicherung war, wird im Munde des anderen zur Sprachverarmung.

Zum Glück leben in unserer Zeit nicht nur Angeber. Nur fällt deren Jargon zunächst am meisten auf. Aber es dringen unablässig in unsere Sprache Wendungen aus der technisierten und verwalteten Welt ein. Die Sprache geht durch die Hollerithmaschine hindurch und kommt genormt aus ihr wieder heraus. Ob man über diese Veränderung erfreut ist oder nicht – sie zeugt für die Lebendigkeit der Sprache.

Dr. Dora Bier

53 | *Auch Orang-Utans denken praktisch*

Orang-Utans wird oft wegen ihres etwas eigenbrödlerischen und ruhigen Wesens nachgesagt, sie seien »dumm« oder »stumpfsinnig«. Daß diese Meinung völlig ungerechtfertigt ist, zeigen Untersuchungen von Dr. Jürgen Lethmate, Zoologischer Garten Osnabrück, über die Fähigkeit dieser Tiere, Werkzeuge herzustellen und zu benutzen.

Beispielsweise kamen Orang-Utans bei entsprechenden Versuchsanordnungen ganz ohne Anleitung darauf, zwei kleine Stäbe zu einem großen zusammenzustecken, den einen Stock, wenn er zu dick war, mit den Zähnen anzuspitzen, bis er in den anderen paßte, oder sogar aus bis zu fünf Einzelteilen eine lange »Angel« zusammenzusetzen, mit der ein weit außerhalb des Käfigs gelegener Köder herangeholt werden konnte. Aus vier zwischen vier und zwölf Kilogramm schweren Kisten baute sich ein pfiffiges junges Orang-Männchen einen Turm als Trittleiter, um einen in drei Meter Höhe aufgehängten Leckerbissen zu erreichen, und das jüngste Versuchstier bediente sich nicht nur auf Anhieb der bereitliegenden Hilfsmittel, nämlich eines Stokkes und eines Kastens, um einen hochgehängten Köder herunterzubekommen – es hatte bald die Idee, mit denselben Werkzeugen auch einmal einen Nistkasten zu untersuchen.

Der jüngste Orang lernte außerdem, verschiedene Kisten mit dem jeweils passenden Werkzeug zu öffnen, und zeigte dabei, wenn er den Inhalt der Behälter sehen konnte, ein wahrhaft »einsichtiges« Verhalten: Hatte er für nur zwei von drei Kisten den Schlüssel vor sich, dann öffnete er erstaunlich oft nicht jene, die einen wenig beliebten Köder enthielt, sondern die, in der der Schlüssel für den dritten, besonders attraktiv gefüllten Behälter lag.

Daß wilde Orang-Utans im Gegensatz zu Schimpansen noch nie beim Umgang mit Werkzeugen beobachtet wurden, liegt also wohl nicht daran, daß Orangs dafür zu »dumm« sind. Es scheint vielmehr, so Lethmate in der Zeitschrift »Umschau in Wissenschaft und Technik«, daß diese asiatischen Menschenaffen auf derartige Anstrengungen, um an einen Leckerbissen zu gelangen, in der Natur verzichten können.

Anke Hetzer

54 | *Kochsalz, Monopole und Macht*

Das ganz gewöhnliche Kochsalz hat die Geschichte der Menschheit entscheidend mitbestimmt. Der Aufstieg und der Niedergang von Städten, Reichen und Zivilisationen hingen von seiner Verfügbarkeit ab. Extremer Salzmangel war eine Ursache für Sklavenhandel und Kannibalismus; wo genügend Salz vorhanden war, konnten sich freiere Staaten bilden als dort, wo die Kontrolle über den Handel mit dem knappen Gut diktatorische Macht über Leben und Tod verlieh. Eine wesentliche, bisher zu wenig beachtete Rolle in der Weltgeschichte des Salzes spielten geologische Ereignisse: die in Perioden von mehreren hundert Jahren schwankende Höhe des Meeresspiegels.

Warum das so war, hat Professor Moshe Rudolf Bloch, Ben-Gurion-Universität, Beer-Sheba und Max-Planck-Institut für Kernphysik, Heidelberg, in der Zeitschrift »Interdisciplinary Science Reviews« dargestellt. Die einfachste und älteste Methode, Salz zu gewinnen, bedient sich nämlich der Sonnenenergie. Seewasser verdunstet in den kleinen flachen Becken der »Salzgärten« und hinterläßt Salz. Voraussetzungen dafür sind genügend Sonnenschein und geringe Luftfeuchtigkeit. Ein Drittel der Kochsalz-Weltproduktion (1960: 120 Millionen Tonnen) wird auch heute noch so gewonnen. Eine wichtige Bedingung dafür sind flache Küsten. Zwischen 600 v. Chr. und 400 n. Chr. war der Meeresspiegel ein bis zwei Meter niedriger als vorher und als heute. Die Mittelmeerländer konnten den größten Teil ihres Salzbedarfs an ihren breiten flachen Küsten selbst produzieren. Bloch setzt dies in Verbindung mit der Blütezeit der antiken griechischen und phönikischen Kulturen um 500 v. Chr..

Später wurden zudem in Gallien, Belgien und Britannien Salzüberschüsse produziert und ins Mittelmeergebiet exportiert. Das war zwar wirtschaftlich wichtig, aber nicht lebensnotwendig. Die Salztransporte im schützenden Gesamtverbund des Römischen Reiches mußten auch nicht mit starkem militärischem Aufgebot zusätzlich gesichert werden, es war kein Salzmonopol notwendig, das oft in der Geschichte autokratische Machtstrukturen schuf. Bloch: »Orientalische Herrscher übten mit ihren Streitkräften, die die Salzlager und -transportwege bewachten, mehr absolute Macht über Leben und Tod aus als die am meisten diktatorischen unter den römischen Kaisern. Im Gegensatz dazu neigte die Gesellschaft dort, wo Salz in Fülle vorhanden war, dazu, frei, unabhängig und liberal zu sein.«

Als Anfang des 5. Jahrhunderts n. Chr. der Meeresspiegel wieder stieg (bis etwa zwei Meter über den heutigen Stand), müsse das für Westeuropa katastrophal gewesen sein. »Auf der Suche nach Salz begannen die Menschen in die trockeneren Zonen des Mittelmeergebiets abzuwandern«, die Küsten Britanniens und Frankreichs wurden zum unterentwickelten Gebiet. Und auch an den Küsten des Mittelmeers konnte nicht mehr so viel Salz produziert werden. Dafür stieg das Tote Meer wieder – wie schon früher zur Zeit der Könige von Judäa um 1000 v. Chr. – zum wichtigsten Salzlieferanten auf, die Städte im Innern und an der Küste Palästinas wuchsen zu Salzhandelszentren heran, wurden groß und reich.

Nach einigen Jahrhunderten ging der Meeresspiegel erneut zurück (ein Meter unter dem heutigen Stand um das Jahr 1000 n. Chr.). Das Bevölkerungsvakuum in Westeuropa begann sich rasch zu füllen. Nordische Stämme übernahmen die britischen und französischen Salzzentren, Venedig (das jetzt wieder abzusinken droht) wurde gegründet und kam zur Blüte. Dem entsprach der erneute Niedergang der Zentren für den Salzhandel aus dem Toten Meer, etwa Jerusalem, Nablus und Hebron. Um 1300 n. Chr. begann dann das Meer wieder zu steigen, in Europa entstand neuerlicher Salzmangel.

Seit dem Mittelalter hat man allerdings den Mangel an Küstensalz zu einem großen Teil damit zu kompensieren verstanden, daß die Technik des binnenländischen Salzbergbaus wieder aufgegriffen und weiterentwickelt wurde. Das hatte es auch schon in vorgeschichtlicher Zeit gegeben, etwa in der Hallstatt-Kultur. Zum Teil wurde Steinsalz gefördert, zum Teil Sole; diese mußte verdampft werden, und dazu brauchte man viel Holz – Salzmonopol und Waldbesitz waren eine wichtige Grundlage politischer Macht. Ende des 16. Jahrhunderts gab es einen radikalen Wandel: Die über tausend Jahre früher von den Chinesen entwickelte Methode, tief in die Salzvorkommen hinunterzubohren (bis zu 1000 Meter), die Sole durch Rohre (ursprünglich: Bambus) nach oben zu fördern und mit Kohlenfeuer zu verdampfen, wurde in England und Norddeutschland eingeführt. Diese Technik war es, die das Salz schließlich zu der billigen, weit verteilten Ware von heute machte.

Salz (Natriumchlorid) ist nicht ein beliebiges Gewürz, sondern ein lebensnotwendiger Stoff, denn Natrium spielt im Elektrolythaushalt des Körpers eine wichtige Rolle, etwa bei der Reizübertragung von einer Nervenzelle zur anderen. Ein Mensch braucht zum Überleben mindestens fünf Gramm pro Tag. Wo die Nahrung hauptsächlich aus Fisch und Fleisch besteht, kann dieser Bedarf ohne zusätzliche Gaben gedeckt werden. Im Gewebe und im Blut der Tiere reichert sich aus der großen Menge von pflanzlicher Nahrung, die sie zu sich nehmen, Kochsalz zu einer bestimmten Konzentration an. Manche Völker, etwa die Massai in Kenia, halten sich ihre Rinderherden nur als Salzlieferanten: Sie zapfen ihnen regelmäßig Blut ab, das sie trinken. Völker mit rein vegetarischer Nahrung, etwa im binnenländischen tropischen Regenwald, leiden unter ständigem Salzmangel

– und manche Wissenschaftler halten das für eine Ursache des Kannibalismus. Salz war auch ein wichtiges Zahlungsmittel für afrikanische Sklaven.

Insgesamt wird der Salzbedarf des Menschen auf mindestens das Fünffache des rein physiologisch Notwendigen beziffert, also 25 Gramm pro Tag. Der zusätzliche Bedarf an Kochsalz ist schon sehr früh entstanden – am Ende der letzten Eiszeit, als der Meeresspiegel um etwa hundert Meter anstieg und den Kontinentalschelf, die Jagd- und Fischgründe des Menschen der Neusteinzeit, überflutete. Damals wurde entdeckt, daß man mit Salz Lebensmittel konservieren kann. Und das könnte nach Bloch eine ganz erstaunliche und weitreichende Folge für die Entwicklung der Menschheit gehabt haben: Das dabei verwendete kristalline Salz enthält sehr viel weniger Brom (Verhältnis zum Chlor: weniger als 1:2000) als das physiologische Salz im Tierblut und -gewebe (1:29,8). Da Brom aber auf das menschliche Nervensystem beruhigend wirkt, könnte man mit Bloch spekulieren, daß die erhebliche Verminderung des Bromgehalts in der Nahrung den Menschen zu größerer Aktivität anspornte und dem »Fortschritt« den Weg bereitete.

Georg Hartmut Altenmüller

55 | *Warten auf das große Glück*

Mehr als die Hälfte der in der Bundesrepublik Deutschland lebenden Menschen spielen Lotto oder Toto, fast jeder Dritte spielt sogar regelmäßig, am höchsten ist die Zahl der Spieler bei den Rentnern. Woche für Woche warten sie auf den großen Gewinn, weil es ja, wie viele äußern, »irgendwann einmal klappen muß«. Fast alle warten freilich umsonst. Mathematiker haben es errechnet: Obwohl ein einzelner »Zufall« niemals vorauszuberechnen ist, ergibt sich aus der Wahrscheinlichkeitsberechnung, daß die begehrten »Sechs Richtigen« dann dabei sein müßten, wenn man nicht weniger als 268 891 Jahre lang jede Woche einmal Lotto spielt. Anders betrachtet: Die Chance, im Lotto das »große Los« zu erwischen, ist für den einzelnen praktisch Null. Sie beträgt etwa 1:14 Millionen.

Angesichts solcher desillusionierender Aussichten fragt es sich, warum allwöchentlich Millionen von Menschen immer mehr Geld für das Ankreuzen von Scheinen ausgeben. Der Kriminologe Professor Armand Mergen, Universität Mainz, hat mit Hilfe seiner Studenten die Hintergründe auszuleuchten versucht und dabei eine Reihe von erstaunlichen Ergebnissen zutage gefördert.

Anders als bei Geldspielautomaten werden Lotto und Toto, aber auch Fernsehlotterie weder zur Unterhaltung und Erholung, auch kaum wegen des guten Zweckes, und schon gar nicht um des Spielens willen gespielt. Wichtigstes Motiv ist vielmehr die in Aussicht gestellte Möglichkeit, mit sehr niedrigen Einsätzen extrem hohe Gewinne zu erzielen, also auf mühelose Weise an das große Geld zu kommen. Hinzu kommen allerdings mit geringer Bedeutung das Streben nach Prestige und Macht, Freude am Risiko sowie ein mystisches Bedürfnis nach Selbstbestätigung. Am Rande, besonders von Rentnern, wurde auch der Wunsch, mit Hilfe des Gewinns aus dem monotonen Alltag und der Langeweile der Lebenssituation zu fliehen, als Motiv genannt.

Insgesamt hat Mergen in seiner Untersuchung »Spiel mit dem Glück« (veröffentlicht im Kriminalistik Verlag, Hamburg) 456 Personen über Fragebogen erfaßt, davon 177, die einen Zufallsquerschnitt durch alle Schichten, Klassen, Berufe und Altersgruppen der deutschen Bevölkerung darstellen, 71 Studenten, 120 Gastarbeiter, 42 Rentner und 46 Delinquenten. Weitere 41 Personen wurden in ausgedehnten Interviews befragt – mit erschreckender Bilanz.

So wurde deutlich, daß bei vielen aus der Gewohnheit, regelmäßig Lotto zu spielen, der Tendenz nach beinahe schon Sucht geworden ist. Die in den Interviews immer wieder berichtete Angst, eine Chance zu verpassen, scheint die Lottoteilnehmer geradezu zu zwingen, weiterzuspielen. Dies wird auch dadurch begünstigt, daß die Mehrheit nicht auf der Grundlage von ohnedies erfolglosen Systemen spielt, sondern sich »Zahlen einfach so ausdenkt«, diese dann aber regelmäßig verwendet. Lediglich die Tatsache, so Mergen, daß Lottospieler nicht spielen können, wann immer sie wollen, sondern an den Wochenrhythmus gebunden sind, wirke einer Entwicklung in die echte Sucht entgegen.

Das Erlebnis des Gewinnens, ein charakteristisches Merkmal des Spiels, tritt beim Lottospiel ganz in den Hintergrund: Wenn Spieler kleine Summen gewonnen hatten, waren sie in der Regel trotz des Erlebnisses, gewonnen zu haben, über den Gewinn enttäuscht. Jene »kompensatorische« beziehungsweise »frustrationsüberwindende« Funktion, die Mergen in einer früheren Untersuchung für das Spielen an Automaten mit Gewinnmöglichkeiten nachweisen konnte, haben Lotto und das viel weniger gespielte Toto oder die Lotterie nicht. Durch die Verlagerung, ja »Pervertierung« der Verhältnisse – geringe Gewinn- und hohe Verlustchancen, im Verhältnis zum Einsatz extrem überhöhte Gewinnmöglichkeiten, keine Möglichkeit der sofortigen Wiederholung oder Einflußnahme – geht der Spielcharakter gänzlich verloren.

Was übrigbleibt, ist die »materialisierte, im Grunde mystische, passive Befragung des Schicksals, des Glücks« in einem Spiel ohne die sogenannte »Spielgerechtigkeit«. Es wird so ausschließlich wegen der zu erwartenden Vermögensverschiebung gespielt. Ohne diesen Anreiz fällt das Spannungsfeld in sich zusammen. Um aber unbedenkliches Spiel zu sein, müßte, so Mergen, gerade diese Spannung als Anreiz erhalten bleiben, ohne durch eine »qualitativ andere Reizkategorie«, wie die Gier nach Geld, korrumpiert zu werden. So gesehen sind für Mergen Lotto und Toto, aber auch die Fernsehlotterie – anders als das Automatenspiel – »zumindest bedenkliche, wenn nicht sogar schädliche Spiele«. Angesichts einer solchen Bilanz wundert es fast nicht mehr, wenn man das beinahe Unglaubliche hört: Lediglich 7,6 Prozent der Spieler unter allen Befragten, von den Rentnern sogar überhaupt keiner, würden es bedauern, wenn es Lotto und Toto nicht mehr gäbe.

Dr. Renate I. Mreschar

56 | *Amseln singen nach strengen Regeln*

Hoffnungsfroher vielleicht als in den vergangenen Jahren haben wir in diesen Tagen – nach einem nicht enden wollenden Winter – dem ersten Amselgesang gelauscht, schien er uns doch ein sicheres Anzeichen für das nun bald beginnende Frühjahr. Was jedoch vom Großstädter mehr als »sentimentales Requisit« einer bestimmten Jahreszeit empfunden wird, ist für den Biologen Gegenstand ernsthafter Forschung: Dr. Dietmar Todt vom Institut für Biologie der Universität Freiburg hat sich intensiv mit den Gesängen der Amseln befaßt.

Nach Todts von der Deutschen Forschungsgemeinschaft geförderten Arbeiten beherrscht eine Amsel – je nach Alter und »Bildung« – zwischen 30 und 300 verschiedene Lautelemente. Diese werden in der mannigfachsten Weise zu Lautgruppen und diese wiederum zu Strophen zusammengestellt. Wollte man eine Parallele zur menschlichen Sprache konstruieren, so könnte man die Lautgruppen als »Wörter« und die Strophen als »Sätze« der »Amselsprache«

bezeichnen. Freilich muß hier sogleich davor gewarnt werden, das zu tun, denn vorerst berechtigt uns noch nichts dazu, im Amselgesang etwas der menschlichen Sprache auch nur annähernd Vergleichbares zu sehen; die aufgezeigten Parallelen sind denn auch nur als Denkhilfen gedacht.

Wann nun und warum singt eine Amsel, und was will sie mit ihrem Gesang oder Teilen davon ausdrücken? Todt gesteht, daß wir darüber vorerst noch sehr wenig wissen. »Unser Einblick in Art und Umfang der Nachrichtengehalte von Gesangstrophen und Rufen sowie vor allem auch unsere Kenntnis ihrer Verschlüsselung (Code) sind noch unvollständig«, bekennt er in der Zeitschrift »Die Naturwissenschaften«. Dennoch lassen sich die Gesänge nach gewissen Kategorien einteilen: den Spontangesang und den Wechselgesang. Darüber hinaus gibt es natürlich noch zahlreiche Rufe mit einem ganz spezifischen Signalwert wie etwa die Bettel-, Warn- oder Angstrufe. Sie stehen hier jedoch nicht zur Diskussion, da sie nicht eigentlich als Gesänge bezeichnet werden können, denn unter einem Gesang wird hier ein »komplex strukturiertes Lautmuster« verstanden, das sich in Strophen und Strophenelemente gliedert und von großer innerartlicher Variationsbreite sein kann. Im Gegensatz zu den Rufen – man denke nur an den Warnruf – werden Gesänge in der Regel nur von Artgenossen beachtet und beantwortet.

Der Spontangesang tritt, wie der Name das bereits sagt, spontan, das heißt ohne erkennbare äußere Ursache auf: Das Tier ist einfach in der »Stimmung« zu singen und nicht selten fehlt ihm dazu der Partner; gelegentlich kann allerdings der Spontangesang auch selbst angestrebt werden. Die Regel ist jedoch der Wechselgesang, bei dem es grundsätzlich zwei Arten voneinander zu unterscheiden gilt: den sogenannten Kontergesang, wie er etwa zwischen rivalisierenden Männchen üblich ist, und den Antiphongesang, der sozusagen die tägliche Rede zwischen kooperierenden Artgenossen darstellt. Beide Wechselgesänge unterscheiden sich deutlich voneinander.

Den Kontergesang kann man besonders schön im Frühjahr hören, wenn es darum geht, daß die Männchen ihre Reviere behaupten und sie ihren Nachbarn verkünden müssen. Dabei bemühen sich die Tiere, die Strophen ihres Gesanges denen ihrer Nachbarn anzupassen, d. h. sie benutzen dazu weitgehend oder sogar genau dieselben Lautmuster. Das kann im Extremfalle dazu führen, daß ein und dasselbe Männchen dem östlichen Nachbarn etwas anders antwortet als dem westlichen und für seinen südlichen oder nördlichen wiederum andere Lautmuster verwendet. Ganz anders hingegen beim Antiphongesang, der innerhalb einer sich zusammengehörig fühlenden Gruppe gepflegt wird: Hier spricht jedes Tier seine eigene Sprache, unverkennbar und unverwechselbar für alle anderen Gruppenglieder, die den Sänger selbst ja häufig gar nicht sehen können. Bei dem reichen Vokabular, über das manche Tiere verfügen, ist der individuellen Ausdrucksweise ein weiter Rahmen gegeben; einige bringen es auf 150 Strophen.

Wie es nun bei Unterhaltungen auch zwischen den Menschen zu gehen pflegt, so kann man es auch bei den Amseln beobachten: Die einen lassen ihren Partner hübsch ausreden, bevor sie ihm antworten, die anderen hingegen fallen ihm permanent ins Wort, so daß man glauben könnte, sie hörten erst gar nicht zu, was dieser überhaupt zu sagen hat. Ob es bei den Amseln für das »Ausreden-lassen« und »Ins-Wort-fallen« bestimmte Regeln gibt, konnte nicht einwandfrei geklärt werden; möglicherweise handelt es sich eben auch hier um eine »persönliche Unart«. Darauf scheinen Versuche mit einem sogenannten »Replikator« hinzudeuten, einem Gerät, mit dessen Hilfe man einen Amselgesang aufnehmen und bereits wenige Sekunden später derselben Amsel wieder vorspielen kann, worauf diese dann antwortet, so als wäre der Replikator ihr Gesangspartner. Es zeigte sich dabei nämlich, daß Amseln, die ihrer eigenen Strophe gleich beim ersten Mal ins Wort gefallen sind, dies auch bei weiteren Wiederholungen immer wieder tun, während andere, die ihren künstlichen Gesangspartner – also sich selbst – zunächst ausreden ließen, das auch späterhin immer tun: »Schlechte Angewohnheit« oder »gute Erziehung« – das ist also auch bei Amseln die Frage! *Dr. Hans-J. Wasserburger*

57 | *Der Hunger sitzt zwischen den Ohren*

Jedermann glaubt, Hunger, Appetit, Durst und das Gefühl der Sättigung würden vom Magen gesteuert. Das ist ganz und gar nicht der Fall. Magen und Verdauungswege sagen uns über den objektiven Hunger und Durst nur sehr wenig. Man hat sich nur daran gewöhnt, den Magen beim Essen zu füllen und dann zu sagen, man sei satt. In Wirklichkeit war man das schon nach wenigen Bissen. Dieser Irrtum gehört zu den wichtigsten Gründen unserer zivilisatorischen Überernährung. Der Magen kündigt nämlich nur an: »Jetzt geht nichts mehr hinein.« Gesteuert werden Hunger, Appetit, Sättigung und Trinkbedarf von Nervenzentren im Gehirn, und zwar nicht nur beim Tier, sondern auch beim Menschen. Professor Bal K. Anand, Direktor der Physiologischen Abteilung des Allindia Institute of Medical Science in New Delhi, berichtete auf einem internationalen Physiologen-Kongreß in München über die Regulation der Nahrungs- und Wasseraufnahme.

Motiviertes, also physiologisch begründetes Essen und Trinken wird von biologischen Hunger- und Dursttrieben und deren Befriedigung gesteuert. Diese Triebe hängen in direkter Linie von gewissen Blutzusammensetzungen ab, die von den zentralnervösen Triebzentren im unteren Teil des Gehirns, im sogenannten Hypothalamus, registriert werden.

Die Energiebilanz eines jeden Warmblüterorganismus hängt von Nahrungsaufnahme, gespeicherter Energie, Muskelarbeit und Wärmeproduktion ab. Diese vier Mechanismen werden von zentralnervösen Steuerungsstrukturen reguliert, die Nahrungs- und Flüssigkeitsaufnahme dem jeweiligen Bedarf anpassen. Dabei wird, wie Anand nachgewiesen hat, die Nahrungsaufnahme durch zwei Nervenzentren, das sogenannte Freßzentrum und das Sättigungszentrum, gesteuert. Die Nervenimpulse, die von diesen Zentren ausgehen, werden zusätzlich von den emotionalen Hirnzentren und von der Hirnrinde beeinflußt, bei höheren Tieren und beim Menschen allerdings auch vom Frontalhirn, wo die Verhaltensweisen geprägt werden.

Informiert wird das Sättigungszentrum durch zwei Reglerkreise. Der eine unterrichtet die Zentrale während und zwischen den Mahlzeiten, der andere informiert sie langfristig über eventuelle Irrtümer aufgrund der Energiespeicherung in den Fettdepots. So melden vom Magen ausgehende Nerven dem Sättigungszentrum erst einmal die Ausweitung beim Essen. Die sogenannten Hungerkontraktionen des Magens werden vom Sättigungszentrum im Gehirn gar nicht registriert. Diese Magenbewegungen hören jedoch sofort auf, wenn man das Sättigungszentrum mit elektrischem Strom reizt. Nachdem die Nahrung den Magen verlassen hat, wird das Sättigungszentrum von Nervenrezeptoren in der Darmwand informiert. Sobald die Nahrungsbestandteile von der Darmwand aufgenommen und ins Blut abgegeben sind, unterrichten sie das Sättigungszentrum von ihrer Anwesenheit. Wichtigster Melder ist der Unterschied der Zuckerkonzentration im arteriellen und venösen Blut, das an den Nervenzellen des Sättigungszentrums vorbeifließt, in zweiter Linie werden Eiweiß- und Fettgehalt dort registriert. Durch diese Informationen wird das Sättigungszentrum aktiviert und auf dem Nervenwege, sozusagen telegraphisch, auch das Freßzentrum. Nicht der absolute Zuckergehalt ist der entscheidende Melder, die Zellen im Sättigungszentrum reagieren vielmehr nur auf die Schwankungen der Zuckerverwertung. Die langfristige Regulation der Energieaufnahme wird auf eine noch nicht näher bekannte Weise vom Umfang der deponierten Fettmenge gesteuert.

Der Hypothalamus reguliert auch den Flüssigkeitsbedarf durch zwei getrennte Zentren. Eines dieser Zentren reguliert die Produktion des sogenannten antidiuretischen Hormons, das die Wasserausscheidung in den Nieren vermindert. Ein zweites Zentrum kontrolliert direkt den Dursttrieb und bestimmt somit das sogenannte Trinkverhalten. Durst- und Freßzentrum liegen ziemlich eng beieinander, sind aber zwei getrennte Nerveneinheiten. Die Aktivität des Durstzentrums wird nicht auf dem Nervenwege von anderen Wasserregulationszentren angeregt, sondern von außerordentlich geringfügigen Änderungen des Wassergehalts dieser Nervenzellen selbst. Wenn Nieren, Haut und Lunge Wasser ausscheiden, nimmt überall im Körper der Wassergehalt der Zellen geringfügig ab. In den Nervenzellen des Durstzentrums reicht das schon für den Durstalarm.

Freß-, Sättigungs- und Durstzentrum produzieren Triebe, die durch emotionale Einflüsse sehr leicht unterdrückt oder verstärkt werden können. Sie haben zahlreiche Nervenverbindungen zum Zentrum der Affektsteuerung. Die Natur muß beispielsweise den Freß- und Dursttrieb bei Tieren in freier Wildbahn unterdrücken, wenn sie flüchten müssen. Sie würden sonst leicht Beute für ihre Feinde, wenn sie statt zu fliehen erst einmal fressen und trinken würden. Beim Menschen kommt noch die Steuerung durch bedingte Reflexe hinzu, die vom Frontalhirn ausgehen und zum Teil den Instinkt ersetzen. Das wirkt sich nicht immer vorteilhaft aus, vor allem nicht bei der Nahrungs- und Flüssigkeitsaufnahme. Würde sich der zivilisierte Mensch in dieser Hinsicht mehr nach dem Triebbedürfnis richten, hätte er sich nicht mehr ständig mit Übergewicht herumzuschlagen. Ob und in welchem Ausmaß Fettsucht durch Defekte in den genannten Zentren entstehen kann, ist noch nicht geklärt. Eins steht aber fest: Ebenso wie die intakten Ernährungszentren durch falsches Verhalten mißbraucht werden können, ist es möglich, defekte Ernährungszentren durch bestimmte Verhaltensweisen zu korrigieren. Für die Dicken kann auch aus diesen Forschungsergebnissen nur wieder einmal die empirische Schlußfolgerung bestätigt werden: F. d. H. – »Friß die Hälfte.«

Dr. med. Werner Pfeiffer

58 | *Der Holzgeist im Weltraum*

Spaßvögel könnte das Thema »Alkohol in der Milchstraße« zu recht vergnüglichen Spekulationen über den tatsächlichen Blauheitsgrad der berühmt-berüchtigten kleinen grünen Männer von anderen Sternen verführen. Das »Thema« ist indessen in ganz anderem Zusammenhang interessanter Teilaspekt einer Reihe von Entdeckungen, die dazu führen könnten, daß einige Kapitel Weltraumchemie noch einmal geschrieben werden müssen. Denn Moleküle des von uns »Irdischen« wegen seiner tödlichen Giftigkeit gemiedenen Holzgeists Methylalkohol gehören zu den organischen Molekülen, die man mit radioastronomischen Mitteln als »Treibgut« im Weltraum entdecken und einwandfrei nachweisen konnte.

Diese Moleküle entstehen unter »unmöglich« scheinenden Bedingungen in den aus Gas und Staub bestehenden gewaltigen Materieansammlungen in einigen Teilen der Milchstraße, die meist als Dunkelwolken das Licht der Sterne verfinstern, an einigen Stellen aber auch sternbeleuchtet als Reflexionsnebel erstrahlen. Man weiß inzwischen, daß einige dieser Wolken instabil sind, sich zusammenballen und vielleicht die Geburtsstätte künftiger Sterne werden können; ob sie auch Geburtsstätte von »Lebenskeimen« sind, ist jedoch eine andere, zur Zeit noch ungeklärte Frage.

Mit der Erforschung dieser interstellaren Materie befaßt man sich auch am Max-Planck-Institut für Radioastronomie in Bonn, zu dem auch das gegenwärtig größte vollbewegliche Radioteleskop der Welt in einem Tal bei Effelsberg in der Eifel gehört. Ein ungemein eindrucksvolles Instrument, das doch wie ein Riesenspielzeug aussieht: Sein parabolischer Antennenspiegel hat hundert Meter Durchmesser und damit ungefähr die Fläche von anderthalb Fußballplätzen. Er ist im Grunde genommen die Muschel eines gewaltigen elektronischen Ohrs, das nicht nur die Radiostrahlung von Sternsystemen belauschen kann, die einige Milliarden Lichtjahre entfernt sind, sondern auch die immerhin viele Lichtjahre weit im Weltraum liegenden Molekül-Sender der interstellaren Materie in unserer Heimatgalaxie Milchstraße. Denn die Alkoholmoleküle – um beim vorigen Beispiel zu bleiben – signalisieren ihre Existenz »per Funk« über Abgründe der Entfernung zur Erde. Sie sind nur einige zehnmillionstel Millimeter große Sender; natürlich nicht einzeln, sondern nur im Chor ihrer großen Menge können sie sich durch ihre Radiostrahlung bemerkbar machen, deren Wellenlängenbereich von einigen Dezimetern bis zu wenigen Millimetern reicht.

Nur sehr dichte interstellare Wolken können mit Hilfe dieser »Moleküllinien« untersucht werden. Dabei ergaben theoretische Untersuchungen, daß beispielsweise die Dichte von Wasserstoffgas in solchen Wolken oft größer als eine Million Teilchen pro Kubikzentimeter ist, die Gesamtmasse der Sagittarius-Wolke B 2 beispielsweise einige Hunderttausend bis eine Million Sonnenmassen betragen dürfte. Wolken dieser Art können sich zu Protosternen verdichten. Wie die komplizierteren der Moleküle in diesen Wolken allerdings in größeren Mengen entstehen können bei Temperaturen zwischen minus 270 und minus 250 Grad Celsius und bei einem Vakuum, das noch um Größenordnungen »leerer« als die Luftleere der Mondoberfläche ist, kann bisher kaum erklärt werden. Um so dringender stellt sich daraus die Frage nach dem Lebenszyklus dieser interstellaren Moleküle; und hierzu gibt es nach Dr. Gisbert Winnewisser vom Max-Planck-Institut für Radioastronomie schon eine Reihe plausibel erscheinender Schlußfolgerungen: »Viele dieser interstellaren Moleküle sind eng miteinander verwandt: Sie können formal aus Molekülfragmenten und freien Radikalen gebildet werden. Dieses Aufbauprinzip erklärt nicht nur viele der beobachteten Moleküle; es können auch weitere, bisher noch nicht entdeckte Moleküle vorhergesagt werden.«

Der faszinierendste und zugleich besonders geheimnisumwitterte Aspekt ergibt sich aber daraus, daß einige der interstellaren Moleküle Vorstufen von Aminosäuren sind, die ihrerseits Grundbausteine der Eiweiße und damit des Lebens sind. Dazu gehören beispielsweise die interstellaren Moleküle der Blausäure, des Wassers, des Ammoniaks und des Formaldehyds. »Inwieweit die chemische Evolution im interstellaren Raum in Richtung Biochemie fortgeschritten ist«, meint Winnewisser, »läßt sich derzeit noch nicht beantworten.« Sicher ist jedoch, daß die Radioastronomie gerade hier Probleme aufgedeckt hat, die nur wenige gleichgültig lassen dürften.

Rolf H. Simen

59 | *Was Perlhühner so daherreden...*

Was Perlhühner einander zu sagen haben, haben Wissenschaftler der Technischen Hochschule Darmstadt untersucht. Was dem Menschen das Meckern ist, fanden sie dabei heraus, ist dem Perlhuhn das Keckern. Es wird immer dann geäußert, wenn sich die Vögel durch Personen, andere Tiere, Lärm oder plötzliche und unerwartete Ereignisse gestört fühlen, und hört sich an wie wütendes Schimpfen. Dabei wirkt der Laut ansteckend. Wenn ein Tier beginnt, so schildert Dr. Verena Maier ihre Beobachtungen, fällt nach und nach die ganze Gruppe ein.

Während Hähne öfter keckern als Hennen, singen nur die Hennen – besonders häufig unverpaarte. Auch Hennen, die sich von ihrem Hahn oder der Gruppe entfernt haben, beginnen zu singen und geben damit ihren Artgenossen zu verstehen: »Ich bin hier.« Je nach Situation kann dabei die Bedeutung mehr auf »ich« oder mehr auf »hier« liegen.

Störungen werden mitunter auch durch das Warntremolo signalisiert. Die Tiere sind dabei vermutlich allerdings weniger erregt als beispielsweise beim Keckern. Sie sind eher leicht mißtrauisch und verfolgen die Entwicklung der Dinge aufmerksam. Hat ein Hahn einen besonderen Lekkerbissen gefunden, etwa ein junges Blatt oder einen Wurm, stößt er einen speziellen Futterlockruf aus. Daraufhin eilen die Hennen schnell herbei – meist nicht nur die Gefährtin des betreffenden Hahnes.

Ein besonders melodischer Laut ist der Kontaktlaut. Er wird von den Hähnen geäußert. Meist sind es ruhige Situationen wie Sonnenbaden oder ruhiges Weiden. Oder eine Aufregung ist überstanden. In diesem Fall folgt dem Laut Aufbäumen und Gefiederschütteln, als wollte das Tier sagen: »Seht her, alles ist wieder in Ordnung.«

Die Darmstädter Wissenschaftler beschränken sich freilich keineswegs darauf, nur die Bedeutung und die physikalischen Eigenschaften der unterschiedlichen Lauttypen herauszufinden. Ihnen geht es bei den von der Deutschen Forschungsgemeinschaft geförderten Arbeiten vielmehr in erster Linie darum, am Beispiel der Perlhühner herauszufinden, auf welche Weise Nervenzellen im Gehirn Lautmuster erkennen und verarbeiten. Ein fast reflexartig ausgestoßener Warnruf wird beispielsweise von anderen Hirnteilen gesteuert als ein Laut, der in einer ganz bestimmten Situation der Partnerwahl geäußert wird. Der Forschergruppe ist es bereits gelungen, einzelne Nervenzellen zu identifizieren, die in spezifischer Weise an der Erkennung von arteigenen Lautmustern beteiligt sind.

Da die Vögel einfallen, wenn ihnen Keckern oder Singen vom Band vorgespielt wird, kann auch im Verhaltenstest geprüft werden, ob ein im Experiment veränderter Laut noch als Mitteilung interpretiert wird. Was Perlhühner so daherreden, ist deshalb keineswegs nur für jeden Gockel aufschlußreich. *Karl-Heinz Preuß*

60 | *Freiheit – das älteste Schlagwort der Menschheit*

Den Ruhm eines ersten sozialen Reformators konnte bisher der Sumererfürst Urukagina (neuerdings auch Uruinimkina gelesen, um 2380 v. Chr.) beanspruchen. Eine jetzt bekanntgewordene Inschrift beweist jedoch, daß schon 90 Jahre früher (und vielleicht noch länger vorher) »Soziale Maßnahmen« in Sumer üblich waren.

Urukagina beherrschte den durch Handel reich gewordenen südmesopotamischen Stadtstaat Lagasch, seine Residenz trug den gleichen Namen (heute el-Hiba), während die spätere Hauptstadt Girsu hieß. Der letztgenannte Ort, heute Tello, wurde seit 1877 von französischen Archäologen mit großartigem Erfolg ausgegraben, womit man zum ersten Mal auf die Sumerer stieß. Dabei kam auch jene Urkunde zutage, die dem genannten – ansonsten unbedeutenden und später von einem mächtigeren Nachbarn geschlagenen – König seinen Rang verschaffte. Sie meldet nämlich, daß Urukagina die überhöhten Gebühren der Priester senkte, die Rechte des kleinen Mannes sicherte und die Bedrängten, die Witwen und Waisen in seinen Schutz nahm. Am Schluß dieses denkwürdigen Textes lesen wir: »So befahl er und bewahrte die Leute von Lagasch vor Dürre, Diebstahl und Mord ... er setzte die Freiheit ein.« Es war das erste Mal, daß dieser bis heute so viel diskutierte und strapazierte Begriff in den Schrifturkunden der Menschheit auftauchte.

Und dennoch war auch damals, im 24. Jahrhundert v. Chr., das Wort nicht mehr neu, sondern hatte bereits seine Geschichte. Beweis dessen ist eine jetzt erst bekanntgewordene, 28 mal 14 Zentimeter große Kalksteinplatte mit eingraviertem sumerischem Keilschrifttext, die aus einer Privatsammlung vom Ende des vorigen Jahrhunderts stammt und 1971 dem Louvre in Paris geschenkt wurde. Auch ihr – unbekannter – Herkunftsort dürfte Lagasch sein, jedenfalls tritt im Text der wohlbekannte fünfte Vorgänger Urukaginas namens Entemena (um 2470) auf. Er ist der Neffe jenes Großkönigs Eannatum, dessen »Geierstele« aus der Zeit um 2500 gleichfalls den Louvre ziert, und selbst durch eine Kegelinschrift und eine schön ziselierte Silbervase berühmt. Die neue Urkunde berichtet von der Gewinnung der Oberhoheit über die Nachbarstädte, darunter Uruk, und bringt dann den gewichtigen Satz: »In Lagasch setzte er die Freiheit ein, er ließ die Mutter wieder zu ihrem Kind und das Kind wieder zu seiner Mutter gelangen und die Freiheit von Schulden eintreten.«

Offenbar geht es bei diesem Akt um etwas Ähnliches wie bei Urukaginas Reform: Durch königliches Eingreifen – wahrscheinlich mittels Finanzierung durch die Staatskasse – wurden die vorliegenden Fälle von Schuldknechtschaft (bei der man auf Zeit Frau oder Kind dem Gläubiger zur Arbeitsleistung, Zinsdeckung und Amortisation überließ) vorzeitig erledigt und sonstige Schuldverpflichtungen abgegolten. Es handelte sich somit um eine Entschuldung betroffener Bürger, von deren Frauen oder Witwen, die als staatlicher Gnadenakt anzusehen ist, später noch öfter bezeugt wird und verständlicherweise gern mit Thronbesteigung oder Siegesfeier einherging. Es mußte dazu Geld in die Staatskasse geflossen sein – wie es im Falle Entemenas offenbar durch seine berichteten Siege und Verträge geschehen war. Im übrigen ist anzunehmen, daß von dieser »Befreiung« in der Hauptsache ein begrenzter Kreis kleinerer Schuldner Nutzen hatte; ihm freilich brachte sie dank Königs Gnade die Aufhebung aller Verpflichtungen und erwies sich so als eine soziale Maßnahme ersten Ranges.

Wir dürfen freilich annehmen, daß auch Entemenas Schuldenerlaß nicht der erste in Sumers Geschichte war, sondern daß die Institution so alt ist wie die entwickelte sumerische Zivilisation selbst. Das zeigt sich auch darin, daß der Begriff »Freiheit« schon in verschiedenem Sinn anwendbar war. Auch den unter seine Oberhoheit gebrachten Städten ringsum will Entemena die »Freiheit« gebracht haben; hier aber kann es sich nur um die Ablösung älterer politischer Verpflichtungen – und ihren Ersatz durch neue – handeln. So gerät der große Begriff in dialektisches Zwielicht und in den Verdacht, auch vor fast viereinhalbtausend Jahren bereits vieldeutig gewesen zu sein. Da er aus dem Bereich der frühesten menschlichen Hochkultur kommt, gehen wir wohl kaum fehl, ihn als das älteste Schlagwort der Welt zu bezeichnen. *Prof. Dr. Hartmut Schmökel*

61 | *Zwischen Frankenstein und Utopia*

Es ist schon eine jahrtausendealte philosophische Weisheit, daß nicht die Tatsachen das Entscheidende sind, sondern die Meinungen der Menschen über die Tatsachen. Bezogen auf die Produkte der Genexperimente schwankt die öffentliche Phantasie zwischen kleinen Frankensteins, todbringenden Bakterien und Viren auf der einen Seite, sowie Superpflanzen, Superbakterien und dem »Übermenschen« schlechthin auf der anderen Seite. Emotionales verdeckt oft experimentell Vorgegebenes und erschwert damit eine vorurteilsfreie Betrachtungsweise eines revolutionierenden Forschungszweiges unseres Jahrhunderts. Vor der Gesellschaft Deutscher Naturforscher und Ärzte hat sich deshalb Professor Peter Hans Hofschneider vom Max-Planck-Institut für Biochemie in Martinsried bemüht, das genexperimentell Machbare vom Ballast des Spekulativen zu befreien.

Jedes Lebewesen vom Bakterium bis zum Menschen ist durch die genetische Ausstattung seiner Zellen geprägt. Diese genetischen Eigenschaften wiederum sind in Form einer hochspezifischen Aufeinanderfolge von lediglich vier Grundbausteinen morseartig auf einem Desoxyribonukleinsäurefaden (DNS) verschlüsselt. Jeweils zwei sich durch physikalisch-chemische Wechselwirkungen gegenseitig anziehende DNS-Fäden bilden einen wendeltreppenartig gedrehten Doppelstrang, eine »Doppelhelix«. Dort fixierte Genabschnitte sind lediglich durch Start- und Stopsignale voneinander getrennt. Somit ist die Summe aller Gene einer Bibliothek durchaus vergleichbar. Einzelne Gene hieraus sind bildhaft mehr oder weniger umfangreiche Bände. Je nach Bedarf können im Genarchiv gewisse Informationen zur Synthese dringend benötigter Enzyme, Hormone oder Stützproteine abgerufen werden.

Zwischen entfernt stehenden Organismen gibt es natürliche Barrieren, die einem Austausch genetischer Information entgegenstehen. So wäre es in der Natur undenkbar, daß plötzlich Säugetiergene in einem Bakterium auftauchten. Verfeinerte synthetische und analytische Methoden in der Molekularbiologie haben diesen Lehrsatz jedoch teilweise außer Kraft gesetzt. Man ist heute durchaus in der Lage, aus fast jedem beliebigen Organismus Erbsubstanz in Form seiner DNS zu entnehmen und diese in bestimmte Bakterienarten einzuschleusen.

Hofschneider rief die entscheidenden Schlüsselexperimente nochmals in Erinnerung: Zunächst konnte man der sogenannten »Plasmide« habhaft werden, die für die Übertragung der Antibiotikaresistenz bei Bakterien verantwortlich sind. Ein mit dieser genetischen Zusatzinformation ausgestattetes Bakterium überlebt bei Antibiotikakonzentrationen, die ihm sonst den Garaus bereit hätten. Bei näherer Betrachtung entpuppten sich die Plasmide als ringförmige DNS-Moleküle mit sowohl antibiotikaresistenten Funktionen als auch Funktionen, die für die Selbstvermehrung des genetischen »Kreisels« sorgten. Mit ihnen hatte man ein geradezu ideales »Transportmittel« gefunden, um fremde DNS in ein Bakterium einzuschleusen. Das mikrochirurgische Handwerkszeug ließ nicht lange auf sich warten. Bald verfügte man über hochspezialisierte Enzyme: Restriktionsnukleasen, die doppelsträngige DNS-Fäden so spalten, daß überlappende, quasi klebrige Enden entstehen, an die ähnlich behandelte weitere beliebige Genabschnitte angekoppelt werden können, und schließlich »wundversorgende« Ligasen, die darauf spezialisiert sind, Operationsspuren nahtlos zu beseitigen. Genetischen Neuschöpfungen stand somit prinzipiell nichts mehr im Wege. Erste tastende Versuche bestätigten auch die Funktionstüchtigkeit derart neukombinierter Gene: Froschgene arbeiteten reibungslos in Bakterien.

Es liegt auf der Hand, daß in dieser neuen Technologie auch Möglichkeiten stecken, um gewisse Mikroorganismen zu erzeugen, die der Flora und Fauna unseres Planeten gefährlich werden könnten, zum Beispiel völlig neue Lebensformen aus giftproduzierenden, antibiotikaresistenten und tumorauslösenden Organismen. Als Sicherheitsrisiko empfand man vor allem das bislang auch bei Genexperimenten beliebteste bakteriologische Versuchstierchen Escherichia coli. Da Colibakterien zur natürlichen Darmflora des Menschen gehören, waren Befürchtungen nicht abwegig, genetisch veränderte Escherichia coli-Stämme könnten Unheil in dem Darm ihres Wirtes, des Menschen, anrichten. Um so mehr überraschten in Martinsried durchgeführte Experimente mit plasmidhaltigen Escherichia coli-Laborstämmen. Ein »Überlebenswettbewerb« im Tierdarm zwischen dem Laborstamm und dem Wildtyp, der allein im Darm des Menschen vorkommt, fiel eindeutig zugunsten des Wildtyps aus. Der Laborstamm ging innerhalb weniger Tage zugrunde, obwohl Milliarden Bakterien am »Start« waren. Offensichtlich hat der »zivilisationsgeschädigte« Laborstamm schon wesentliche Eigenschaften verloren, die ihn befähigen würden, in freier Wildbahn zu leben.

Dennoch waren sich die führenden Molekularbiologen ihrer Verantwortung durchaus bewußt: In dem Moratorium von Asilomar (Kalifornien) 1974 wurde ein Versuchsstop für sämtliche Genexperimente ausgesprochen, die auch nur das geringste potentielle Risiko in sich tragen, übrigens ein in der Geschichte der Wissenschaft beispielloser Vorgang. Verbindlich vorgeschriebene Richtlinien des amerikanischen Gesundheitsministeriums, des National Institute of Health (NIH), lösten inzwischen diesen freiwilligen Teststop ab. Diese Richtlinien schreiben unter anderem bauliche und biologische Barrieren für Genexperimente vor. Zu den baulichen Maßnahmen zählen Luftschleusen und Unterdruckkammern, zu den biologischen Anforderungen das Arbeiten mit »verkrüppelten« Laborbakterien. Das Sicherheitsrisiko soll so klein wie möglich gehalten werden. Im übrigen will sich auch die Bundesrepublik Deutschland an diesen Richtlinien orientieren. Eine Senatskommission der Deutschen Forschungsgemeinschaft für Sicherheitsfragen bei der Neukombination von Genen, deren Mitglied Hofschneider ist, stimmt in diesem Zusammenhang die amerikanischen Richtlinien auf die deutschen Verhältnisse ab.

Welchen realen Nutzen böten nun überhaupt neuverknüpfte Gene? Wirklichkeitsnäher als die Manipulation am menschlichen Erbgut – eine menschliche Zelle ist molekularbiologisch so kompliziert, daß hier Gentherapien noch in weiter Ferne liegen – ist etwa die genetische Veränderung von Mikroorganismen mit dem Ziel, wertvolle biologische Substanzen billig und in ausreichender Menge zu erzeugen. Zu denken wäre beispielsweise an die mikrobiologische Synthese so lebenswichtiger Hormone wie Insulin und Wachstumshormon, an die Produktion kostbarer Blutproteine wie Albumin und Antikörper, an die Steigerung der Ausbeute wirksamer Antibiotika und Vitamine oder gar an die Verbesserung des Saatgutes durch Fixierung stickstoffbindender Gene, womit das energieaufwendige Düngeproblem entfiele. Dies alles sind durchaus realisierbare Möglichkeiten, für die das mikrochirurgische Handwerkszeug im Prinzip schon bereitliegt. *Dr. Harald Porcher*

62 | *Triebe und kaum Liebe*

Warum manche Tiere ausgesprochen polygam sind und wieder andere ausschließlich einem einzelnen Partner treu bleiben, hat die Tiersoziologen schon immer interessiert. Beispiele für beide Möglichkeiten des Zusammenlebens und alle denkbaren Zwischenformen gibt es aus dem Tierreich in Hülle und Fülle. Die eigentlichen Ursachen für die Ein-, Zweier-, Dreier- oder Vielehe jedoch, die biologischen »Mechanismen« des Zusammenlebens bestimmter Partner, sind noch weitgehend unerforscht.

Warum beispielsweise bei einer bestimmten Fischart, dem in den Flüssen Westafrikas lebenden Cichliden Tilapia mariae, Männchen und Weibchen in trauter Zweisamkeit miteinander leben und Konkurrenten beiderlei Geschlechts einträchtig verjagen, hat Dr. Jürg Lamprecht vom Max-Planck-Institut für Verhaltensphysiologie Seewiesen versucht herauszufinden. Drei Jahre lang beobachtete er über sechzig balzende und brütende Cichlidenpaare im Aquarium.

Daß dabei weniger »wahre Liebe« als vielmehr Triebe, Gewohnheiten, Gewöhnungen und manchmal auch nur »Zwänge« die Partner zusammenhalten, war ein Ergebnis, das zu vermuten war – denn auch bei den Tieren geht es, wie man weiß, mitunter sehr menschlich zu.

Wichtigstes Gebot jeder »guten Einehe« ist die Verträglichkeit gegenüber dem Partner, die sich möglichst nur auf ihn bezieht. Denn fehlte die Aggressivität ganz, könnte auch das Cichlidenmännchen zur Vielweiberei neigen. Dr. Lamprecht konnte nachweisen, daß mindestens zwei verschiedene Mechanismen für diese Verträglichkeit zwischen den Paarpartnern verantwortlich sind: Verhaltenstendenzen, die mit der Neigung zum offenen Angriff konkurrieren oder gar mit ihr unvereinbar sind, zum Beispiel Fluchttendenzen oder der Wunsch, mit dem Partner zu kopulieren, also starkes sexuelles Interesse, bringen den angriffsbereiten Fisch in einen Konflikt, den er auf folgende Weise löst: Er verzichtet auf den »tätlichen« Angriff und nimmt stattdessen aggressive Ersatzhandlungen vor. Beispielsweise gräbt er wütend im Sand. Die »Beißhemmung« tritt auch gegenüber »fremden« Individuen auf, wirkt jedoch am stärksten gegenüber dem eigentlichen Partner.

Hinzu kommt, daß der Partner beim Angriff nicht flieht. Das mindert das Erfolgserlebnis des Angreifers, damit auch seine Angriffsbereitschaft und trägt mit zur Gewöhnung an den Geschlechtspartner bei.

Ein zweiter »Mechanismus« hemmt und unterdrückt weitgehend sämtliche aggressiven Verhaltensweisen, auch die nicht-verletzenden, gegenüber dem Partner. Er wirkt ausschließlich bei diesem einen bekannten Partner, wobei nach Ansicht von Lamprecht ein Lernvorgang im Sinne einer Gewöhnung eine Rolle spielt: Der »Reizempfänger« lernt vermutlich individuelle Reize des Partners kennen, die die Wirkung der allgemeinen »Feindreize« dieses Artgenossen kompensieren. So ist es beispielsweise möglich, daß ein aneinander gewöhntes Paar stundenlang friedlich nebeneinander steht oder schwimmt. Zeigt sich dagegen ein Beobachter vor dem Aquarium, versuchen beide, diesen mit höchster Intensität zu attackieren. Zugesetzte fremde

Artgenossen können innerhalb weniger Minuten getötet werden.

Zwar kommt es auch bei Cichliden-Paaren regelmäßig zu offenen – Beißen oder Jagen des Artgenossen – und »gehemmten« Angriffen wie Frontaldrohen, Seitwärtsimponieren, Schwanzschlagen oder raschem Anschwimmen mit brüskem Abwenden. Doch vor allen Dingen die offenen Angriffe gegen den Partner treten, wie Lamprecht in der »Zeitschrift für Tierpsychologie« berichtet, sehr viel seltener auf.

Neben den aggressivitäts- und beißhemmenden Faktoren spielen auch Bindungen der verschiedensten Art eine Rolle für das gute Funktionieren der Einehe der Cichliden. Zwischen Paarung und Ablaichen üben die beiden Partner eine vermutlich sexuell motivierte Anziehungskraft aufeinander aus, die in der Regel nach dem Laichakt nicht mehr nachzuweisen ist. Verschwindet der eine Partner, beginnt der andere sofort nach ihm zu suchen. Auch eine immer stärker werdende Gewöhnung an den künftigen Laichplatz, meist eine Höhle, läßt sich in dieser Zeit beobachten – die Fische werden gewissermaßen »häuslich«. In allen Brutpflegephasen hingegen meiden sich die Paarpartner: Sie streben voneinander weg. Der abwesende Partner wird nicht mehr vermißt. Verschwindet dagegen die Brut, wird sie von beiden Elternteilen noch lange und intensiv gesucht.

Stark ist die Bindung der Eltern auch an den Jungenschwarm. Die Eltern halten sich schützend über ihm auf und kehren nach dem Verjagen von Feinden zu ihm zurück, wo immer er sich gerade auch befindet. Die Neigung der Jungfische, in einem kompakten Schwarm zusammenzubleiben, verhindert auch, daß sich die beiden Eltern mit je einer Hälfte des Schwarmes selbständig machen. Cichlidenweibchen und Cichlidenmännchen bleiben also, ob freiwillig oder durch die bloße Bindung an das Gelege und die Brut, gewissermaßen in »Gut und Böse« eng miteinander verbunden. Das allein verhindert vermutlich bereits das Anwachsen eines Paares zu einer größeren Gruppe. Denn die Fische können in Gegenwart ihres Partners keine Aggressionshemmung gegenüber einem Dritten herausbilden, wozu ganz einfach eine gewisse Zeit des Kennenlernens notwendig ist. Der fremde Konkurrent wird zuvor vertrieben, denn beide Partner zusammen sind einem Eindringling fast immer stark überlegen. So ist – vielleicht nicht nur bei ihnen – Mangel an Zeit und Gelegenheit der wichtigste Garant für eine »vorbildliche« Monogamie.

Karl-Heinz Preuß

63 | *Katzenliebe erfährt nur der Mensch*

Katzen können auf Menschen wesentlich stärker fixiert sein als die eher gruppenorientierten Hunde. Diese Ansicht vertritt Professor Paul Leyhausen, Leiter der Wuppertaler Arbeitsgruppe des Max-Planck-Instituts für Verhaltensphysiologie in Seewiesen. Die Katze betrachtet nämlich den vertrauten Menschen gewissermaßen als »Mitkatze«. Entsprechend stammen die im Verkehr mit ihm angewandten Verhaltensweisen größtenteils aus der eigenen Sexual- und Familiensphäre. Dazu zählen Köpfchengeben, Flankenreiben, Belecken, Nasenkontrolle und bei weiblichen Tieren das ganze Kokettier- und Werbeverhalten ebenso wie gegebenenfalls auch das gesamte Abwehrverhalten.

Dennoch ist der Mensch für die Katze mehr als ausschließlich Artgenosse. Leyhausen konnte beobachten, daß die Beziehungen zwischen Katze und Mensch unter Umständen viel enger werden, als sie es je zwischen zwei Katzen sein können. Den Grund dafür vermutet der Wuppertaler Wissenschaftler darin, daß beim Umgang mit dem Menschen wieder gewisse frühkindliche Verhaltensweisen durchbrechen. Zwischen erwachsenen Katzen wird der soziale Bezug so vollständig durch Revierverteidigung, Abwehr, Rivalität und Paarung ausgefüllt, daß derartige Stimmungsreste kindlicher Triebhandlungen, wie sie in der Mutter-Kind-Beziehung und beim Zusammenhalt der Geschwister üblich sind, nicht »zu Worte« kommen.

Der Mensch hingegen ist gerade noch so viel Artgenosse, daß ein sozialer Bezug zu ihm möglich wird. Gleichzeitig ist er aber zu wenig Artgenosse, um beispielsweise – außer in der Paarungszeit – so bedingungslos Angriff oder Abwehr auszulösen wie eine erwachsene Katze. Daher ist, wie Leyhausens »Verhaltensstudien an Katzen« (Verlag Paul Parey, Hamburg) zeigen, »zwischen Menschen und solitären Katzenarten eine echte und dauernde Freundschaft möglich, wie sie bei Katzen unter sich nie vorkommt«.

Möglicherweise »möchte« die einzelne, erwachsene Katze auch mit anderen Katzen »freundlich« sein. Sie kann es bloß nicht. Gegenüber ihren Artgenossen befindet sie sich wahrscheinlich in einer ähnlichen Stimmungslage wie ein eigenbrötlerischer Mensch, der alle anderen vor den Kopf stößt, und auf die Frage, warum er keinen Freund habe, erstaunt antwortet: »Ich möchte ja furchtbar gern, aber die anderen sind doch alle so ekelhaft.«

So verwundert es auch nicht, daß die meisten Katzenarten als ungesellige Reviertiere gelten. In ihrem Tagesablauf vermeiden die Tiere persönliche Begegnungen, wenn es nur irgendwie geht, und selbst Katzen, die ein Heim teilen, bleiben draußen oft für sich. Um »Zusammenstöße« zu vermeiden, richten sie sich oft nach regelrechten »Fahrplänen« oder wickeln ihre »Verkehrsregelung« visuell ab. Man kann zum Beispiel oft beobachten, daß eine Katze einer anderen, die in einiger Entfernung einen Pfad entlanggeht, mit den Blicken folgt, bis sie außer Sichtweite ist. Wartet man dann noch ein Weilchen, kann man meist sehen, daß die Beobachterin – in angemessenem zeitlichen Abstand natürlich – den gleichen Pfad einschlägt. Trotz ihres ungeselligen Rufes haben Katzen durchaus das Bedürfnis nach Kommunikation mit Artgenossen: Abends, wenn es dunkel wird, halten sie gelegentlich regelrechte »soziale Treffen« ab. Die Tiere sitzen dabei dicht beieinander in zwei bis fünf Meter Abstand, manche selbst auf Tuchfühlung, oder lekken und reiben sich sogar. Die kampferfahrenen »arrivierten« Kater bilden Bruderschaften, Kampfverbände zur Aufrechterhaltung ihrer Macht – beispielsweise gegen die Jungkater, die erst später nach wilden Kämpfen in eine solche Bruderschaft aufgenommen werden.

Treffen aber zwei erwachsene Katzen – beispielsweise in einem unübersichtlichen Gelände – überraschend und ungewollt zusammen , kann es zu heftigen Revierstreitereien kommen. Aus diesen gelegentlichen »Grenzstreitigkeiten« entsteht jedoch keine immer gültige, starre Sozialhierarchie. Ein sehr »hochstehendes« Tier darf zwar den Heimbezirk einer unterlegenen Katze besuchen und ohne Widerstand inspizieren. Die überlegene Katze würde aber niemals die unterlegene aus dem Revier verdrängen. Das liegt daran, daß die in Revier-Grenzkämpfen gewonnene Überlegenheit einer Katze – also ihr Rang – an den Ort und an den Zeitpunkt der Begegnung gebunden bleibt. An einem anderen Ort und zu einer anderen Zeit geht eine Auseinandersetzung der gleichen Tiere möglicherweise völlig anders aus. Dabei nehmen Selbstvertrauen und Kampfesmut eines Tieres zu, je näher es dem eigenen Revierzentrum ist. Leyhausen spricht deshalb auch von einer »Relativen Sozialen Hierarchie« oder von »Relativer Rangordnung«.

Die eigentlichen Rivalenkämpfe der Kater dagegen finden weitgehend revierunabhängig statt. Daher ist die Kater-Rangordnung auch absolut wie die von Herdentieren. Der stärkste Kater einer Gegend entwickelt sich dabei jedoch meistens nicht – wie oft angenommen wird – zum unumschränkten Tyrannen, der alle anderen von Werbung und Paarung abhält. Das geht schon allein deshalb nicht, weil die Wahl des Partners fast ausschließlich Sache der Kätzin ist.

In der gesamten Sozialordnung der Katzen-»Gesellschaft« spielen relative und absolute Rangordnung flexibel ineinander. Der Beweis für einen solchen Dualismus ist bei genauer Beobachtung leicht zu finden: An der Futterschüssel beispielsweise herrscht eine absolute Rangordnung. Schmale Pfade und bevorzugte Ruheplätze können nach den Beobachtungen Leyhausens in gewissem Sinne den Spitzenkatzen gehören, und rangniedrigere Katzen verlassen sie oft, wenn sich eine ranghöhere nähert. Doch es gibt keinen großen Streit, wenn sie das nicht tun. Manche Vorrechte richten sich auch nach der Tageszeit. Einige Katzen »verfügen«, wie Leyhausen beobachtet hat, zum Beispiel vormittags über den gesamten Raum zum Spielen und Herumtollen. Die anderen müssen in den Schlafkisten bleiben oder sich zumindest zurückhalten. Ihre Zeit, in der sie allen anderen überlegen sind, kommt dann nachmittags.

Alle Flexibilität der sozialen Struktur – der relativen und der absoluten Rangordnung – und alle Toleranz, die das stärkere Tier dem schwächeren entgegenbringt, werden jedoch aufgehoben, wenn man Katzen eng zusammengepfercht in einem Käfig hält: Je überfüllter der Käfig ist, desto weniger relative Hierarchie gibt es. Dabei passiert es leicht, daß sich ein Tier zum Despoten entwickelt. Einige Tiere lassen sich ständig von den anderen mitleidlos drangsalieren und zur Verzweiflung treiben, sie zeigen regelrecht neurotische Symptome der verschiedensten Art. Der Rest der Käfiginsassen verwandelt sich indes in einen bösartigen »Mob«: »Die Spannung unter ihnen läßt nie nach, sie sehen niemals zufrieden aus, ständig wird irgendwo gefaucht, geknurrt und sogar gekämpft«.

Die Hauskatze ist unter diesen Bedingungen zwar etwas verträglicher als ihre wilden Verwandten, doch fühlt sie sich keineswegs wohl, wenn sie in größerer Zahl für längere

Zeit auf engem Raum gehalten wird. Die scheinbare Verträglichkeit ist dabei oft nur vorgetäuscht: Die Tiere sind fast ununterbrochen in Abwehrstimmung, und größere Kämpfe unterbleiben nur deshalb, weil sie ihren Unmut ständig in »kleiner Münze« – ein Fauchen hier und ein Tatzenhieb da – abreagieren. *Karl-Heinz Preuß*

64 | *Wie man ist, so schläft man auch*

Es gibt Menschen, die nur einschlafen können, wenn sie einen Arm auf einem Stuhl neben dem Bett liegen haben, ein Taschentuch über die Augen legen, vor dem Ins-Bett-Gehen die Mücken in ihrem Zimmer eingefangen haben oder ihr Kissen in einer ganz bestimmten Weise gefaltet, gerollt, geknüllt oder geknickt haben. So kurios diese Beispiele klingen: ungewöhnlich sind sie nicht. Die meisten Menschen pflegen nämlich – mag es auch noch so unbewußt geschehen – ganz bestimmte Gewohnheiten, ja zelebrieren geradezu festgelegte Rituale beim Zubettgehen und Einschlafen, die noch dazu häufig in einer ganz bestimmten Reihenfolge ablaufen müssen. Wird diese gestört, fühlen sich viele Menschen ausgesprochen unbehaglich und vor allem spürbar unruhig beim Einschlafen – wenn sie es überhaupt noch können. Bemerkenswert ist, daß es vor allem die »schlechten Schläfer« sind, die zugleich auch häufig nervös sind bis hin zu Kreislauf-, Atmungs- und Verdauungsstörungen, erregbar, gehemmt oder emotional labil, die auf ihre Rituale nicht verzichten möchten oder können, aber auch Menschen, die im Sitzen überhaupt nicht schlafen können, aber in der Regel morgens von selbst aufwachen und sich danach häufig an ihre Träume erinnern.

Denn so unglaublich es manchem auch erscheinen mag: Der bekannte, hier abgewandelte Satz, sage mir wie du (ein)schläfst, und ich sage dir wie du bist, hat – zumindest nach den Ergebnissen einer Dissertation an der Universität Freiburg – einiges für sich. Untersucht wurden von Dr. Ute Pleimes Schlafverhalten und -gewohnheiten sowie ihre Beziehungen zu bestimmten Persönlichkeitsmerkmalen. Teilweise erstaunliche, verblüffende oder auch nur merkwürdige Zusammenhänge traten dabei zu Tage.

Menschen, die eher »gelassen« sind, kaum erregbar und gehemmt, können beispielsweise nicht nur gut einschlafen – meistens befleißigen sie sich dabei auch der »entspannenden Seitenlage« –, sie schlafen generell gut und tief, auch beim Mittagsschlaf, sie fühlen sich vor allem morgens besonders rasch fit und aktiv, können innerhalb von fünf Minuten aufstehen, obwohl sie in der Regel ohne Wecker nicht wach werden. Bei seelischen Belastungen suchen solche Menschen geradezu den Schlaf, während die mehr Erregbaren, Depressiven, Stimmungslabilen und Ängstlichen gerade dann nicht abschalten und einschlafen können.

Erstaunlich ist, daß zwar Dreiviertel der im Rahmen der Untersuchung Befragten im allgemeinen mehr Schlaf wünschen als sie tatsächlich haben, obwohl immerhin jeder zweite in der Regel meist länger schläft, als er nach eigenen Erfahrungen braucht, um genügend erholt zu sein. Jeder fünfte scheint aber tatsächlich einen wirklich ausgeruhten Zustand durch ein ausreichendes Schlafquantum häufig nicht zu erreichen. Aggressive Menschen oder die Impulsiven, die ein starkes Bedürfnis nach Abwechslung und Unruhe haben, wünschen sich im besonderen sehr viel mehr Schlaf, obwohl sie ohnehin generell lange und mehr als andere, nämlich acht bis neun Stunden, schlafen, freilich auch in der Regel nicht vor Mitternacht ins Bett gehen. Sie werden morgens spät und mühsam wach und erreichen häufig erst in der zweiten Tageshälfte ihren Leistungshöhepunkt, werden also besonders am Abend munter.

Allerdings: Ob jemand ein Abend- oder ein Morgenmensch ist, wird nicht, wie bisweilen angenommen, dadurch begünstigt, ob die Arbeitszeit frei oder festgelegt ist. Beide Typen kommen vielmehr in beiden Konstellationen etwa gleich häufig vor, nur sind die Abendmenschen mit freier Arbeitszeiteinteilung eben in einer persönlich günstigeren Lage. Nachdenklich stimmt in diesem Zusammenhang freilich, daß jene Menschen, die ihre Schlafzeit nicht selbst bestimmen können, sich eher als erregt bezeichnen als jene, die ihre Arbeitszeit mit ihrem Schlafrhythmus abstimmen können. Eine Rolle dürfte dabei auch spielen, daß Menschen mit fester Arbeitszeit auch generell eher weniger schlafen.

Bei freier Wahl der Arbeitszeit schläft hingegen jeder zweite morgens sehr lange und ausgiebig. Auffallend ist auch, daß Menschen mit fester Arbeitszeit sich selten oder nie an ihre Träume erinnern, während es bei den zeitlich Ungebundenen häufig oder fast täglich der Fall ist. Offensichtlich gehört, so Ute Pleimes, eine gewisse »Muße« beim Erwachen dazu, um sich an Träume zu erinnern.

Die Mehrheit der Abendmenschen, die im übrigen auch die meisten »Nacktschläfer« aufweisen, neigt auch dazu, mindestens eine Stunde oder länger mittags zu schlafen, während die meisten Morgenmenschen dies höchst selten tun. Wenn sie es aber tun, dann fühlen sie sich danach erstaunlicherweise ausgeruhter als vorher, während bei den gewohnheitsmäßigen Mittagsschläfern, den Abendmenschen, jeder zweite sich danach noch schlechter fühlt.

Auffallend ist auch, daß jene, die häufiger, länger und auch tiefer als andere zu Mittag schlafen, besonders oft (abends) in Seitenlage einschlafen – eine Stellung, die so Pleimes, gegenüber Bauch- oder Rückenlage »locker und entspannt« ist. Generell wird die Seitenlage von jedem zweiten Befragten und damit am häufigsten gewählt. Elf Prozent bevorzugen die als »ruhigste« Einschlafstellung bezeichnete Rückenlage, und immerhin jeder fünfte die als

»unruhigste« geltende Bauchlage. Obwohl also für die meisten Menschen eine bestimmte Körperhaltung mit dem Hinübergleiten in den Schlaf verbunden ist, konnten die meisten Befragten sie spontan nicht beschreiben, sondern mußten sich erst probeweise hinlegen.

Auch wer unter Streß lebt, läßt sich anhand bestimmter Schlafgewohnheiten und -merkmale in Verbindung mit bestimmten Verhaltensweisen während der »Wachzeit« herausfiltern: Es sind Menschen, die allgemein wenig schlafen, früh aufstehen, und sich danach ausgesprochen schlecht fühlen, tagsüber aber unfreiwillig einschlafen können, sich entgegen ihrer natürlichen Neigung zu bestimmten Arbeitszeiten gezwungen fühlen, einem mehrmaligen Leistungswechsel während des Tages unterliegen und bei alledem, zumindest glauben sie das und tun es auch häufig, abends auch noch länger konzentriert arbeiten können.

Bemerkenswert sind auch die festgestellten Geschlechtsunterschiede in den Schlafgewohnheiten, die von bisherigen Untersuchungen immer verneint wurden. Männer, so fand Pleimes, haben offensichtlich ein »unkomplizierteres Schlafverhalten« als Frauen, was so weit geht, daß sie auch tagsüber – etwa am Arbeitsplatz oder im Zug – bisweilen spontan einschlafen können, ein Verhalten, daß bei Frauen praktisch nicht vorkommt. Auch beim Mittagsschlaf dösen Frauen eher, während Männer fest einschlafen. Dazu »paßt« ein weiterer Befund, daß nämlich Frauen generell auch mehr mit Einschlafschwierigkeiten zu kämpfen haben. Nur in einem Punkt erweisen sich die männlichen Befragten störbarer und empfindlicher als Frauen: Sie schlafen in »fremden« Betten schlechter. *Dr. Renate I. Mreschar*

65 | *Räuber und Gauner in Deutschland*

Zur historischen Wirklichkeit gehören auch Räuber, Gauner und Banditen. Die Person des Räubers und seine Bande beflügelten zu allen Zeiten die Phantasie des Beobachters. Aber man weiß über sie nur wenig. Zeitgenossen beschrieben die Banden und deren Anführer als grausam, blutrünstig, edel, brutal, kühn, sittenlos, lasterhaft, großmütig und frei – je nach dem subjektiven Standort. Wie die Räuber und Gauner wirklich waren, ihre soziale Herkunft, ihr Selbstverständnis und ihre Selbsteinschätzung, ihre Motivation und Organisation zwischen 1700 und 1820, untersuchte der Münchener Historiker Carsten Küther in einer Dissertation mit dem Titel »Räuber und Gauner in Deutschland«.

Deutschlands Straßen, Wälder, Wiesen und Auen waren in der Zeit des Spätabsolutismus alles andere als wonnige Plätzchen, für Spitzwegmotive geeignet. Da waren Schnapphähne unterwegs, wurden Postkutschen überfallen, wie wir es nur noch aus Western kennen, da wurde erstochen, vergewaltigt, gequält und gefoltert.

Die Landschaften, in denen sich das organisierte Räubertum besonders beeindruckend entwickelt hatte, waren Mittel- und Süddeutschland sowie das Rheingebiet. Was Organisation und Taktik angingen, stellten unter den zahlreichen Räuberbanden des 18. Jahrhunderts die sogenannten Niederländer die größte und bestens trainierte Bande dar. Die »Niederländer« waren ein Unterweltler-Verbund, dessen Aktionsradius ganz Mitteleuropa umfaßte. Die Keimzelle dieser Räubergesellschaft war die jüdische Familie Jacob, die um 1790 in der Nähe von Groningen lebte. Das Familienoberhaupt, der alte Jacob, fungierte als Dirigent im Hintergrund und war mit einigen Bandenführern seines europäischen Bandenkonsortiums auch verwandt. Des alten Jacobs Erfahrung ermöglichte die anhaltenden Erfolge seiner Räuberbanden am Ende des 18. Jahrhunderts. Seine Maxime war: niemals in der Nähe des eigenen Hauptstützpunktes rauben. All seine Aktionen waren generalstabsmäßig geplant und liefen auch meist perfekt nach Plan ab.

Ein Teil der jüdischen Bevölkerung – der wohlhabendere Teil war häufig das Opfer von Räubern –, Angehörige sogenannter unehrlicher Berufe, Zigeuner und Vaganten, alles ins gesellschaftliche Abseits gedrängte Bevölkerungsgruppen, bildete im 18. Jahrhundert nahezu geschlossen ein intensives Gauner- und Verbrechertum. Seine Angehörigen verstanden sich als erklärte Gegner einer gesellschaftlichen Ordnung, die ihnen keinen oder nur wenig Platz bot. Die Räuberbanden erschienen in dieser Gruppierung als der »harte Kern«, dessen Vorgehen Merkmale des offenen Aufbegehrens trug – im Gegensatz zum Gauner, dessen Lebensweise eher defensiv war.

Eine gewisse Eigenrolle spielten die Bauernbanditen. Dazu gehörte beispielsweise am Ende des 18. Jahrhunderts Mathias Klostermayer, der sogenannte bayerische Hiesel, aus dem Augsburgischen. Raub und Diebstahl wurden von Hiesels Bande nur ausnahmsweise praktiziert. Ihr Hobby war mehrere Jahre lang die intensiv betriebene Wilderei. Bauernbanditen wie Klostermayer bekämpften mehr oder weniger bewußt die Auswüchse obrigkeitlicher Willkür, stellten aber die Herrschaftsverhältnisse an sich nicht in Frage. Bei den Bauern fanden Figuren wie Klostermayer Rückhalt. Seine Opfer waren ausschließlich die »Herren« und ihre Beamten. Im stolzen Bewußtsein, daß sein Vorgehen rechtens sei, führte der Bauernbandit kein Leben im Geheimen, denn er glaubte sich in einer Notwehrsituation.

Die aus der Vagantenbevölkerung hervorgegangenen kriminellen Vereinigungen handelten dagegen aus einem

Bewußtsein der grundsätzlichen Gegnerschaft zum Staat. Raub und Gewalt gegen die Vertreter des Staates waren die Form eines, wenn auch primitiven, sozialen Protestes. Das Motiv der Beute blieb jedoch immer im Vordergrund bestehen.

Um zu überleben, stand bei den Räuberbanden die »Geheimhaltung« an erster Stelle. Daraus folgte ein Zwang zur »Nichtorganisation«. Deshalb traten die Banden meist erst kurz vor einem Raubzug zu einer straff geführten Formation zusammen. Nach dem Unternehmen löste sie sich auf, und der einzelne Bandit tauchte in der schützenden Anonymität der Vagantenbevölkerung unter.

Das Organisationsnetz dieser Räuberbanden-Unterwelt des Spätabsolutismus umfaßte Vaganten, Bauern, Wirte, korrupte Beamte, Kundschafter und Hehler. Die Helfer der Bauernbanditen dagegen waren die Bauern, mit denen sie sich sozial verbunden fühlten. Die ländliche Bevölkerung honorierte das Eintreten des Bauernrebellen für ihre Belange mit Information, Sabotageakten und Unterschlupfmöglichkeiten.

Frauen hatten innerhalb der Räuberbanden nur Randfunktionen. In der Regel arbeiteten sie als Kundschafter- und Schmugglerinnen. Im Hintergrund der Banden spielten sie oft eine tragende Rolle: Sie bildeten den Räubernachwuchs aus.

Das klassische Beispiel für eine echte Räuberbraut stellt die »Schleiffer-Bärbel« dar. Diese Dame, 50 Jahre alt, verheiratet mit einem Scherenschleifer, der ihren Ansprüchen aber nicht genügte, war die Lehrmeisterin des »Konstanzer Hans« in den 70er Jahren des 18. Jahrhunderts. Sie bildete ihn, der bald den Hegau und den Südschwarzwald unsicher machen sollte, zum Dieb, Räuber und Liebhaber aus. Das Verhältnis zwischen den beiden blieb aber nicht ungetrübt: Er schätzte zwar ihre kriminellen Fähigkeiten, doch entsprach sie nach Alter und Aussehen nicht seinen Vorstellungen. Das Ende der »Schleiffer-Bärbel« ist unklar, wahrscheinlich erhängte sie sich im Gefängnis in Pforzheim im Jahre 1793. Der »Konstanzer Hans« dagegen kam noch zu linguistischen Ehren: Im Knast verfaßte er ein Wörterbuch der Gaunersprache. *Dr. Robert Lutz*

66 *Die Existenz des Menschen war nicht vorprogrammiert*

Ob reiner Zufall oder eine Art kosmischen Zwangs das Werden unserer Welt bestimmte, mag als Fragestellung zwar faszinieren, doch nicht voll überzeugen. Denn von den im Urknall bei der Entstehung des Universums gebildeten elementaren Teilchen bis hin zur Entwicklung des menschlichen Intellekts kann Evolution durchaus unter dem Aspekt erscheinen, ein mit einfachsten Bausteinen begonnenes, zwanghaftes Wachstum von Zusammenfügungen oder »Mustern« zu sein, die zu vielfach miteinander vernetzten und immer komplexeren Zuständen der Materie dieser Welt führten und noch weiter führen.

Unter diesem Gesichtspunkt behandelt Professor Carsten Bresch, Universität Freiburg, in seinem Buch »Zwischenstufe Leben« (Piper, München) die Aspekte der materiellen, biologischen und intellektuellen Evolution aus überraschender Perspektive. Grundlegendes Prinzip aller Entwicklung scheint die Musterbildung zu sein, nicht aber eine mit einem bestimmten Ziel verbundene Entwicklungsrichtung. Zielgerichtet kann Evolution nur so weit sein, als weder eine Detailbeschreibung des Endzustandes noch das Einhalten eines festgelegten Weges notwendig ist. In diesem Sinne war der Mensch keineswegs »vorausbestimmt«, wohl aber das Entstehen entsprechend »komplexer Muster der Materie«. Statt Fischen, Reptilien, Säugetieren und schließlich Menschen hätte es, nach Breschs humorvoller Argumentation, durchaus auch »Ronaten, Subiten, Heffalumps und Etis« geben können.

Der Freiburger Physiker und Genetiker geht in seinen Überlegungen davon aus, daß die physikalischen Eigenschaften der einfachsten Bausteine des Weltalls die materielle Evolution bis hin zu den Kettenmolekülen ebenso zwangsläufig vorgegeben haben, wie jedes exakte naturwissenschaftliche Experiment unter gleichen Anfangsbedingungen auch zu gleichen Ergebnissen führen muß. Aus einfachen Prozessen heraus entstanden im Laufe der materiellen Evolution freilich immer kompliziertere Zusammenfügungen, schließlich organische Moleküle als Vorstufe des Lebens und deren überraschende neue Fähigkeit, sich selbst zu reproduzieren (Replikation), womit die biologische Evolution einsetzte.

Doch nicht allein diese neu erworbene Fähigkeit zur Replikation war wichtig, sondern nicht minder auch deren ursprüngliche Ungenauigkeit und Fehlerhaftigkeit. Sie mußte zu einem regelrechten Verdrängungs-Wettbewerb zwischen den neu entstandenen Formen führen, wobei die sinnvollen unter den zufälligen Bildungen gleichsam »ausgesiebt« wurden und sich die weitere Entwicklung beschleunigte.

Als erste Nervenzellen und einfache Nervensysteme entstanden, überlagerte sich der biologischen Entwicklung der Beginn der intellektuellen Evolution. Musterbereiche wurden erstmals »informierbar«. Gehirne entstanden, in denen sich »die Potenz zu wirken« ebenso aufbaute wie die wachsende Fähigkeit zur gegenseitigen Verständigung, die in der menschlichen Sprache ihre Krönung fand. Intellektuelle Evolution bedeutet in diesem Sinne nichts anderes, als daß zur »Fortpflanzung« (Replikation) der biologischen Struktur nun auch die »Fortpflanzung« der Information gekommen ist, die im Gegensatz zur ersteren ja keineswegs nur an Nachkommen weitergegeben werden kann, sondern intensiv in die Breite wirkt.

Den Menschen hat diese schnelle intellektuelle Evolution in unseren Tagen, wie Bresch glaubt, bereits in eine tiefgreifende Krise geführt, da die biologische Evolution regelrecht von der intellektuellen überrollt wurde und so die Menschheit in einen instabilen Zustand geraten ist, der sie entweder zur Weiterentwicklung zwingt oder zum Scheitern bringen muß.

Wenn es einen solchen naturhaften Zwang der Natur zu höherer Vollkommenheit aber tatsächlich geben sollte, kann die Entwicklung von Leben auf der Erde im Universum bestimmt nicht einzigartig sein: »Wer an das Wunder einer einmaligen – weil so grandios unwahrscheinlichen – Lebensentstehung glauben will, muß gleich noch ein zweites Wunder akzeptieren, daß dieses Ereignis auf unserem Planeten so bald als irgend möglich eintrat.«

Rolf H. Simen

67 | *Schon Mozart würfelte Musik*

So sehr sich passionierte Musikliebhaber auch dagegen sträuben mögen, die ersten Versuche, mit Elektronenrechnern Musik zu komponieren, sind bereits unternommen, und die sich damit befassen, berufen sich auf erlauchte Vorbilder. Sogar Mozart gehört in die Ahnenreihe dieser Experimentatoren, ebenso findet man hier Musiker wie Haydn, Kirnberger und vermutlich auch Carl Philipp Emanuel Bach. Unter Zuhilfenahme eines einfachen Spielwürfels versuchte Mozart, Stücke zu komponieren, die ihm eines größeren Aufwands an schöpferischer Energie nicht wert zu sein schienen. Typische Gebrauchsmusik, die der Unterhaltung und dem Tanz zu dienen hatte, sollte auf diese Weise produziert werden.

Aus einer Reihe von schriftlich überlieferten und seinerzeit zum Teil von namhaften Verlagen edierten Anleitungen ist das System bekannt, das Johann Philipp Kirnberger (1721–1783) beispielsweise in das folgende »Rezept« kleidete: »Hat man mit einem Würfel eine Zahl geworfen, so suchet man in denen Tabellen, auf welchen die Nummern stehen, in dem ersten Fache, von der lincken zur rechten Hand, die Zahl auf, und schreibet aus dem Noten-Plan, den darunter stehenden Tact hin, also verfähret man mit dem Zweyten, Dritten, Vierten, Fünften und Sechsten, oder auch Siebenten und Achten Wurf, nach denen herablaufenden Nummern, folgsam ist der erste Theil fertig...«

Zahlentabellen und ein »Repertoire« an vorfabrizierten musikalischen Bausteinen sind das »Handwerkszeug«, auf das solche Anleitungen Bezug nehmen. Ist es also der blinde Zufall, den wir hier in die Rechte des schöpferischen Menschen eingesetzt finden? Keineswegs – denn wenn auch der Würfel die Wahl aus unübersehbar vielen Variationsmöglichkeiten bestimmt, ergibt sich am Ende trotz allem eine musikalisch sinnvolle Anordnung der Bauelemente dadurch, daß die Zahlen von vornherein auf der Tabelle entsprechend placiert wurden und jeweils bezogen sind auf ein festes harmonisches Gerüst der meist achttaktigen Perioden, aus denen sich die fertige Komposition aufbaut. Man kann also von einem gesteuerten Zufall sprechen, und gerade diese Steuerung ähnelt nun recht auffallend dem »Programm«, nach dem heute Elektronenrechner arbeiten.

Wir sind also, wie man sieht, wieder an den Ausgangspunkt zurückgekehrt, zurück zur komponierenden Maschine. Die Überlegung, die bei dieser Maschine Pate stand, war im Grunde recht einfach. Man müßte doch nur eine Auswahl von Kompositionsregeln, etwa die Regeln des strengen Kontrapunkts, programmieren und die Maschine Zufallsfolgen von Tönen erzeugen lassen, die jeweils durch eine Zahl gekennzeichnet sind. Die Maschine hätte dann jeden neuen Ton, den zugehörigen Intervallschritt und den entstehenden Zusammenklang auf seine Zulässigkeit und Vereinbarkeit mit den Regeln zu überprüfen, ihn dementsprechend beizubehalten oder ihn zu verwerfen und durch einen anderen Ton zu ersetzen.

Diese Rechnung geht tatsächlich auf, und man hat heute da und dort schon Gelegenheit, Tonbandaufzeichnungen von elektronisch »konstruierter« und dann mit dem üblichen Instrumentarium interpretierter Musik zu studieren. Interessant ist bei diesen Versuchen die Verschiedenartigkeit der Ergebnisse, wenn zwischen den Extremen einer regellosen Zufallsmusik und des strengen Kontrapunktes die einzelnen Regeln an der Maschine zu- beziehungsweise abgeschaltet werden. Wer musikalisch zu hören gelernt hat, dem entgeht allerdings nicht, daß auch das im Hinblick auf den Kontrapunkt perfekte Maschinenprodukt merkwürdig flach und gestaltlos klingt. Das rührt sicher nicht nur von der vorläufigen Beschränkung dieser Musikproduktion auf reine Tonfolgen her, wobei die Erfordernisse eines lebendigen Vortrags unberücksichtigt bleiben, es hängt auch mit den Tonfolgen selbst zusammen, die eben nichts weiter sind als akustische Versinnbildlichungen eines Reglements. In einem schöpferischen Sinne belangvoll kann ein solches Reglement jedoch erst in der Berührung mit dem Menschen werden, dann also, wenn es benutzt wird, um der persönlichen Handschrift eines Komponisten den formalen Halt zu geben. Was die Maschine vollbringt, sind lobenswerte Fleißübungen eines Schülers, der Harmonielehre und Kontrapunkt studiert, nicht weniger, aber auch nicht mehr.

Zugegeben: Im Prinzip steckt auch in der Maschine die Möglichkeit, daß sie eines fernen Tages bei ihrem Spiel mit dem Zufall einen Sonatensatz vom Range eines Mozart oder einen Streichquartettsatz von der Bedeutung eines Haydn »finden« könnte, aber die Wahrscheinlichkeit dafür ist so unvorstellbar gering, daß es auch nicht den Schein einer Rechtfertigung dafür gäbe, ihn in die künstlerisch-ästhetische Bewertung dieses Verfahrens mit einzukalkulieren – abgesehen von der Tatsache, daß sich das Genie seine Regel seit jeher selber setzte und sich gerade darin von der Masse der Mitläufer und Epigonen abhob.

Um noch einmal von Kirnberger und seinesgleichen und von ihren Würfelspielen zu sprechen: Es zeigt sich, daß die damals gewürfelte Musik genau so einförmig und ausdruckslos klingt wie die heute elektronisch errechnete, daß ihr also jeder Impuls fehlt, der den Zuhörer zu überwältigen vermöchte. Nicht einmal die Historiker haben deshalb ernstlich von ihr Notiz genommen; allenfalls findet man sie als Kuriosum erwähnt, und zu diesem Schattendasein wird sie wohl trotz ihrer aufwendigeren Nachahmung in neuester Zeit verurteilt bleiben. Allerdings möchte sich wohl niemand angesichts der erstaunlichen technischen Entwicklungen, deren Zeugen wir heute sind, unwiderruflich auf ein Nein festlegen, wenn es um die Frage geht, ob eines Tages nicht doch von einem Elektronenrechner Musik komponiert werden könnte, die man als Kunstwerk anerkennen müßte. Professor Wolfgang Walter, Ordinarius für Mathematik und Direktor des Mathematischen Instituts der Technischen Hochschule Karlsruhe, der nach Ausbildung und fachlicher Orientierung von der Mathematik und Physik wie von der Musikwissenschaft aus an solche Fragen herangeht, äußerte sich bei Gelegenheit einer Vorlesung elegant zu diesem Problem, indem er sich bereit erklärte, in die kleine Schar der großen Komponisten gegebenenfalls auch jenen Programmierer aufzunehmen, der es wider Erwarten fertigbrächte, eine Rechenmaschine zur Produktion von künstlerisch bedeutsamer Musik zu veranlassen. In diesem Programmierer wäre dann eben das schöpferische Genie wirksam, ohne das Kunst nicht denkbar ist, und die

Maschine wäre ihm nur, was anderen die Feder, die Tinte und das Notenblatt. *Karlheinz Ebert*

68 *Wetterprognosen schon vor mehr als 4000 Jahren*

Bekanntlich brachte die alte Welt dem noch älteren orientalischen Wissen von Mathematik und Sternkunde, Medizin, Sehertum und Magie größten Respekt entgegen. Ihren Experten, die sie mit einem ursprünglich medischen Namen »Magier« nannten, konnte man von Rhodos bis Köln begegnen – und ihre geheimen »magischen« Künste hielten sich in der Alchemisten-, Astrologen- und Hexenszene bis ins abendliche Mittelalter, ja bis tief in die Neuzeit. Erst die Keilschriftforschung erhellte und erhellt fortlaufend heute, was diesem guten oder bösen Ruf als Wirklichkeit zugrunde lag und als wahr gelten darf.

Heute sind nun zahlreiche Tafelsammlungen aller dieser Disziplinen bekannt, die am Euphrat und Tigris, im syrischen Ugarit und im anatolischen Hattusa wiederaufgefunden wurden, darunter nicht zuletzt umfangreiche Omenserien. Experten – kaum mehr als ein Dutzend in allen Kulturländern zusammen – verstehen ihre Rezepte, Rituale, Beschwörungen, Zauberbücher und Zukunftsweissagungen zu lesen. Kluges steht hier ungetrennt neben Abstrusem, der Wille zum Heilen und der Versuch, auf vielerlei Art die Zukunft zu erhellen, neben Tontafelreihen, in denen man finsterster Magie begegnet und die dann in der Hand von Zauberern und Hexen üblen Zwecken dienten.

Unter den Omina, also den Zukunftsprognosen, die aus den Eingeweiden der Opfertiere, den Figuren des in Wasserbecher gegossenen Öls, aus ungewöhnlichen, schreckenerregenden Ereignissen des Alltags, vor allem aber aus den Himmelserscheinungen das Kommende für König, Land und Leute vorauszusagen suchen, ist die zuletzt genannte Geheimwissenschaft der Astrologie durch ihre fortgeschrittene mathematische und astronomische Leistung erstaunlich und bewunderungswürdig. Ihr berühmtestes Keilschriftwerk ist eine große Serie, die nach ihren Anfangsworten akkadisch Enuma Anu Enlil (»Als Anu und Enlil ...«) heißt und sich neben der Zukunft Babyloniens und dem Ergehen des Herrschers auch dem Schicksal des schlichten Bürgers widmet. In dieser beeindruckenden astrologischen Sammlung, die fast nur in späten Kopien erhalten ist, zum Teil aber durchaus altbabylonisch (19.–17. Jh. v. Chr.) sein mag, befindet sich ein ganzer Abschnitt, der aus Gestirnstellungen und -wanderungen das Wetter der kommenden Monate oder gar des Jahres, dazu gelegentlich auch sonstige besondere Ereignisse zu bestimmen sucht.

Zwei besonders einschlägige astronomisch-meteorologische Texte, die sich heute im Louvre befinden und typisch für ihr Genre sein dürften, hat Dr. Hermann Hunger vom Orientalischen Institut der Universität Wien, einer der wenigen deutschsprachigen Experten für keilschriftliche Magie und Astrologie, in der »Zeitschrift für Assyriologie« bearbeitet. Sie fanden sich im südmesopotamischen Uruk-Warka und stammen aus dem dortigen Heiligtum des Himmelsgottes Anu, den die Griechen mit Zeus gleichsetzten. Astronomische Terminologie und Schriftduktus verweisen die Tafeln, deren Eigentümer Beschwörungspriester des Anu war, in die Seleukidenzeit. Neben dem Namen des Besitzers und des Kopisten (seines Sohnes) enthält der Kolophon (Schlußschrift am Ende des Textes) beim Datum passend die Notiz: »Siluku war König.« Leider gibt es vier in Babylonien residierende Fürsten des Namens Seleukos, aber immerhin werden die zwei zusammengehörenden Urkunden damit auf den Zeitraum zwischen 312 und 175 v.

Chr. (Tod des Seleukos IV. Philopater) fixiert. Wohlgemerkt betrifft dieses Datum nur die Tafeln; ihr Text kann und wird bedeutend älter sein, und man hat den Eindruck, daß die uns hier begegnenden Sternkundler des 3./2. Jahrhunderts v. Chr. mit der in ihrem Besitz befindlichen astrologisch-meteorologischen Anweisung nicht allzuviel mehr anzufangen wußten.

Dies um so mehr, als Eigentümer und Kopist das – obendrein noch mit zahllosen sumerischen Ideogrammen gespickte – Akkadisch der beiden Tafeln nur mehr als Gelehrtensprache kannten und der Inhalt selbst trotz einer guten Einteilung schon etwas verworren anmutet. Es geht in ihm um Wetter – und, was im trockenen Zweistromland verständlich ist, vorab um Regen- und Hochwasser-Voraussage; sie geschieht aus Stellung und Bewegung der damals bekannten Planeten Merkur, Venus, Saturn, Jupiter und Mars. Wichtig sind hierfür die Auf- und Untergänge an bestimmten Tagen oder Tagegruppen eines festgelegten Monats, ferner Lichtstärke, Konjunktionen, Aufenthalt in den (damals schon den unsrigen entsprechenden) Tierkreiszeichen und anderes mehr; für die Berechnungen und Prognosen lautet der Grundsatz: Was einmal vorfiel, geschieht zyklisch immer wieder – und hierzu werden (falsche und richtige) Planetenperioden, etwa acht Jahre für die Venus, 71 für Jupiter oder 47 für Mars, sowie etwa nötig werdende Schaltmonate genannt. Alle Angaben schwanken zwischen erstaunlicher Genauigkeit (die Babylonier waren die Lehrer des Abendlandes in Rechnen und Sternkunde) und mathematisch konstruierter Phantasie. Wie zum Beispiel: »Soviel Unwetter früher eintrat, wird jetzt Unwetter kommen. – Wenn zu Beginn der kalten Jahreszeit ... Merkur oder Venus im Osten aufgehen, wird es in diesem Jahr Regen geben. – Bei Opposition (?), wenn Jupiter im Löwen und Saturn im Wassermann stehen, weissagst du Regen und Hochwasser für alle Länder und kündigst Steigen der Kaufkraft und üppigen Getreidewuchs an. – Wenn Jupiter und Saturn in ihren Positionen verharren und Mond und Sonne sich mit ihnen verfinstern, wird eine schwere Hungersnot kommen. – Wenn Mars im Löwen aufgeht, sagst du Blitzschlag voraus.«

Daß derlei allgemeine Wetter- oder gar Schicksalsvoraussagen auf astronomischer Grundlage zuzeiten, etwa von Königen des neuassyrischen Reichs wie Asarhaddon (680–669), ebenso ernstgenommen wurden wie andere Omina, ist nicht zu bezweifeln, da urkundlich belegt. Das von Hunger untersuchte Tafelpaar bietet nach Klang und Komposition allerdings wohl kaum mehr als einen Nachklang hoher astronomischer Kenntnis und umfänglichen alten Geheimwissens, das der gelehrte Eigentümer der Urkunde durch eine Textkopie aus der Hand seines Sohnes gleichsam als Probe der Nachwelt erhalten wollte.

Prof. Dr. Hartmut Schmökel

69 | *Wie ein Raubtier seine Beute erkennt*

Die Katze läßt das Mausen nicht. Alles, was knistert und kratzt, erregt ihre Aufmerksamkeit. Ist das knisternde und kratzende Etwas dann nicht zu groß, bewegt sich oder versucht gar zu fliehen, hat es schon seine nächsten Fehler »begangen« und wird sofort verfolgt. Hat es außerdem das Pech, eine fellartige Oberfläche zu besitzen, ist dies sein Ende. Die Katze packt es und tötet es durch Bisse. Alles läuft ganz offensichtlich nach einem angeborenen Verhaltensschema ab. Doch dann kann man es durchaus erleben, daß die Katze ihr soeben erlegtes Opfer nur kurz beschnüffelt und leicht »angewidert« davontrabt, also ihre angeblich »ureigenste« Beute einfach verschmäht. Was ist passiert? Besaß sie keinen Hunger, war es nur die Lust am Töten, die das Beutefangverhalten auslöste oder fehlte irgendetwas, das dieses Verhalten »unvollendet« ließ?

An der Universität Regensburg ist Dr. Raimund Apfelbach dieser Frage in Experimenten mit einem anderen Räuber, dem in Mitteleuropa heimischen Iltis, nachgegangen. Der Iltis, ein Raubtier, das erst in der Dämmerung aktiv wird, stöbert seine Beute auf dem Boden schnüffelnd auf und überwältigt sie dann im Kampf. Am Ende dieser Handlungskette stehen ebenfalls der tödliche Biß und das Fressen beziehungsweise das Eintragen der Beute ins Versteck.

Daß es möglicherweise der Geruch ist, der die wichtigste Rolle beim Beutefang und Beuteverzehr spielt, ließen bereits frühere Beobachtungen vermuten, doch war ungeklärt, ob der Geruch für die natürliche Beute »angeboren« ist oder vielleicht in einer besonders »sensiblen« Phase der Jugendentwicklung »erworben« wird. Versuche mit unterschiedlich aufgezogenen Jungtieren, über die Apfelbach in der »Umschau in Wissenschaft und Technik« berichtet, widerlegten schließlich die These vom angeborenen Beutegeruch. Während nämlich in der Schlußphase der einjährigen Versuche alle Tiere heftig auf den Geruch von Küken, die sie von frühester Jugend an als Leckerbissen kannten, reagierten und eifrig auf die Suche nach der Duftquelle gingen, ließ diejenigen Tiere, die noch nichts mit anderer Beute zu tun gehabt hatten, der Geruch von beispielsweise Mäusen und Ratten gänzlich kalt. Und bei denen, die zu unterschiedlichen Zeitpunkten beim Erwachsenwerden weitere Futtertiere kennengelernt hatten, war das Interesse daran um so geringer, je später sie mit dieser Beute gefüttert worden waren. Als junges Tier muß der Iltis ganz offensichtlich erst von seiner Mutter lernen, wie seine zukünftige Beute riecht und schmeckt. Diese Lernbereitschaft schwächt sich ab, sobald das Jungtier nach etwa vier Monaten das Nest verläßt und sein unabhängiges Leben beginnt. Und »was Hänschen nicht lernt«, das gilt auch hier, »lernt Hans nimmermehr«. So kann es eben passieren, daß eine Katze eine leckere und zuvor eifrig gejagte Beute dann doch verschmäht, weil ihr das »entsprechende Jugenderlebnis mit der Maus« fehlt. Allerdings in der Not frißt, wie man weiß, der Teufel Fliegen. In ausgesprochenen Notzeiten kann auch ein Iltis, wenn er keine andere Wahl hat, seinen Beutekatalog erweitern. *Karl-Heinz Preuß*

70 | *Wärmebilder machen Nacht zum Tag*

Nachts sehen zu können ist ein ebenso alter Menschheitstraum wie das Fliegen oder die Reise zum Mond. Nachdem inzwischen eine Anzahl von Astronauten den Mond inspiziert hat und das Fliegen im Überschallbereich im zivilen Luftverkehr Wirklichkeit geworden ist, wird jetzt auch das Nachtsehen immer perfekter.

Alle erwärmten Körper strahlen Wärme in Form unsichtbarer Infrarotstrahlung ab, die in jedem Infrarotgerät aufgefangen und in sichtbare Bilder umgewandelt wird. Das geschieht durch Verwendung hochempfindlicher Detektoren, die die Wärmestrahlung in elektrische Signale umformen, die dann verstärkt auf einem Bildschirm dem menschlichen Auge sichtbar gemacht werden.

Herkömmliche Wärmebildgeräte haben jedoch den Nachteil, daß es relativ lange dauert, bis ein »Wärmeabdruck« zustande kommt. Brauchbare Bilder entstehen erst nach einer »Belichtungszeit« von einer Sekunde oder mehr. Wollte man mit einem solchen Gerät beispielsweise ein fahrendes Auto filmen, kämen nur verschmierte Bilder zustande. Das Auto wäre nämlich längst verschwunden, bevor es richtig hätte abgebildet werden können.

Verschmiert wären selbst Standaufnahmen aber auch deshalb, weil die alten Geräte nur dann genügend scharf sehen, wenn sie auch scharfe Temperatursprünge ins »Auge« fassen können. Und diese Sprünge müssen mindestens ein Grad Celsius betragen. Das Wärmebild eines Gesichts beispielsweise würde nur eine helle verschmierte Masse zeigen, während man etwa die sehr feinen Unterschiede zwischen Stirn- und Kiefernhöhle, deren Sichtbarmachung für medizinische Anwendungen nützlich wäre, nicht erkennen könnte. Außerdem sind konventionelle Wärmebildgeräte meist sehr groß und deshalb entweder ortsgebunden oder auf einem Fahrgestell installiert.

Was neuentwickelte Geräte leisten, die nicht nur vernünftige Bilder innerhalb einer dreißigstel Sekunde erzeugen und darüber hinaus Temperaturunterschiede von einem hundertstel Grad Celsius sichtbar machen können, sondern auch mit einem Gesamtgewicht von nur fünf Kilogramm oder weniger ausgesprochen handlich sind, faßte Dr. Wolfgang Klein, AEG-Telefunken, in einem Vortrag zusammen.

Ermöglicht wurde die Miniaturisierung unter anderem durch neue elektronische Bauelemente, während ein verbessertes Detektorsystem, das ein schnelleres Abtasten der Wärmepunkte, aber gleichzeitig auch längere Verweilzeiten der Detektoren auf dem abzubildenden Objekt erlaubt, für die feinere Temperaturauflösung sorgt. Während einfache Wärmebildgeräte nur einen einzigen Detektor benutzen, der den Objektraum in zwei Richtungen abtastet, will man bei einer künftigen Generation von Geräten mit einem ganzen Detektormosaik arbeiten, das praktisch unbegrenzt lange Verweilzeiten auf den Objektpunkten ermöglicht. Auf diese Weise würde man noch klarere, nahezu perfekte Wärmebilder mit extrem hoher Temperaturauflösung erhalten.

Wärmebilder sehen – verglichen mit einer normalen Fotografie – etwas verfremdet aus. Personen und warme Gegenstände erscheinen hell, weniger warme Gegenstände dunkel. Ein schwarzer, doch befeuerter Ofen erschiene geradezu weißglühend. Wärmebildgeräte, die beispielsweise bei der Brandüberwachung von Waldgebieten schwelende Feuer bereits im Frühstadium entdecken können, werden in den USA in Bergwerken sogar zum Überwachen fallenden Gesteins eingesetzt. Wenn Mikrorisse in überhängendem Gestein vorhanden sind, bewirkt dies eine Abkühlung des Felsbrockens, die mit dem Wärmebildgerät leicht zu erkennen ist. Der Felsbrocken kann dann rechtzeitig abgeschlagen oder abgesprengt werden. Andere Anwendungsmöglichkeiten bieten sich in der Medizin an, wo beispielsweise Durchblutungsstörungen, etwa infolge von Thrombose oder Krebs, festgestellt werden können. Die Körperteile mit schwacher oder defekter Blutversorgung erscheinen im Wärmebild dann kalt. Auch »Wärmebrükken« an Gebäuden, die Indiz für eine schlechte Wärmedämmung sind, verraten sich mit Hilfe dieser Technik.

Selbst in der Kriminalistik sind Anwendungen denkbar. Autos, die längst abgefahren sind, oder Personen, die von einem Stuhl oder Sessel bereits aufgestanden sind, werden durch ihren »Wärme-« oder auch «Kälteabdruck« noch eine dreiviertel Stunde nach Verlassen dieses Platzes, den sie entweder aufgewärmt oder abgeschattet haben, identifiziert. Auch der »falsche« Partner im Ehebett verrät sich noch durch seinen Wärmeabdruck, nachdem er sich längst davongeschlichen hat. *Karl-Heinz Preuß*

71 | *Tauben fliegen mit »Fett im Tank«*

Das in der Flugtechnik Selbstverständliche ist auch für die Biophysiker kein Geheimnis mehr: Verfügt etwa eine große Taube über einen Gesamtfett-Vorrat von 37 Gramm, so kann sie damit in rund sieben Flugstunden maximal 400 Kilometer zurücklegen, sofern sie gleichbleibend mit etwa 58 Kilometer pro Stunde fliegt. Ihre Flugleistung beträgt dann 10,5 Watt. Anders gesagt: Mit einem Gramm Fett im »Tank« kann eine gesunde Taube höchstens 11,8 Kilometer weit kommen.

Die Technik ist heute weit vom Vorbild der Natur abgewichen und eigene Wege gegangen. Sie mußte es auch: Der »technische Schwingenflug« und damit auch der »Muskelflug des Menschen« scheint nicht viel mehr als ein Traum und ist nach dem Vorbild der Vögel wohl niemals zu verwirklichen. Schon für die Vögel selbst gibt es hier nämlich eindeutige Grenzen. Selbst wenn ein Strauß die größten Flügel hätte, müßte er weiterhin am Boden bleiben, da er nicht die Kraft hat, aufzufliegen.

Wie Professor Werner Nachtigall, Universität Saarbrükken, in den »Vorträgen« der Rheinisch-Westfälischen Akademie der Wissenschaften (Westdeutscher Verlag, Opladen) berichtet, »zeigen die vorliegenden theoretischen und praktischen Ergebnisse in aller Deutlichkeit, daß der Vogel keine aerodynamischen Patentlösungen entwickelt hat, die der Technik überlegen und der Forschung noch unbekannt sind. Das Wunder des Vogelflugs reduziert sich auf ein vergleichsweise konventionelles System, das hier und da Spitzenleistungen entwickelt hat, nach den Maßstäben der technischen Physik aber nicht aus dem Rahmen des Erwarteten fällt.«

Beispielsweise machen es heute energetische Untersuchungen des Vogelflugs möglich, zu so genauen Aussagen wie zu jener über die »Reichweite« einer Taube zu kommen. Schlüssel dazu sind sogenannte Flugleistungsfunktionen, die von den Biophysikern über den Fettstoffwechsel und den Sauerstoffverbrauch der Tiere ermittelt werden. Demnach liegen die Leistungsgrenzen einer Taube zwischen rund 5,4 und 58 Kilometer pro Stunde. Sie kann aber auch kurzzeitig im Rüttelflug eine maximale Leistungsabgabe von 20,4 Watt entwickeln. Am »sparsamsten« fliegt sie wiederum mit 29 bis 32 Kilometer pro Stunde, wobei ihre Leistung etwa 8,7 Watt beträgt, ihre Reichweite freilich nicht maximal ist.

Die Energetik des Vogelflugs klärt unter anderem auch, weshalb die kleinen Vögel nicht strikt waagerecht, sondern in auf- und abwellenden Bogenzügen fliegen. So ist etwa der »Gesamtwirkungsgrad« eines Wellensittichs beim Steigflug günstiger als beim Horizontalflug, wenn er nicht schneller als 27 Kilometer pro Stunde ist. Die Besonderheiten des Energieverbrauchs setzen aber auch Grenzen für die Flugfähigkeit der einzelnen Arten: Setzt man einen gleichen Fettanteil von etwa zehn Prozent des Körpergewichts voraus, braucht ein Kolibri etwa 0,5 Gramm für eine Flugstrecke, für die eine ungleich gewichtigere Taube bereits 50 Gramm Fett umsetzen müßte.

Entsprechend ist bei Kolibris, die zwischen zwei und 20 Gramm wiegen, sowohl Rüttelflug als auch ein Start vom ebenen Boden ohne Sauerstoffmangel, also praktisch »mühelos«, möglich. Die rund 400 Gramm schwere Taube schafft dieselben Manöver aber nur noch mit einiger Anstrengung, während beispielsweise der Zwerggänsegeier mit fünf bis sieben Kilogramm überhaupt nicht mehr rütteln kann, Starts vom ebenen Boden aus nur noch mit Anlauf bewältigt und wohl nur noch kurzzeitig Flugstrecken im Kraftflug schaffen kann. Für den Kalifornischen Kondor schließlich, der etwa zwölf Kilogramm auf die Waage bringt, scheint sogar ein waagerechter Dauer-Kraftflug reichlich unwahrscheinlich. Für ihn dürften lange Strecken nur noch segelnd zu bewältigen sein.

Die »Kraftflug-Grenze« wohl aller Vögel scheint, wie die Forschungen der Wissenschaftler zeigen, bei einem Körpergewicht von etwa zwölf Kilogramm zu liegen. Die Riesentrappe, der Kalifornische Kondor und der Trompeterschwan sind Beispiele dieser Gewichtsklasse und damit auch für die schwersten, noch »flugfähigen« Vögel. Da die in der späten Kreidezeit ausgestorbene Flugechse Pteranodon und der im späten Tertiär ausgestorbene Riesenkondor Teratornis schwerer als zwölf Kilogramm waren, ist so gut wie sicher, daß diese Tiere nur noch gleiten und segeln konnten.

Rolf H. Simen

72 | *Chemie auf der Lichtwelle*

Mit Sonnenlicht bauen Pflanzen aus Wasser und dem Kohlendioxid der Luft jährlich rund hundert Milliarden Tonnen organische Substanz auf. Als »Abfallprodukt« dieser wohl umfangreichsten photochemischen Reaktion, der Photosynthese, Voraussetzung auch für die Entstehung aller fossilen Energiereserven wie Kohle oder Erdöl, die nichts anderes sind als in Jahrmillionen gespeicherte Sonnenenergie, entsteht außerdem der für das Leben auf der Erde unentbehrliche Sauerstoff.

Aus der verwirrenden Vielfalt der ungeordnet durcheinanderschwingenden elektromagnetischen Wellen des Sonnenlichtes sind es allerdings jeweils nur solche von ganz bestimmten Wellenlängen, die für photochemische Reaktionen nützlich sind. Da es sich aber weder der Mensch noch die Technik leisten können, so verschwenderisch zu sein wie die Natur es sich manchmal erlaubt, und herkömmliche künstliche Lichtquellen grundsätzlich die gleichen Schwächen haben wie das natürliche Licht, blieb die technische Photochemie auf wenige Anwendungsfälle beschränkt.

Daß ausgerechnet von dieser bisher stark vernachlässigten, wenn auch alten Disziplin der Chemie völlig neue Impulse für die Technik ausgehen, verdankt sie dem Laser, der auf dem besten Wege ist, große Teile der Chemie zu revolutionieren. Er erschloß beispielsweise der Photochemie den Bereich der unsichtbaren Infrarotstrahlen, für den es vorher gar keine geeignete Lichtquelle gab. Mit weit größerer Intensität als die Sonne das vermag, liefert er Licht in genau den Wellenlängen, die an photochemischen Prozessen beteiligte Moleküle brauchen, um zu reagieren – und zwar ausschließlich dieses. Mehr noch: In der Wellenlänge veränderliche Infrarotlaser besitzen die Fähigkeit, ihre in Licht umgesetzte Energie ungleichmäßig im Molekül zu verteilen. Durch die Abstimmung der eingestrahlten Lichtwellenlänge auf die Eigenfrequenz eines Reaktionspartners lassen sich ganz bestimmte Bausteine innerhalb eines Moleküls in Schwingungen versetzen, lockern und damit reaktionsbereit machen. Das ist mit herkömmlichen Anregungsmethoden unmöglich. Wird eine chemische Reaktion, wie es bisher meist üblich ist, durch Wärme ausgelöst oder beschleunigt, verteilt sich die zugeführte Energie so gleichmäßig auf alle beteiligten Bindungspartner, daß sich grundsätzlich die schwächste Bindung zuerst auflöst. Man kann also nicht etwa eine starke Bindung spalten und die schwächere zugleich intakt lassen.

Erstmals in der Geschichte der Chemie ist es nun möglich, einen bestimmten Reaktionsweg gezielt aus anderen möglichen Reaktionsabläufen auszuwählen oder auch zu unterdrücken – etwa um die Entstehung umweltbelastender Nebenprodukte von vornherein zu verhindern oder um einen Herstellungsprozeß zu vereinfachen. Gleichzeitig kann man mit Hilfe des Lasers die Reaktionswege exakt verfolgen und die dabei gewonnenen Erkenntnisse wiederum zur Verbesserung der Produkte nutzen. Nicht zuletzt ist sogar die Synthese von völlig neuen Stoffen mit noch unbekannten Eigenschaften denkbar.

Der Projektgruppe für Laserforschung der Max-Planck-Gesellschaft in Garching gelang sogar unter Ausnutzung eines neuentdeckten Phänomens der »infrarotmolekularen Superanregung«, das die Aufnahme von besonders viel Energie durch ein Molekül und dadurch besonders drastische Reaktionseffekte ermöglicht, bei der laserchemischen Spaltung von Schwefelhexafluorid die Gewinnung von isotopenreinem Schwefel. Schwefelhexafluorid ist eine flüchtige und ungiftige Verbindung, die neben Fluor auch die beiden Schwefelisotope der Massen 32 und 34 enthält. Isotope sind »Atomkern-Variationen« ein- und desselben chemischen Elementes, die immer in Mischungen vorkommen und mit herkömmlichen Methoden nur unter ungeheurem Aufwand zu trennen sind. Die Wissenschaftler stellten ihren Laser so ein, daß nur eines der beiden Schwefelisotope angeregt und selektiv aus einer Bindung herausgebrochen wurde. Auf diese Weise gelang es ihnen, mit einem einzigen Laserimpuls nahezu ein Milligramm Schwefelhexafluorid mit Schwefel der Masse 32 in einer entsprechenden Gasmischung zu zersetzen und dadurch zu über 99 Prozent isotopenrein zu gewinnen. Zehntausend Schüsse würden genügen, um bei reinen Energiekosten von etwa zehn Pfennigen ein Gramm isotopenreines Material zu erzeugen. Zur Zeit kostet eine entsprechende Menge isotopenreiner Schwefel, der allerdings wegen eines verschwindend kleinen Marktes wirtschaftlich kaum interessant ist, rund 60 000 DM.

Die Möglichkeit, Moleküle selektiv zu zerstören, ließe sich auch sinnvoll für den Arbeitsplatz- und Umweltschutz nutzen. Zum Beispiel könnte man bestimmte Stoffe durch einfache Bestrahlung mit einem Infrarotlaser von ihren giftigen Bestandteilen befreien. Möglicherweise werden auf dem Gebiet der Laserphotochemie, mit der sich inzwischen auch mehrere von der Deutschen Forschungsgemeinschaft geförderte Projekte beschäftigen und das auch international rasche Fortschritte macht, vor allem im Bereich der neuen Laser für sichtbares und ultraviolettes Licht, noch andere Reaktionen entdeckt, die wiederum weitere Anwendungen denkbar machen. Sicher ist aber, daß in jedem Fall noch umfangreiche und systematische Forschungsarbeiten notwendig sind, bevor die Umsetzung in industrielle und technische Anwendungen mit Aussicht auf Erfolg möglich ist. Denn selbst einige der bereits bekannten Effekte geben den Reaktionskinetikern und Molekülspektroskopikern noch Rätsel auf, so daß für manche empirisch gemachte Entdeckung das theoretische Dach erst noch gefunden werden muß. *Karl-Heinz Preuß*

73 | *Das Ende der Zeit im Mikrokosmos*

Unverändert strapazieren die Schlußfolgerungen aus Albert Einsteins Relativitätstheorie unser Vorstellungsvermögen über Zeit und Raum: Der Astronaut etwa, der im Gedankenexperiment zehn Jahre lang mit 99,995 Prozent der Lichtgeschwindigkeit durch den Weltraum geschickt wird, käme erst nach 1000 Jahren wieder auf die Erde zurück. Seine Zeit und die Zeit auf der Erde wären dann anders abgelaufen, wenn auch nach demselben, bisher noch nie widerlegten Naturgesetz. Nun scheint sich aber der Begriff der Zeit auch im Mikrokosmos in Unvorstellbares aufzulösen. Physiker haben Hinweise dafür gefunden, daß es eine kleinste Zeitspanne geben könnte. Auch die Zeit wäre dann »portioniert«; in »Zeitatome« freilich, die im Bereich von quadrillionstel Sekunden (10^{-24}s) liegen.

Der Verdacht, daß auch die Zeit in einer kleinsten Zeitspanne ein anschaulich wohl nicht vorstellbares »Ende« haben könnte, ist von Werner Heisenberg schon vor etwa 40 Jahren zusammen mit der Vermutung ausgesprochen worden, daß es ebenso eine kleinste Länge gebe. Denn viele den Mikrokosmos der Materie beherrschende Größen treten nur in solchen kleinsten Einheiten und deren ganzzahligen Vielfachen auf. Das gilt unter anderem für die elektrische Elementarladung oder das nach Max Planck benannte Wirkungsquantum, das eine elementare Drehimpulsgröße verkörpert. Elektronen in einer Atomhülle befinden sich dank der »Vorherrschaft« dieser Größe beispielsweise immer in Bahnzuständen, zu denen es paradoxerweise keine Zwischenzustände gibt. Stets müssen ihre jeweiligen Bahnenergien mit Vielfachen des Planckschen Wirkungsquantums zusammenhängen. Anderes ist nicht möglich. Deshalb bleibt es auch bis heute der Phantasie überlassen, wie denn nun ein solches Elektron von einem von der Natur »erlaubten« Zustand über einen Zustand der buchstäblichen Existenzunmöglichkeit in einen anderen erlaubten überspringt. Man denke sich ein Auto mit entsprechend »gequanteltem« Triebwerk, das nur exakt 20, 40, 60 oder 80 Kilometer pro Stunde fahren kann, doch unter keinen Umständen irgendeine Geschwindigkeit dazwischen. Genau das würde aber den quantenmechanischen »Verkehrsregeln« für Atom-Elektronen entsprechen.

Daß die Natur entgegen einem altüberlieferten Sprichwort in der Welt des Allerkleinsten dennoch derart unfaßbare Sprünge macht, ist heute erwiesen und – physikalisch-mathematisch formuliert – zur Erklärung für viele Gesetzmäßigkeiten geworden, die ohne diese Berücksichtigung der »Sprunghaftigkeit« nicht hätten verstanden werden können. Deshalb ist die Quantentheorie auch keineswegs eine Wissenschaft für den »grünen Tisch« geblieben, nicht nur in Optik, Atomphysik, Kernphysik und Teilchenphysik oder theoretischer Chemie zu einem unentbehrlichen Werkzeug geworden, sondern auch in vielen Entwicklungsabteilungen der Industrie. Solarzellen, Halbleiterelemente der Elektronik und Supraleiter sind Beispiele dafür, da sich in ihnen Wirkungen aus dem Mikrokosmos auch »großmaßstäblich« bemerkbar machen. Entsprechendes gilt für die Relativitätstheorie, zu der die Natur unter anderem auch direkte Beispiele für die Richtigkeit des Astronauten-Gleichnisses liefert. Fast lichtschnelle Teilchen, Mesonen, die aus dem Universum auf die Erde einstrahlen, leben für den Beobachter auf der Erde ebenfalls länger als im Labor erzeugte »irdische« Mesonen der gleichen Art.

Wenn man so will, ist für diese Teilchen einerseits die »Eigenzeit« im Vergleich zur Erdzeit verändert, andererseits kann man aber auch sagen, daß für sie die Wegstrekken verändert erscheinen, die sie während ihres »Lebens« zurücklegen können. Beide Aspekte zeigen, daß Raum und Zeit als zusammengehörendes System, als ein Kontinuum miteinander verbunden sind, wie das Einstein erstmals formuliert hat. Deshalb kam es auch zu der Heisenbergschen Vermutung, daß zusammen mit einer kleinsten Zeitspanne auch ein kleinster Abstand im Mikrokosmos existieren könnte. Der kleinste Abstand, die »fundamentale Länge«, wird auf 10^{-13} Zentimeter eingeschätzt, auf den zehnmillionstel Teil eines Millionstel Zentimeters, der wiederum in etwa der Größe eines Atomkern-Bausteins entspricht. Die kleinste Zeitspanne, das »Chronon«, wiederum soll der Zeit entsprechen, die ein Lichtstrahl braucht, um diese fundamentale Länge zu durchlaufen.

Eine solche kleinste Zeiteinheit kann, wie Dr. Fritz Schwarz, Universität Kaiserslautern, in der »Umschau in Wissenschaft und Technik« schreibt, vermutlich nur dann nachgewiesen werden, wenn man nicht sie selbst zu messen versucht, sondern nachforscht, ob in den Lebensspannen extrem kurzlebiger elementarer Teilchen ganzzahlige Vielfache dieses Chronons erkennbar werden. Neuere Untersuchungen haben nun gezeigt, daß das der Fall sein könnte. So scheinen die experimentellen Werte für die mittleren Lebensdauern von elementaren Teilchen, die als sogenannte »Resonanzen« bei den am schnellsten ablaufenden bekannten Teilchenreaktionen entstehen, diese Hypothese von der Existenz eines Chronons zu unterstützen. Wählt man etwa die Lebensdauer der bei einem dieser Teilchen-Ereignisse als Resonanzen entstehenden Rho-Mesonen als Zeiteinheit, so ergibt sich in recht guter Übereinstimmung, daß »verwandte« Mesonen aus »verwandten« Teilchenereignissen sich in ihrer Lebensdauer um ganzzahlige Vielfache dieser Zeiteinheit unterscheiden, die bei 4,4 quadrillionstel Sekunden liegt.

Die Lebensdauer dieser Teilchen scheint also nach einem Gesetz »portioniert« zu sein, das auf die Existenz einer kleinsten »Einheitsportion der Zeit« hindeutet. Man darf gespannt sein, wie der Vorstoß zum unteren Ende der Zeit weitergehen wird, der unsere sowieso schon stark strapazierten Vorstellungen von Raum und Zeit erneut verändern würde. Vielleicht bleibt die Natur auf dieser Stufe unserer Erkenntnis aber auch immer ein Geheimnis, von dem wir nur einige Aspekte rational erfassen und noch weniger davon anschaulich verstehen können. *Rolf H. Simen*

74 | *Warum Tiere nicht sprechen*

Was ein Papagei scheinbar vermag, kann ein Schimpanse noch lange nicht: im »menschlichen Sinne« sprechen. Untersuchungen im Max-Planck-Institut für Psychiatrie in München an neugeborenen Totenkopfäffchen haben gezeigt, daß das gesamte Lautrepertoire dieser Tiere angeboren ist. Sie entwickeln sämtliche Rufe, ohne sie je zuvor von anderen gehört zu haben. Auch was sie lernen können, ist genetisch »vorprogrammiert«.

Durch elektrische Reizung bestimmter Hirnteile gelang es nun, die gleichen natürlichen Laute auch willkürlich auszulösen. Dazu wurden feine Stromstöße über in das Hirn versenkte Elektroden ausgeschickt. Die Forscher stellten dabei fest, daß das Hirngebiet, von dem die Laute ausgelöst werden können, sehr verzweigt ist: Es erstreckt sich vom zentralen Höhlengrau des Mittelhirns über Zwischenhirnanteile bis in das Stirnhirn und die Schläfenlappen. Bestimmte Lautgruppen ließen sich auf diese Weise bestimmten Hirngegenden zuordnen.

Mit Sprechen und Sprache hat die Lautgebung bei Tieren und auch bei allen Primaten (mit Ausnahme des Menschen) jedoch noch nichts zu tun. Es handelt sich entweder um den akustischen Ausdruck von Stimmungen oder um Signale, die an die Artgenossen gerichtet und von diesen verstanden werden.

Professor Detlev Ploog meint deshalb: »Soweit die menschliche Sprache benennende und begriffliche Mitteilung ist, steht sie als Kommunikationsmittel einzig da und hat auch ihre nur beim Menschen vorhandene neuronale

Repräsentation in Hirnrindenanteilen der sogenannten dominanten, zumeist linken Hirnhälfte.« Gelegentlich ist aber auch beim Menschen die Sprache lediglich lautgebender, emotionaler Ausdruck. In diesen Momenten unterscheidet er sich – was die biologische Einordnung seiner Lautäußerung betrifft – nicht wesentlich vom Affen.

Karl-Heinz Preuß

75 | *Eine Nation von Sängern*

Alles Gerede und alle Mutmaßungen darüber, daß in diesem Land niemand mehr singe, das Lied tot sei und lediglich noch die alten Menschen etwas für's Lied übrig hätten, haben sich als voreilig, ja sogar als unwahr erwiesen. Der Durchschnittsbürger von heute singt, und zwar nicht wenig: Fast zwei Drittel der Bevölkerung der Bundesrepublik Deutschland tun es zuweilen, mehr als ein Viertel sehr oft, nur sechs Prozent nie. Am häufigsten singt – entgegen aller üblen Nachrede – die Jugend, insgesamt am stärksten der weibliche Teil der Bevölkerung. Ein Instrument zu spielen gehört eher zu den männlichen Gepflogenheiten. Im Durchschnitt kennt der Bundesbürger etwa 35 Lieder, knapp zwei Drittel der weiblichen Bevölkerung sogar 50 bis 100 Lieder. Unter den Männern sind nur ein Drittel solche »Liederkenner«. Und schließlich: Zwei von drei Bundesbürgern besitzen ein Liederbuch.

Die langjährige Untersuchung des Volksliedforschers Professor Ernst Klusen, Pädagogische Hochschule Rheinland, Abteilung Neuß, »Zur Situation des Singens in der Bundesrepublik« (Musikverlage Hans Gerig, Köln), der diese Daten entnommen sind, räumt gleich noch einige weitere Vorurteile aus, die bislang, selbst in wissenschaftlichen Diskussionen, die Fakten ersetzen. Nur das dörfliche Leben, so hieß es, bewahre das »Wahre« und »Echte« im Lied, das Dorf sei der Hort der Liedertradition. Nun lebt zwar tatsächlich von den Mitgliedern in Musikvereinen gut ein Drittel in Landgemeinden. Aber gerade die Dorfbewohner unter den 1460 repräsentativ befragten Bundesbürgern nannten Verein und Gruppe als Ort der Liedvermittlung um ein Drittel bis zur Hälfte weniger als die Bewohner in größeren Gemeinden. Auch beim Umfang des Liederepertoires ergaben sich zwischen Stadt und Land kaum Unterschiede, ja Groß- und Mittelstädte scheinen ihre Bewohner eher mit einem größeren Liedbesitz auszustatten als die Kleinstädte und Landgemeinden.

Schuldauer und Bildungsgrad hinterlassen auch beim Musizieren ihre Spuren. Je besser nämlich die Schulbildung, desto höher war insgesamt auch der Anteil der Instrumentalisten und der »gesellig Musizierenden«, desto niedriger der Anteil der »Nur-für-sich-Singenden« und der Nichtsänger. Insgesamt führt, so Klusen, die bessere Schulbildung auch »mit großer Wahrscheinlichkeit« nicht nur eher zum Besitz eines Liederbuches, sondern auch dazu, daß häufiger und gern gesungen wird.

Der Trend des Rückzuges des Liedes und des Singens vom Dorf und ihrer Verlagerung in die Städte hinein hat freilich noch einen anderen Grund außer dem Bildungsgefälle: Die Stadt bietet einfach mehr Anreiz zu geselliger Aktivität, jenen Gelegenheiten also, bei denen am häufigsten gesungen wird. Die Familie wiederum ist zum Beispiel nur für jeden zehnten Bundesbürger der Ort, an dem er am liebsten singt. Immerhin aber wird sie unter den »bevorzugten Orten des Liedersingens« von allen Befragten bereits an zweiter Stelle genannt. Die Hälfte der Bundesbürger nennt sogar die Familie zusammen mit den von ihr ausgehenden informellen Kreisen der Nachbarschaft und der Freunde als den Ort, an dem man am liebsten musiziert, ob nun singend oder ein Instrument spielend. Mit der Größe der Familie wächst im übrigen auch das Liedrepertoire des einzelnen. Das »Familiensingen« wird andererseits durch das Zusammenleben mehrerer Generationen »befruchtet«.

Wann aber erwirbt man eigentlich seinen persönlichen Liedschatz? Die Untersuchung des Neusser Volksliedforschers gibt auch darauf eine Antwort. So ist der weitaus häufigste Zeitraum, in dem Lieder »erlernt« werden, die frühe Jugend: Jeder zweite nannte die Kinderzeit bis 14 Jahre. Interessant für die psychologische Einschätzung des Liederwerbs dürfte die Tatsache sein, daß niemand der Befragten angibt, ein Lied erst vor kurzer Zeit kennengelernt zu haben: Der Liedschatz scheint seinem Besitzer sozusagen seit jeher bekannt.

So überrascht jetzt auch jenes Ergebnis Klusens nicht mehr, daß nach dem 24. Lebensjahr das Liederrepertoire nicht mehr vergrößert wird, aber andererseits dann mehr als 35 Jahre lang stabil bleibt. Erst nach dem 60. Lebensjahr wird die Zahl der Lieder, die man kennt, geringer.

Als Ort des Liederlernens steht die Schule genauso weit vorne an der Spitze, wie sie als Gelegenheit zum spontanen Singen fast am letzten Platz rangiert. Erstaunt wird man darüber hinaus auch zur Kenntnis nehmen müssen, daß sich zwar ganze 85 Prozent der Befragten genau daran erinnern, wann sie ihre Lieder gelernt haben, praktisch alle wo, aber fast die Hälfte nicht mehr, von wem.

Widerlegt hat Klusens Untersuchung die gängige Meinung, die »drei großen, bösen M« – Massengesellschaft, Modelied, Medien – seien die Liedsingen-Killer von heute. Zwar ist der Rundfunk mit Abstand der größte Musikverbreiter – mindestens jeder zweite Bundesbürger hört Musik ausschließlich am Radio. Aber als Verbreiter von »nichtaktuellen« oder »unmodischen« Liedern hat er praktisch keine Bedeutung. Ähnliches gilt im übrigen aber auch für die Schallplatte. Aber auch das ständige Singen mit dem Liederbuch in der Hand ist gänzlich ungebräuchlich – obwohl weite Kreise der Bevölkerung eines besitzen. Lieder werden vielmehr von allen Medien weitgehend unabhängig gesungen und auch gelehrt, von Freunden, Kameraden oder bestimmten Leitbildern übernommen. Sie werden als im wörtlichen Sinne »Tonangebende« akzeptiert. Die eigene Initiative tritt dahinter weitgehend zurück. Klusen zum Schluß: »Ohne das Liederbuch wäre das heutige Singen quantitativ und qualitativ nicht das, was es heute ist. Aber es wäre.« *Dr. Renate I. Mreschar*

76 | *Auch Tiere können lügen*

Schon wiederholt ist behauptet worden, der Mensch unterscheide sich vom Tier unter anderem durch seine Fähigkeit zur Lüge; das Tier, so meint man, könne zwar listig und gelegentlich auch verschlagen sein, doch zur Lüge fehle ihm Voraussicht und Intelligenz. Wer bislang dieser Auffassung war, wird sie jetzt revidieren müssen, denn es gibt wirklich Tiere, die lügen können – ohne daß sie dadurch allerdings menschenähnlicher geworden sind. Diese Feststellung ergibt sich aus einer Beobachtung von Dr. G. Rüppell vom Institut für den Wissenschaftlichen Film in Göttingen, der im Rahmen eines zoologischen Arktis-Programms sein Zelt im Isfjord in Westspitzbergen unmittelbar an einem der dort zahlreichen Vogelfelsen aufgeschlagen hatte und dort Bekanntschaft mit Eisfüchsen machte. Vielfach zeigen diese den Menschen gegenüber nur wenig Scheu. So kam auch die Fähe des in der Nähe hausenden Eisfuchspärchens sehr bald schon zum Zelt und ließ sich mit allerhand Leckerbissen füttern. In den nächsten Tagen brachte sie dann zwei ihrer Jungen mit, die allerdings weniger zutraulich waren und stets einen gewissen Abstand vom Zelt hielten. So erwischte der Altfuchs die besten Brocken, während die Jungtiere das Nachsehen hatten. Was sich bei einer dieser Fütterungen dann abspielte, beschreibt Rüppell in der »Zeitschrift für Tierpsychologie«.

»Als das Alttier mit einem großen Käsestück davonlief, bemerkte das ein Jungfuchs, lief hinterher und sprang den Altfuchs bellend und beißend an, worauf dieser die Nahrung fallen ließ. Am Käsebrocken drehte sich das Jungtier, hob den Schwanz und urinierte in Richtung Elterntier. Dann begann es zu fressen. Der Altfuchs lief ein paar Schritte zur Seite und schaute zu. Plötzlich hob er die Schnauze und stieß wiederholt den hohen Warnschrei aus. Sofort ließ der Jungfuchs den Brocken fallen und verschwand eilig in den Felsen. Die Fähe lief nun zum liegengelassenen Futterbrocken und fraß diesen auf.«

Dieses Spiel wiederholte sich in den folgenden Tagen mehrmals, ohne daß irgendeine Gefahr erkennbar gewesen wäre, so daß Rüppell schließlich zu der Überzeugung gelangte, daß der Altfuchs sein Junges mit dem Warnruf regelrecht »belogen« habe, um wieder in den Besitz des Futterbrockens zu kommen. Möglicherweise habe das Tier aus der Erfahrung gelernt, daß der Futterbrocken liegengelassen wurde, als nämlich wirklich einmal Gefahr drohte und es seinen Warnruf ausstieß. Diese Erfahrung muß es dann zu seiner »Lüge« benutzt haben. Rüppells Vermutung wurde in gewisser Weise später bestätigt. Als er nämlich nach zehntägiger Abwesenheit wieder zum Zelt kam, stellten sich die Eisfüchse erneut ein. Wieder versuchte das Alttier sein Junges durch Ausstoßen des Warnrufs vom Futter wegzulocken, doch inzwischen hatte das Jungtier begriffen, daß seine Mutter log – und fraß seelenruhig weiter.

Dr. Hans-J. Wasserburger

77 | *Der Atomkeller unter der Kirche*

Am 22. April 1945 nahm die großdeutsche Kernforschung ein jähes Ende: Die Amerikaner demontierten damals, ohne Wissen ihrer französischen, russischen und englischen Verbündeten, Europas modernstes Kernenergielabor im schwäbischen Städtchen Haigerloch im heutigen Baden-Württemberg.

Das hohenzollerische Haigerloch hat heute rund 2000 Einwohner und neun Wirtschaften. Auf zwei ins Tal der Eyach vorspringenden Bergrücken, die sichelförmig ineinandergreifen und nur durch eine große Schleife der Eyach getrennt sind, drängen sich wie in einem Abruzzen-Bergnest Häuser und Türme.

Am Ende der Pfluggasse öffnet Otto Merz, Sohn des verstorbenen Schwanenwirts Johann Merz, das große Vorhängeschloß. Quietschend dreht sich das schwere Holztor in den rostigen Angeln. Eine Felsenhöhle, 25 Meter unter der Sakristei der Haigerlocher Pfarrkirche, gähnt dem Besucher entgegen.

»Da hent se laboriert«, erklärt Otto Merz stolz und zeigt auf einen Ring von fast fünf Metern Durchmesser im betonierten Boden der Höhle, wo vor 30 Jahren Groß-Deutschlands Physikerelite auf das Kritisch-Werden ihres Atommeilers hoffte. Im Hintergrund der 30 Meter tiefen Höhle stehen mannshohe Betonklötze, wo einst in Tanks Schweres Wasser lagerte. Heute stehen dort Holzfässer mit gärendem Obst. Otto Merz: »I hab' nämlich e kloine Schnapsbrennerei.«

Was im »Atom-Keller« – so wird der Merzsche Felsenkeller heute im Ort genannt – geschah, weiß jedes Haigerlocher Kind. Vor 30 Jahren wußten nur zwei Haigerlocher, was in der Tiefe des Muschelkalkfelsens passierte; sie waren sich aber der Tragweite dieses Experiments nicht bewußt: der 1946 verstorbene Schwanenwirt Johann Merz und Stadtpfarrer Marquard Gulde im katholischen Pfarrhaus über dem Felsenkeller.

Ihn nahm im Winter 1944 ein Physiker mit in den Felsenkeller. Staunend sah dort der Geistliche ein gordisches Drahtgewirr und die große Bleikuppel über einem Trichter am Boden. Der Physiker zeigte auf die Bleikuppel und spöttelte: »Herr Pfarrer, das ist unser Allerheiligstes; wie bei Ihnen oben in der Kirche.« Gulde konterte: »Herr Professor, Ihr seid noch mal unser Untergang.«

Die schweren Luftangriffe der Alliierten im Sommer 1944 auf Berlin hatten ein längeres Arbeiten an Werner Heisenbergs Dahlemer Mini-Reaktor unmöglich gemacht. Der Münchner Professor Walther Gerlach, Leiter der »Abteilung Kernphysik im Reichsforschungsrat«, erinnerte sich an seine Tübinger Dozentenzeit und an das nicht weit entfernte Haigerloch. Dort und im benachbarten Hechingen waren die Physiker vor den Bomben sicherer.

Am 22. März 1944 unterschrieb Schwanenwirt Johann Merz den Mietvertrag für seinen Felsenkeller »auf Kriegsdauer« und kassierte dafür jeden Monat 100 Reichsmark. Im hohenzollerisch-preußischen Haigerloch entstand in einer Umgebung, die eine Mischung aus Freischütz, Faust und James Bond war, unter strengster Geheimhaltung Europas modernste Kraftanlage: ein Atommeiler aus Uranwürfeln mit Schwerem Wasser und einem Graphitmantel.

Auch die Alliierten, besonders die Amerikaner, schliefen nicht. Sie wußten von den deutschen Anstrengungen, eine eigene Uranbombe zu bauen. Um vor Überraschungen aus deutschen Waffenschmieden gerüstet zu sein, hatten die Amerikaner im Herbst 1943 die spezielle Nachrichtenabteilung »ALSOS« zusammengestellt, die Informationen über den Stand des deutschen Uranvorhabens beschaffen sollte.

Ende März 1945 stießen amerikanische Truppen auf Heidelberg vor, und ALSOS kaperte das Kaiser-Wilhelm-Institut für Physik. Dort erfuhren die amerikanischen Spezialisten, daß in Haigerloch ein Uranmeiler arbeite.

Am 20. April 1945 marschierten die französischen Truppen General de Lattres nichtsahnend durch Haigerloch. Zwei Tage später rasselten zwei Panzer, Jeeps und Lastwagen der Organisation ALSOS über das Kopfsteinpflaster des mittelalterlichen Städtchens. Schwanenwirt Johann Merz stand gerade hinter der Theke und sinnierte über das Kriegsende, als vier GI's mit entsicherten Maschinenpistolen in die Gaststube polterten. In gebrochenem Deutsch fragte einer der Soldaten: »Wo ist der Keller?« ALSOS hatte das Herzstück der deutschen Atomforschung gefunden.

Die Uranwürfel hatte Landwirt Ludwig Edele mit seinem Ochsengespann schon einen Tag vor dem Franzoseneinmarsch abtransportiert und an der Straße nach Hechingen vergraben. Das Schwere Wasser lagerte Edele im Keller einer Mühle im Dorf Gruol. Die Wissenschaftler waren geflohen.

Um elf Uhr hastete ein ALSOS-Mann zu Pfarrer Gulde ins Pfarrhaus und forderte ihn auf, Türen und Fenster in der Kirche zu öffnen, wo Werner Heisenberg in seinen Freistunden auf der Orgel gespielt hatte. Der Grund: Der Felsenkeller sollte gesprengt werden. Gulde wußte, daß das das Todesurteil für seine aus dem 16. Jahrhundert stammende Kirche über dem Felsenkeller sein würde.

Der Pfarrer versuchte Zeit zu gewinnen und nahm den Amerikaner mit in die Kirche, wo er ihm, wie ein Fremdenführer, lange jede einzelne Heiligenfigur zeigte und erklärte. Gulde heute: »Ich hoffte damals, daß der Mann schließlich mürbe und von seinem wahnsinnigen Unternehmen Abstand nehmen würde.« Nach einer Stunde vergeblichen Handels stiegen beide hinunter zum Felsenkeller. Der Pfarrer beschwor den Amerikaner, wenigstens nur eine schwache Dynamitladung zu zünden. Beide gingen in Deckung.

Marquard Gulde erzählt: »Dicke Staubwolken quollen aus der Höhle, die Explosion war sehr schwach und die Kirche wackelte keinen Zentimeter.«

Zum Abschied reichte der Amerikaner Gulde die Hand und sagte: »Sie garantieren mir, daß hier nicht mehr gearbeitet wird. Wo ist jetzt ein Wirtshaus?« *Dr. Robert Lutz*

78 | *Eidetiker sind keine Gedächtniskünstler*

Ein Pianist lernt neue Werke, die er nächstens im Konzert interpretieren will, mit Vorliebe während längerer Eisenbahnfahrten kennen; ein anderer nimmt die Partituren als Bettlektüre vor dem Schlafen, so wie andere Leute vielleicht einen Kriminalroman lesen. Danach kann der Künstler, wenn er gefragt wird, präzis angeben, wo auf welcher Seite welcher Takt steht, und wenn er ihn auf dem Klavier spielt, steht er ihm auch deutlich vor Augen. Zum Üben pickt er sich im wesentlichen nur die Stellen heraus, die ihm nicht ohne weiteres von der Hand gehen, weil sie größere technische Schwierigkeiten bieten oder weil Einzelheiten ihrer künstlerischen Interpretation erst noch geklärt und erprobt werden müssen. Das Gedächtnis jedenfalls bedarf der Einübung nicht. Diese ungewöhnliche, aber gerade bei Künstlern doch immer wieder vorkommende Fähigkeit, sich ein Werk nicht nur vom Inhalt, sondern auch von der Anschauung her einzuprägen, liegt auf der Linie der besonderen Begabung mancher Menschen, frühere Wahrnehmungen ohne entsprechendes äußeres Objekt wiederholt als Wahrnehmungen zu erleben und sie auch in die Außenwelt zu projizieren.

Relativ oft wird in der einschlägigen Literatur über einfache Fälle solcher »eidetischer« Wahrnehmung berichtet: Es betrachtet jemand ein paar Sekunden lang eine Buchseite, legt sie zur Seite und »liest« dann von seinem inneren Anschauungsbild dieser Seite den vollständigen Text fehlerlos ab. Eine beinahe unheimliche Begabung stellten die Psychologen Dr. C.F. Stromeyer und J. Psotka bei einer 23jährigen Lehrerin und Malerin fest: Die junge Frau reproduziert Bilder und Texte, die ihr nur wenige Sekunden lang gezeigt wurden, bis auf den kleinsten Strich und das nebensächlichste Komma genau, und es macht ihr auch gar nichts aus, die flüchtig betrachtete Seite eines ihr vorher unbekannten Gedichtbandes rückwärts, das heißt mit der letzten Zeile beginnend, niederzuschreiben.

Daß solche verblüffenden Leistungen trotzdem immer wieder angezweifelt wurden, lag nicht zuletzt daran, daß es noch keinen sicheren Test gab, der eine eindeutige Unterscheidung zwischen ungewöhnlichem Gedächtnis und echter eidetischer Wahrnehmung ermöglicht hätte. Auf älteren Experimenten aufbauend, fanden Stromeyer und Psotka jedoch einen Ausweg aus dieser Schwierigkeit. Sie sind jetzt in der Lage, ganz klar zu unterscheiden, was bloße Gedächtnisleistung ist und was über sie hinausgeht.

Wie in der Ärztezeitschrift »Praxis-Kurier« berichtet wurde, verwenden sie bei ihrem Test zwei Punktmuster von nahezu gleichem Aussehen, von denen keines irgendeinen Inhalt erkennen läßt. Die Elemente dieser beiden Muster sind jedoch geringfügig so gegeneinander verschoben, daß sie eine plastisch wirkende Form zeigen, sobald beide gleichzeitig mit einer Stereobrille betrachtet werden. Den Versuchspersonen zeigen die beiden Wissenschaftler zunächst das eine Muster und decken das eine Auge dabei ab, anschließend das zweite Muster, während jetzt das andere Auge abgedeckt wird.

Nur die echt eidetisch Begabten sind in der Lage, beide Bilder zu einem einzigen stereoskopischen Bild zusammenzufügen und die Figur zu beschreiben. Was die schon erwähnte junge Lehrerin und Malerin betrifft, so fand sie dieses Experiment »lächerlich einfach«. Und als die Versuchsleiter sie vollends auf die Probe stellen wollten und unbemerkt mit den beiden Mustern die Seiten wechselten, erklärte die Probandin seelenruhig, sie sehe jetzt vertieft, was ihr vorher erhaben erschienen war. Sie war indessen nicht die einzige, mit der dieser Test Erfolg hatte.

Er hat im übrigen noch ein anderes, allgemeineres und für das Verständnis der eidetischen Wahrnehmung sehr wichtiges Resultat: Alles spricht nämlich dafür, daß für eidetische Bilder die Augen zuständig sind; sie liefern schon fix und fertig die Strukturen, die nachher im Sehzentrum des Gehirns nur noch zur Deckung gebracht werden müssen. Und noch etwas höchst Erstaunliches: Stromeyer und Psotka experimentierten mit Eidetikern, die räumliche Figuren aus zwei Bildern selbst dann noch erkennen konnten, wenn ihnen die beiden Bilder im Abstand von vier Tagen präsentiert wurden – ein Zeichen also dafür, daß die einmal registrierten Bildeindrücke sehr lange haften bleiben können. Das Rätsel, wie solche Leistungen zu erklären sind, ist nach wie vor ungelöst. Nur weiß man jetzt mit Sicherheit, daß man sie nicht einfach als ungewöhnliche Gedächtnisleistungen abtun darf, sondern daß sie ein Phänomen eigener Art sind. *Karlheinz Ebert*

79 *Im antiken Pompeji florierte der Blumen-Großhandel*

Die Freude an Blumen ist sicherlich ebenso alt wie die menschliche Kultur. Doch erst im alten Rom dürfte sich aus der Liebhaberei der Hausfrauen eine gut organisierte »Blumenindustrie« entwickelt haben, die in der feingestuften Wirtschaft dieses hochentwickelten Staates dem Luxusbedürfnis dienen konnte. Allerdings waren die Blumen nicht als Zimmerschmuck in Vasen nach heutiger Art gedacht. Die antiken Vasen dienten sicherlich anderen Zwecken als denen einer Raumdekoration durch Blüten und Zweige. Die wichtigste Form des Blumenschmucks war die Girlande, wie Professor Dora Jashemski in der Zeitschrift »Archeology« berichtet. Girlanden dienten, wie heute Blumensträuße, als Gastgeschenk, als Weihespenden an die Götter, als Dekoration für öffentlich Geehrte. Girlanden waren Raumschmuck, und an den Markttagen wurden sogar die Säulenreihen um die Marktplätze mit ihnen verschönt, wie ein schon 1755 ausgegrabenes Wandgemälde in der Villa Julia Felix in Pompeji erkennen läßt. Darüber hinaus wurden zahllose Blumen für den Blütenregen, mit dem man bei Gastmählern die Teilnehmer verschwenderisch überschüttete, und zur Parfümgewinnung benötigt.

Die Struktur des Wirtschaftszweiges »Blumen« zeigt Pompeji am klarsten, wo der Ausbruch des Vesuvs das Leben und Treiben des römischen Alltags so lebensecht konserviert hat. Außerdem war Pompeji sowie die ganze fruchtbare Ebene Kampaniens sicherlich eine der Zentralen des Blumenanbaus, weil der Vesuv immer wieder seine Umgebung weithin mit nährstoffreicher vulkanischer Asche überschüttet, die die wichtigsten Mineralsalze in leicht löslicher Form enthält. Aus diesem Grunde ist auch heute Pompeji wieder ein Blumen-Zentrum, allerdings nicht für Girlanden und Parfümproduktion, sondern für Samenproduktion. Auf vielen Tausenden von Hektar wird dort für französische, deutsche, englische, holländische und dänische Firmen Blumensamen im Kontraktanbau gewonnen.

Der römische Geograph Strabo nannte das kampanische Gebiet die »gesegnetste aller Ebenen« und Plinius der Ältere schwärmte nicht nur von der »himmlischen Schönheit« dieser blütenreichen Landschaft, sondern auch von den berühmten Rosen aus der Umgebung Pompejis. Sie wurden neben den Rosen von Praeneste am höchsten geschätzt und waren die Lieblingsblumen der Römer für die Girlandenherstellung. In Kampanien wurde, wie Plinius schreibt, eine Feldrose gezogen, deren »Duft süßer als jener der Gartenrosen war«. Nächst den Rosen rangierten in der Wertschätzung gewisse weiße Lilien, danach Veilchen.

Die Wandgemälde in den Häusern Pompejis zeigen sehr eindrucksvolle floristische Details. Im allgemeinen sind keine Gärtner oder Händler dargestellt; dafür tun geflügelte Cupidos und Psychen in spielerischer Schönheit die alltägliche Arbeit und bringen körbeweise Blüten auf den Markt, winden sie hier zu Girlanden und hängen sie zum Verkauf auf hölzerne Gestelle. Im »Haus der Calpurnier« erkennt man geradezu eine Fließbandarbeit: Girlandenwindende Cupidos übernehmen von den Lieferanten en gros die Blüten, die sie dann auf Tischen ausbreiten, sortieren und binden. Wo außerhalb der Stadt die Anbauflächen lagen und wie sie aussahen, läßt sich allerdings nicht erkennen. Daß es in der Nähe der Städte – und damit sicherlich in der Umgebung Pompejis – umfangreiche Kulturen gab, geht aus einem Landwirtschafts-Handbuch Catos aus dem zweiten Jahrhundert vor Christus hervor, das die Rentabilität hervorhebt. Doch wurden wohl auch mitten in der Stadt Blumen für Marktzwecke gezüchtet. So weist ein Hausgarten im »Haus der Pansa« eine Flächeneinteilung auf, wie sie Plinius für die Anlage eines Wirtschaftsgartens für Blumenzucht empfohlen hatte. In der Nähe des Forums von Pompeji wurde offenbar eine Jungpflanzenanzucht betrieben. Hier grub man nicht nur die Beete aus, sondern fand auch in den Boden eingesenkte zerbrochene Amphoren, mit Erde gefüllt, in denen Sämlinge gezogen wurden, vermutlich auch für den Verkauf. Zum Teil zogen die Patrizier Pompejis auch als Nebenbeschäftigung mit Hilfe ihrer Sklaven und Freigelassenen in ihren Gärten und auf den Landgütern Blumen, die in Läden an der Außenfront der städtischen Villen verkauft wurden.

Der hohe Stand dieser Blumenindustrie läßt sich auch daraus entnehmen, daß man die hochbegehrten Rosen in großem Maßstab im Frühjahr mit warmem Wasser zur Blüte trieb, um sie möglichst früh auf den Markt zu bringen und eine hohe Rendite zu erzielen. Sogar Blumenimporte aus Übersee wurden zur Versorgung Roms durchgeführt; aus Alexandria kamen Amaranth-Lilien, die in Pompeji verarbeitet wurden. Ein wichtiges Nebenprodukt der Blumenwirtschaft war der sehr aromatische Blütenhonig. So fand sich im »Haus der Calpurnier« eine mit Thymian und Honig gefüllte Amphore, aus der Professor Jashemski schließen möchte, daß Blumenanbau und Honigerzeugung gekoppelt waren. Blumen waren selbstverständlich auch durch ihre Blütenöle die Basis der überaus begehrten Salböle und Parfüms, die sowohl ästhetisch wie kommerziell eine große Rolle in der Kosmetik des antiken Rom spielten.

Dr. Harald Steinert

80 | *Zielsicher fliegen wie die Bienen*

Abdriftprobleme machen vor allem Sport- und Segelflugzeugpiloten zu schaffen, die nicht über teure Navigationsinstrumente verfügen, wie sie etwa Verkehrsflugzeuge haben. Der Kurs mag nach Landkarte und Wetterbericht noch so genau bestimmt worden sein – unerwartet starke und deshalb falsch berechnete seitliche Winde können alle Navigationskünste zunichte machen. Während der Pilot beispielsweise glaubt, exakt nach Norden zu fliegen und die Kompaßnadel das auch anzeigt, kann ein starker Seitenwind aus dem Osten ihn längst so weit abgetrieben haben, daß er hundert oder mehr Kilometer westlich vom vorgesehenen Ziel ankommt.

Vor dem gleichen Problem steht die Honigbiene bei der Futtersuche. Haben »Kundschafterbienen« eine neue Futterquelle entdeckt, teilen sie dies im Stock über das bieneneigene Informationssystem – die sogenannten Schwänzeltänze – ihren Artgenossen mit. Doch trotz genauer Information über die einzuschlagende Richtung und der Fähigkeit, diese Richtung mit Hilfe eines Sonnenkompasses auch einzuhalten, würde die Biene, die etwa mit einer Geschwindigkeit von acht Metern in der Sekunde fliegt, bei einem Seitenwind von beispielsweise zehn Metern pro Sekunde nie an ihrem Ziel ankommen, hätte die Evolution nicht für eine Vorrichtung gesorgt, die es der Biene erlaubt, auch bei widrigen Windverhältnissen in der vorgesehenen Richtung zu fliegen ohne abzudriften.

Diese erstaunliche Navigationsleistung wird durch eine spezielle Verschaltung der Nervenzellen im Facettenauge der Honigbiene möglich. Die lichtempfindlichen Sehzellen (Omatidien), die den Erdboden beim Flug »abtasten«, sind nämlich keineswegs voneinander unabhängige Sensoren, sondern beispielsweise in Flugrichtung, aber auch in einer Linie quer zu dieser verschaltet. Auf diese Weise kann die Biene ein Muster erkennen, das sich seitlich ins Land bewegt. Immer dann, wenn die in einer Reihe quer zur Flugrichtung geschalteten Sehelemente ein zusammenhängendes Muster wahrnehmen, liegt eine seitliche Abdrift vom Geradeausflug vor, und die Biene muß ihren Kurs korrigieren. Das tut sie, je nachdem, ob es sich um eine Abdrift nach links oder rechts handelt, indem sie entsprechend gegensteuert. Dabei kann sie aus den Zeitabständen, mit der die Signale des seitlich wandernden Musters auf die einzelnen in Reihe geschalteten Sehelemente auftreffen, die Größe der Abdriftgeschwindigkeit ermitteln und zur Kurskorrektur verwenden. Daß die Bienen tatsächlich über ein solches Meßinstrument, das Informationen über Bodenmuster auswertet, verfügen, haben Mitarbeiter des Bienenforschers und Nobelpreisträgers Karl von Frisch bereits vor

Jahren in Freilandversuchen nachgewiesen. Sie ließen Bienen bei Seitenwind über ein Gewässer zu ihrer Futterquelle fliegen. Die Strukturunterschiede auf der Wasseroberfläche waren jedoch so gering, daß die Bienen sich bei seitlichem Wind prompt verflogen. Als die Wissenschaftler dagegen einen Lattenrost über das Gewässer legten und dadurch ein »Bodenmuster« erkennbar wurde, waren die Versuchstiere wieder in der Lage, ihre Abdrift zu kompensieren.

Die spezielle Verschaltung der Sehelemente im Bienenauge haben Wissenschaftler des Fachgebietes Bionik und Evolutionstechnik der Technischen Universität Berlin unter Leitung von Professor Ingo Rechenberg elektronisch nachgebildet und die künstliche Nervenschaltung in ein Fernrohr eingebaut, um mit Hilfe dieses »künstlichen Bienenauges« Kleinflugzeuge auf dem richtigen Kurs zu halten. Technische, in Seitenrichtung geschaltete Photorezeptoren ersetzen dabei die Omatidien des Bienenauges und registrieren, wann ein seitlich bewegtes Muster »ins Bild« kommt und ob sich bestimmte Punkte (Hell-Dunkel-Sprünge) dieses Musters nach rechts oder links bewegen.

In simulierten Flügen, bei denen eine typische »Fluglandschaft« über einen Fernsehschirm wanderte, die sich mal nach links und mal nach rechts bewegte, hat sich der nach dem Vorbild der Natur konstruierte Abdriftkompensator bereits bewährt. »Driftete« die Landschaft nach links ab, wurde dies durch entsprechende akustische Koppelung mit den optischen Sensoren über einen tiefen Ton angezeigt, bewegte sie sich nach rechts, gab es einen hohen Ton. Wanderte die Landschaft dagegen beim simulierten Geradeausflug ohne jede Abweichung genau von vorn nach hinten beziehungsweise von hinten nach vorn, reagierte die nur auf seitlich bewegte Muster spezialisierte Schaltung überhaupt nicht. Funktioniert ein solches Gerät auch in der Praxis, braucht der Pilot künftig nur »nach Ton« zu fliegen und entsprechend gegenzusteuern, wenn das Links- oder Rechtssignal ertönt.

Karl-Heinz Preuß

81 | *Mit der Erde durchs All*

Selbst den Nichtfachleuten ist der berühmte Komet bekannt, der im Frühjahr 1910 die Gemüter in Furcht und Erstaunen zugleich versetzte. Der Schweifstern, der im Jahre 1986 der Erde wieder einen Besuch abstatten wird, ist nach dem englischen Astronomen Edmund Halley (1656–1742) benannt. So lebt der Name dieses Forschers in der Menschheit in Verbindung mit diesem Weltenbummler fort und nur wenige wissen, daß wir diesem Astronomen eine bedeutende Erkenntnis verdanken: Er entzauberte gleichsam die Unveränderlichkeit und ewige Gleichmäßigkeit des Fixsternhimmels. Durch Vergleich seiner Vermessung der Himmelskörper mit denen des Hipparch (etwa 130 v. Chr.) stellte er als erster fest, daß einige von ihnen ihren Ort am Himmel innerhalb dieser Zwischenzeit geändert hatten, die Fixsterne (stellae fixae = festgeheftete Sterne) ihren Namen also zu Unrecht tragen.

Heute wissen wir, daß die Fixsterne im Durchschnitt mit einer Geschwindigkeit von 30 Kilometern in der Sekunde das All durchrasen. Wenn wir trotz der Geschwindigkeit keine augenscheinliche Veränderung der Sternbilder feststellen, so liegt das an der ungeheuren Entfernung der Sterne. In der modernen Forschung hat dieser meßtechnisch so schwierige Zweig der Astronomie, der in der Bundesrepublik Deutschland an den Sternwarten in Bonn, Hamburg sowie am Astronomischen Recheninstitut in Heidelberg gepflegt wird, besondere Bedeutung erlangt, weil mit ihm auch Probleme über die physikalische Natur der Sterne gekoppelt sind.

In den Bewegungen der Sterne, die heute am sichersten durch Vergleich von alten mit neuen Himmelsaufnahmen gewonnen werden, spiegelt sich die Bewegung unserer Sonne wider. Aus der Analyse der Sternbewegungen folgt, daß unser Muttergestirn auf den Schwerpunkt unserer Fixsternnachbarschaft, auf einen Punkt im Sternbild des Herkules zufliegt, die Planeten – damit auch unsere Erde – mit sich reißend. Morgen sind wir bereits nahezu 1,5 Millionen Kilometer von der Stelle im Weltraum entfernt, wo wir uns heute befinden. Die Bestimmung des Zielpunktes unseres Sonnensystems, die sich nur in Relation zu vielen verschiedenen Sterngruppen ermitteln läßt, gilt heute als dringlichstes Anliegen der messenden Astronomie.

Nun ist aber unsere Sonne ein Mitglied einer größeren Sterngesellschaft, der etwa 110 Milliarden Fixsterne, also andere Sonnen angehören und die als das Milchstraßensystem bezeichnet wird. Dieses gewaltige Heer der Milchstraßensterne erfüllt ein Raumgebiet, das die Form einer Linse mit einem Radius von 50 000 Lichtjahren und eine Dicke von 15 000 Lichtjahren aufweist. Unter vielen ihresgleichen steht die Sonne nahe am Rande, etwas oberhalb der Hauptebene. Von ihrer Stelle aus bis zum sternreichen Mittelpunkt des Systems ist das Licht 30 000 Jahre unterwegs.

Das Verhalten der Sternbewegungen in Form einer Doppelwelle längs eines Großkreises am Himmel offenbart den Astronomen die Rotation unseres Sternsystems. Das gewaltige Weltgebilde rotiert um die kleine Achse nicht wie ein starrer Körper, etwa wie ein Wagenrad, sondern dreht sich mit verschiedener Winkelgeschwindigkeit, wie wir es im kleinen bei den Körpern innerhalb unseres Planetensystems vorfinden. Zur Erfassung dieser differentiellen galaktischen Rotation bedarf man einwandfreier Sternbewegungen. Die Stelle, an der sich unsere Sonne befindet, vollendet einen Umlauf in nahezu 250 Millionen Jahren, in jeder Sekunde etwa 250 Kilometer weitereilend. Seit Bestehen unserer Erde hat unsere Sonne schätzungsweise 15 bis 20

Umläufe um das galaktische Zentrum vollendet.

Für die moderne Theorie der Entstehung der Sterne aus der interstellaren Materie und für ihren weiteren Lebenslauf haben die sogenannten Sternhaufen – die Gruppen mehr oder weniger dicht zusammengedrängter Sterne – eine besondere Bedeutung erlangt. Von den mit freiem Auge sichtbaren Sternhaufen ist das Siebengestirn, die Plejaden, das schönste Beispiel. Die Sterne dieser Haufen stehen nicht zufällig so dicht, sie gehören auch ihrer Natur nach zusammen, sie bilden gemeinsam eine Sternfamilie. Ihre Farben-Helligkeitsdiagramme, die eine Beziehung zwischen den Farben und den Helligkeiten der Sterne darstellen und in der heutigen Astrophysik eine so bedeutende Rolle spielen, erlauben weit sicherere Aussagen über das Alter und die Entfernung dieser Gebilde, als es bei Einzelsternen der Fall ist.

So werden wir vertraut mit den extrem jungen Haufen, die »nur« mit einem Alter von einigen wenigen Millionen Jahren aufwarten können, und den sehr alten Haufen, die mit einigen Milliarden Jahren zu den ältesten Gebilden unseres Weltsystems zählen. Die Mitglieder der Sternhaufen zeigen nun eine gleichgerichtete Eigenbewegung von gleicher Größe. Sternfamilien auf Wanderschaft! Kein Wunder, daß die Bestimmung der Haufenbewegung und damit die Abtrennung der Familienmitglieder von den allgemeinen Feldsternen, in denen sie eingebettet sind, heute von größter Bedeutung ist. Daß die Größe der Eigenbewegungen auch statistische Aussagen über die Entfernungen der Sterne im Kosmos gestattet, vervollständigt das Bild der modernen astronomischen Forschung, in der eine Entdekkung, die vor 250 Jahren erfolgte, mit den akuten physikalischen Problemen verwoben ist.

Prof. Dr. Heinrich van Schewick

82 | *Licht aus dem Osten*

Der dankbare Gruß an die aufgehende Sonne »Ex oriente lux«, von der christlichen Welt zu einem fundamentalen Glaubenssatz gestaltet und seit der Romantik Ausdruck der Überzeugung, daß die Menschheit ihre gesamte Kultur dem Osten verdanke, wurde durch den großen weltanschaulichen Bruch unseres Jahrhunderts zugunsten des Okzidents fast ins Gegenteil verkehrt. Nun erschien der Westen als Hort freiheitlicher Kultur, der Osten aber als ihr Feind. Natürlich hat diese politische und soziologische Maxime der Gegenwart keine eigenständige Beweiskraft gegen die wahrscheinlich bereits von Hellas und Rom erkannte Wahrheit des inhaltsschweren Sinnspruchs, und unter großen kulturgeschichtlichen Aspekten scheint es nun so, als ob sich die uralte Weisheit in einem markanten Ausschnitt erneut bestätige. Grundlegende Errungenschaften von Zivilisation, Bildung und Wissen dürften vor vier- und fünftausend Jahren aus dem Vorderen Orient dem »Abendland« – damals dem mittelmeerischen Raum – zugeflossen sein, wie dies für gewisse Erkenntniszweige bereits antike Gelehrte nachdrücklich betonen.

Heute bestehen kaum noch Zweifel darüber, daß die grundlegende sumerische und die auf ihr aufbauende babylonische Kultur des Zweistromlandes in den drei vorchristlichen Jahrtausenden auf dem Weg über Phönizien, Zypern, Kreta und Kleinasien maßgeblich auf die Länder des Westens eingewirkt haben. Wie und wann dies im einzelnen geschah, dafür wird es natürlich stets nur verstreute historische Hinweise geben. Gerade jetzt kann indes die intensivierte archäologische Forschung mit einigen neuen Fingerzeigen dieser Art dienen. Es sind gewiß für den Laien nicht sofort überwältigende Entdeckungen, sie enthüllen aber bei genauerer Betrachtung höheres Gewicht und gesteigerte Bedeutung.

Zum ersten erbrachten die Grabungen der Max-Freiherr-von-Oppenheim-Stiftung im nordostsyrischen Tell Chuéra unter der Leitung Professor Anton Moortgats von der Freien Universität Berlin im Jahre 1963 den unerwarteten Beweis, daß die Strahlung der sumerischen Kultur um 2600 v. Chr. weit über ihr südbabylonisches Kernland hinaus nach Nordwesten gewirkt hat. Unter Tempelruinen des heute in einsamer Steppe zwischen Ras el-Ain und Tell Abiad, nur 10 Kilometer südlich der türkischen Grenze gelegenen Tell Chuéra, erschienen mehrere Alabasterfiguren typischer sumerischer Beterstatuetten, wie sie bis dahin fast ausschließlich aus dem Dijala-Gebiet und aus Nippur bekannt waren; sie erweiterten den Bereich altsumerischer Kunst und Zivilisation, dessen Zentrum 600 Kilometer weiter südöstlich liegt, bis in ein Gebiet, das nur noch 300 Kilometer von der Mittelmeerküste entfernt ist.

Der zweite aufsehenerregende Fund dieser Art wurde 1964 von griechischen Archäologen in Thiwä, dem einstigen böotischen Theben, gemacht – jenem hochberühmten Schauplatz klassischer Sagen, dessen Gründung auf den Phöniker Kadmos zurückgeführt wird. Im mykenischen Kadmeion stieß man bei neuen, durch moderne Baupläne ausgelösten Grabungen neben Linear-B-Texten, Wandmalereien und Elfenbeinen auf einen Schatz des 14. vorchristlichen Jahrhunderts, der unter anderem drei Dutzend orientalische Rollsiegel aus Achat und Lapislazuli enthielt. Sie waren zum Teil babylonischer Herkunft, enthielten keilschriftliche Texte und boten als wohl schönstes Stück einen Siegelzylinder des Kidin-Marduk, Ministers des Kassitenkönigs Burnaburiasch II. (1367–1346 v. Chr.). Damit war erwiesen, daß um die Mitte des 2. Jahrtausends v. Chr.

auch das europäische Festland mit der altmesopotamischen Kultur in Berührung stand und zum mindesten ihre Kunst kannte und schätzte.

Der dritte und vorerst letzte archäologische Beitrag zur Frage Orient-Okzident in der Zeit der »orientalischen Antike« steht zwar auf nicht ganz so sicheren Füßen, ist aber, wenn sich seine Richtigkeit endgültig bestätigt, um so sensationeller. Bei rumänischen Ausgrabungen im südwestsiebenbürgischen Tartaria (Orastie-Distrikt) kamen nämlich aus frühbronzezeitlichen Schichten drei Tontäfelchen von echt sumerischem Typ ans Licht, deren zwei offenbar altsumerische piktographische Zeichen aufwiesen. Sie ähneln der Bilderschrift auf den archaischen Tafeln von Uruk, die die deutsche Expedition vor dem Zweiten Weltkrieg entdeckte und die in die Zeit um 2800 gehören.

Wir wissen urkundlich, daß die Fernkaufleute des holz-, stein- und metallosen Zweistromlandes bereits im 3. Jahrtausend große Handelsreisen unternahmen und dabei zum Erwerb von Gold, Elfenbein und Edelsteinen unter anderem bis nach Indien gelangten. Nun gibt es in der Nähe des rumänischen Fundortes Tartaria noch heute Gold- und Silbervorkommen, und der Schluß darf gewagt werden, daß die kostbaren Täfelchen vom Aufenthalt wagemutiger sumerischer Händler der Dschemdet-Nasr-Zeit im »Goldland« Siebenbürgen Zeugnis ablegen. Trifft diese Annahme zu, dann stand sogar das Gebiet des heutigen Rumäniens bereits vor fast 5000 Jahren in – freilich gewiß sehr lockeren – Handelsbeziehungen zum damals hochzivilisierten und bereits der Schrift kundigen Land der zwei Ströme, und wir dürfen sonach unterstellen, daß die Kultur Sumers nicht ohne allen Einfluß auch auf Südosteuropa – die Heimat der um 2000 nach Griechenland einwandernden Indogermanenstämme – geblieben ist.

Nehmen wir alles in allem, so erweisen sich damit bereits in den frühesten Jahrtausenden menschlicher Kultur Morgen- und Abendland enger als bisher geahnt miteinander verbunden. Die Waage senkt sich in der Frage der primären Kulturschöpfung erneut zugunsten des »lichtbringenden« Ostens. *Prof. Dr. Hartmut Schmökel*

83 | *Das Ich hinter der Spiegelfläche*

Sich selbst zu erkennen, gelingt nicht jedermann und schon gar nicht auf Anhieb. Mitunter bedarf es dazu erst jenes Spiegels, den man sich selbst oder anderen vorhält. Doch auch das Sich-selbst-Erkennen vor dem ganz normalen Glasspiegel setzt bereits eine beachtliche Gehirnleistung voraus. Kinder beispielsweise sind dazu – und auch das erst nach mehrfacher Übung – frühestens im Alter von zehn Monaten in der Lage.

Auch viele Affenarten zeigen starkes Interesse für ihr eigenes Spiegelbild, ohne freilich in der Regel zu wissen, wer ihr Gegenüber wirklich ist. Da aber die Verhaltensweisen von »Original« und »Abbild« vollkommen identisch sind, ist die Frage berechtigt, ob nicht besonders intelligente Tiere vielleicht doch mit der Zeit lernen können, ihr Spiegelbild mit sich selbst zu identifizieren.

Wissenschaftler der Universität Münster wollten es genau wissen und konfrontierten zwei Orang-Utans, sechs Schimpansen, einige Gibbons und mehrere »niedere« Affen in den Zoologischen Gärten von Münster und Osnabrück mit großen, außerhalb der Käfige angebrachten Spiegeln. Eine Beziehung zwischen sich und dem »Partner« im Spiegel herzustellen gelang vor allen Dingen den großen Menschenaffen. Zwar hielt das Orang-Utanweibchen »Suma« beispielsweise ihr Spiegelbild in den ersten beiden Tagen ganz offensichtlich für einen Artgenossen. Sie warf

Holzstückchen und Mohrrüben gegen den Spiegel und bespuckte ihr Ebenbild mit zerkauten Nahrungsbrocken. Doch bereits vom dritten Tag an entwickelte sie Verhaltensweisen, die zumindest zum Teil nicht auf einen mutmaßlichen Kumpanen bezogen zu sein schienen.

»Suma« starrte, wie Professor Gerti Dücker und Jürgen Lethmate, Zoologisches Institut der Universität Münster, in der »Zeitschrift für Tierpsychologie« berichten, mit weit geöffneten Augen das Spiegelbild an und beobachtete, wie sie ihre Grimassen schnitt. Auch die Bewegungen der Hände, das Öffnen und Schließen der Faust verfolgte die Äffin gebannt im Spiegel. Selbst beim Fressen nahm sie ihn zu Hilfe und auch beim Schmücken ihres Kopfes mit Kohl- und Salatblättern. Sie rückte diesen Kopfschmuck so lange zurecht, bis er ihr endlich gefiel.

Daß »Suma« tatsächlich ihr Spiegelbild mit dem eigenen Körper in Verbindung gebracht hat, zeigte ein Vorfall am dritten Versuchstag: »Die Äffin entdeckte im Spiegel plötzlich einen dünnen Holzspan in ihrem Kopfhaar. Sofort griff sie in die Haare über ihrer Stirn und entfernte den Fremdkörper. Genauso verfuhr sie mit einem auf die gleiche Weise entdeckten Stückchen Tomatenhaut, das beim Spiel mit Futterbrocken in den Haaren am Kopf hängen geblieben war.«

Ein besonderer Test am 16. Tag bewies noch eindeutiger, daß diese Menschenäffin »selbstbezogene Handlungen unter Spiegelbenutzung« durchführen konnte. Ohne daß sie es beachtete, wurde »Suma« an der Stirn mit einem weißen Farbtupfer markiert. Als sie das »Schandmal« jedoch im Spiegel entdeckte, versuchte sie es sofort zu entfernen. Sie kratzte zunächst vergeblich am Fleck, sah in den Spiegel, blickte auf den Boden, wischte mit den Fingern erst über die noch nassen Fliesen und danach erneut über die Stirn. Dann begann sie den Farbfleck regelrecht abzuwaschen.

Auch bei Schimpansen, von denen sich allerdings nicht alle als gleich gut für den Spiegeltest erwiesen, bestätigte sich, was amerikanische Wissenschaftler bereits für diese Art von Menschenaffen herausgefunden hatten: Sie sind ebenfalls fähig, sich selbst zu erkennen. Die Schimpansin Ngila zum Beispiel hatte wahrscheinlich schon am ersten Versuchstag das Spiegelbild mit dem eigenen Körper identifiziert. Diese Äffin kontrollierte mit Hilfe des Spiegels vor allem häufig die mit den Fingern vorgenommene Reinigung der Zähne. Nahm man den Spiegel fort und stellte ihn an anderer, jedoch ebenfalls erreichbarer Stelle wieder auf, veränderte auch sie ihren Standort und fuhr erst dann mit dem Zähneputzen fort. Positiv verliefen inzwischen auch Tests mit einem Gorilla.

Weniger erfolgreich waren dagegen die Versuche mit den anderen Affen, darunter Kapuzineräffchen, Klammeraffen und Paviane. Sie reagierten auf ihr Spiegelbild nur mit »sozialbezogenen« Handlungen, das heißt, sie betrachteten ihr Spiegelbild nur als Artgenossen und waren außerstande, das im Spiegel Gesehene auf den eigenen Körper zu beziehen. Speziell bei den Gibbons haben die Zoologen aus Münster allerdings noch Hoffnung: Sie halten es für denkbar, daß eine längere »Spiegelkonfrontation« diese Affen vielleicht doch noch auf den Weg zur »Selbsterkenntnis« führt.

Karl-Heinz Preuß

84 | *Auch unter »Eierköpfen« menschelt es*

Was Studenten der ersten Semester vielleicht gerade noch glauben, entspricht durchaus dem weit verbreiteten Bild des Wissenschaftlers in der Öffentlichkeit, in dem sich ein Hauch entrückter Erhabenheit mit der wenig angenehmen Vorstellung alles beherrschender Verstandeskälte verbindet. Nichts ist indessen wahr daran: Auch unter »Eierköpfen« menschelt es.

Wie verkehrt es ist, den Wissenschaftlern jene bereits Klischee gewordene Stocknüchternheit zu unterstellen, die nichts gelten läßt außer Daten und Übereinstimmungen von Daten, zeigt eine Studie von Dr. Ian Mitroff, Universität Pittsburgh. Er befaßte sich gerade mit dieser zu Recht unglaublichen »Nüchternheit«, die zusammen mit der Schablone der »Weltblindheit« in Berichten, Romanen, Filmen und Schauspielen ja immer wieder sowohl den »guten« als auch den »wahnsinnigen« Wissenschaftlern hartnäckig unterstellt wird. Wie Dr. Mitroff im »New Scientist« berichtet, brachte ihn die erste Mondlandung am 20. Juli 1969 auf den faszinierenden Gedanken, nun nicht die Wissenschaft vom Mond, sondern die neue »Gattung« der Mondwissenschaftler unter die Lupe zu nehmen.

In den folgenden drei Jahren führte Dr. Mitroff mit 42 der bekanntesten, Mondgestein erforschenden Wissenschaftlern jeweils vier zeitlich auseinanderliegende Interviews, die abklären sollten, was am »volkstümlichen« Bild vom Wissenschaftler nun stimmen oder nicht stimmen könnte. Es ging also um die Frage, wie Wissenschaftler ihre eigene Arbeit und die ihrer Fachkollegen bewerten und um die Abschätzung ihrer Reaktionen auf neue Daten und Hypothesen, auf Übereinstimmungen und Widersprüche.

Schon die erste Befragungsreihe warf ein kennzeichnendes Licht auf das Thema »kalte Sachlichkeit«. Stets wurden diese Interviews vom Fragesteller entschlossen auf den Kurs eines allgemein wichtigen und vorrangigen Problems gesteuert. Stets entgleiste das Gespräch aber sehr schnell, indem es inhaltlich auf jene höchst persönlichen Arbeiten überschwenkte, mit denen sich der Befragte gerade befaßte. Es schien so einfach nicht möglich, das Pro und Kontra eines Problems »objektiv« zu diskutieren. Vielmehr scheint jede Theorie nur Anwälte oder Gegner zu haben.

Erstaunlich nennt Dr. Mitroff die Reaktion der Wissenschaftler auf die provozierende Aussage, daß wissenschaftliche Arbeit, um erfolgreich zu sein, die Arbeit eines »unbeteiligten und emotionslosen Beobachters« sein müsse. Nicht einer der 42 Befragten war damit einverstanden. Jeder lehnte dies als Unsinn ab, wenn auch der eine mild lächelnd und mit viel Humor, der andere mit allem ersichtlichen Ärger. Die Gründe dafür lagen offensichtlich tiefer, als es lediglich der verständliche Versuch voraussetzen müßte, ein ungünstiges »Image« abzuwehren. Es zeigte sich vielmehr, daß gute Wissenschaftler sehr wohl ihren »Standpunkt« haben, was zwar im Extremfall zu wütenden Reaktionen der Kollegen führen kann, die Regel im Normalfall aber doch bestätigt.

Den »eigenen Standpunkt« brauche man auch, wenn man sich im Widerstreit der Argumente seinen Weg suchen wolle, meinte einer der Befragten. Und ein anderer führte aus, daß der Mensch Theorien habe und dafür Daten suche, aber nicht »unpersönliche Daten« nach Theorien durchsuchen könne. Erkannt wurde in den Gesprächen auch die Gefahr, die darin besteht, daß man zwar die Wirklichkeit nicht verfälschen möchte, aber doch unwillkürlich jenen Daten geringere Bedeutung beimißt, die gegen die eigene Arbeit sprechen. Zwar werde wohl jeder ernsthafte Wissenschaftler seine eigenen Überlegungen dann verwerfen, wenn sie als unhaltbar erwiesen seien. Im Grunde versuche er aber immer, sie zu verteidigen.

Das zeigt bereits, daß der »unbeteiligte, emotionslose Wissenschaftler« ebenso in den Bereich der Sage gehört wie »der verrückte Wissenschaftler, der die Welt um den Preis des Wissens zerstören will«. Forschung ohne Widerspruch und ohne Herausforderung aus diesem Widerspruch erscheint so nicht minder als Fiktion. Und Leidenschaft steht in diesem Sinne auch nicht im Widerspruch zur Objektivität, da auch die Objektivität mit Leidenschaft gesucht werden muß.

Aufschlußreich ist aber auch die Erkenntnis von Dr. Mitroff, daß im Gegensatz zur allgemein üblichen Ansicht meist der »kleinere« und nicht der »größere« Wissenschaftler für das Neue besser aufgeschlossen ist. Je »größer« der Wissenschaftler sei, desto mehr neige er auch dazu, eine beherrschende »Linie« zu entwickeln, deren Richtigkeit nicht unbedingt durch die Zukunft bewiesen werden müsse.

Noch mehr menschelt es freilich dann, wenn man die psychologischen Unterschiede betrachtet, die den Willen der Wissenschaftler zur Spekulation motivieren oder einengen: Gäbe es am einen extremen Ende der Skala Forscher, die eine neue Theorie des ganzen Sonnensystems ohne Daten entwürfen, so gäbe es am anderen Ende auch solche, die »nicht einmal den eigenen Hintern aus dem Feuer retten« würden, wenn sie glaubten, sie hätten zu wenig Daten darüber, daß das Feuer auch wirklich ist.

Rolf H. Simen

DIE AUTOREN

GEORG HARTMUT ALTENMÜLLER, geb. 21. 12. 1930, Studium der Klassischen Philologie, der Germanistik und Publizistik, freier Wissenschaftsjournalist, Herausgeber und Chefredakteur des Deutschen Forschungsdienstes bis 1982, verantwortlich für den Informationsdienst »Wissenschaft Wirtschaft Politik«

Wenn selbst die Brennesseln sterben (1972) Kochsalz, Monopole und Macht (1977) Ein »Keim im Eigelb«: die Erde (1977)

DR. DORA BIER, geb. 25. 2. 1905, Studium der Naturwissenschaften und der Philosophie, Journalistin und Redakteurin, Redakteurin beim Deutschen Forschungsdienst von 1957 bis 1959, gest. 1980

Wer angibt, hat mehr vom Leben (1958)

KARLHEINZ EBERT, geb. 31. 3. 1923, Leiter des Kulturressorts bei den »Badischen Neuesten Nachrichten«, freier Mitarbeiter beim Deutschen Forschungsdienst

Schon Mozart würfelte Musik (1965) Eidetiker sind keine Gedächtniskünstler (1970) Klee ist nicht »mondsüchtig« (1970) Pilz mit Duft-Radar (1972)

PROFESSOR DR. HANS-JÖRG FAHR, geb. 2. 11. 1939, Wissenschaftlicher Rat und Professor am Institut für Astrophysik der Universität Bonn, freier Mitarbeiter des Deutschen Forschungsdienstes und der »Umschau in Wissenschaft und Technik«

Glockenbann durch Kugelblitz (1973)

DR. WERNER HEINZ, geb. 4. 4. 1922, geisteswissenschaftliches Studium, zunächst journalistische, dann wissenschaftliche Tätigkeit beim Goethe-Institut e. V.

Die Wetter-Legende um Mozarts Begräbnis (1960)

ANKE HETZER, geb. 28. 1. 1955, freie Mitarbeiterin beim Deutschen Forschungsdienst, 1977 Sonderpreis Tageszeitungen beim Wettbewerb »Reporter der Wissenschaft«

Auch Orang-Utans denken praktisch (1976) Der wahre Wert der Kröten (1978) Wie der Hase läuft (1979)

UDO LIELISCHKIES, geb. 13. 12. 1953, freier Mitarbeiter bei verschiedenen Rundfunkanstalten und Zeitungen

Mimosen im Mittelfeld (1977)

LEOPOLD LUKSCHANDERL, geb. 16. 8. 1942, Wissenschaftsjournalist in Wien, freier Mitarbeiter zahlreicher in- und ausländischer Zeitungen und Zeitschriften sowie des Österreichischen Rundfunks, 1972 Kardinal-Innitzer-Förderungspreis für wissenschaftlich fundierte Publizistik, 1974 Österreichischer Staatspreis für journalistische Leistungen im Interesse der Jugend und Österreichischer Staatspreis für journalistische Leistungen im Interesse von Wissenschaft und Forschung, 1976 Josef-Schöffel-Förderungspreis für Naturschutz

Wie der Herbst die Farben mischt (1973)

DR. ROBERT LUTZ, geb. 28. 6. 1942, Studium der Geschichte und Politik. Redakteur der »Schwäbischen Zeitung«, freier Mitarbeiter beim Deutschen Forschungsdienst

Der Atomkeller unter der Kirche (1975) Räuber und Gauner in Deutschland (1976) Kaisersohn als Spekulationsobjekt der Politik (1978)

DR. RENATE I. MRESCHAR, geb. 12. 5. 1946, Studium der Geschichte, Publizistik und Germanistik, Redakteurin beim Deutschen Forschungsdienst, verantwortlich für den Bereich Geistes- und Sozialwissenschaften

Eine Nation von Sängern (1974) Warten auf das große Glück (1976) Händchenhalten im Traumland der Liebe (1976) Poetischer Deckel sucht passenden Topf (1976) Wie man ist, so schläft man auch (1976) Was Fußball so faszinierend macht (1978)

KONRAD MÜLLER-CHRISTIANSEN, geb. 5. 4. 1933, Studium der Physik, Chemie und Pädagogik, freier Wissenschaftsjournalist, Herausgeber des F+E-Reports, bis 1972 Redakteur beim Deutschen Forschungsdienst

Der Mensch ist der größte Datenspeicher (1971)

DR. GERDA NEUMANN, geb. 31. 3. 1922, geisteswissenschaftliches Studium, freie Journalistin und Übersetzerin, freie Mitarbeiterin beim Deutschen Forschungsdienst, 1978 Platz auf der Ehrenliste zum Andersen-Preis und anteilig Österreichischer Staatspreis für Jugendliteratur

Kluge Tiere sind sozial (1971) Lügen haben schöne, lange Beine (1975) Erfinderischer Sprach(un)sinn (1977)

HEINZ PANZRAM, geb. 28. 11. 1919, freier Mitarbeiter, vor allem auf dem Gebiet der Meteorologie, bei Fachzeitschriften, Rundfunkanstalten, Zeitungen und beim Deutschen Forschungsdienst, gest. 1985

Die Launen der Kalten Sophie (1972)
100 Tage ist der Frühling unterwegs (1976)

GERDA VON PETRIKOVITS, geb. 16. 4. 1912, freie Mitarbeiterin beim Deutschen Forschungsdienst

Die alten Ägypter waren Snobs (1966) Warme Wohnung unterm Mistdach (1970) Der modische Kniestrumpf vor 1200 Jahren (1976)

DR. WERNER PFEIFFER, geb. 25. 6. 1920, Studium der Medizin, Arzt und Journalist, verantwortlicher Redakteur von »refero-med«, Berichterstatter und Kommentator in verschiedenen Fachzeitschriften, beim Rheinischen Merkur und beim Deutschen Forschungsdienst, Ernst-von-Bergmann-Plakette für Verdienste um die ärztliche Fortbildung, 1977, Walter-Trummert-Medaille der Fach- und Standespresse 1978, gest. 1981

Der Hunger sitzt zwischen den Ohren (1971)

DR. HARALD H. PORCHER, geb. 16. 2. 1945, Studium der Chemie und Molekularbiologie, Fachjournalist für Medizin und Wissenschaft, freier Mitarbeiter des Deutschen Forschungsdienstes, der Selecta und der Diagnostik, 1975 2. Preis beim Wettbewerb »Reporter der Wissenschaft«, 1976 Preisträger eines von der »Umschau in Wissenschaft und Technik« ausgeschriebenen Wettbewerbs

Zwischen Frankenstein und Utopia (1976)

KARL-HEINZ PREUSS, geb. 12. 11. 1941, Studium der Sozialwissenschaften und der Publizistik, Herausgeber und Chefredakteur des Deutschen Forschungsdienstes, verantwortlich für den »Sonderdienst angewandte Wissenschaft«, Battelle-Preis für Wissenschaftsjournalistik

Grüne Inseln zwischen kranken Bäumen (1970) Tupajas sterben aus Furcht (1972) Moderne Musik geht an Herz und Nieren (1973) Schmutz geht in die Binsen (1973) Triebe und kaum Liebe (1973) Warum Tiere nicht sprechen (1973) Wie ein Raubtier seine Beute erkennt (1973) Wie die Saurier laufen lernten (1974) Ein lauer Wind macht noch keinen Frühling (1974) Das Ich hinter der Spiegelfläche (1974) Wasser, Erde und Leben (1976) Was Perlhühner so daherreden... (1976) Der Mörder auf der Netzhaut (1976) Zielsicher fliegen wie die Bienen (1976) Das Wärme-Auge der Klapperschlange (1976) Wie aus Männchen Weibchen werden (1976) Chemie auf der Lichtwelle (1976) Wärmebilder machen Nacht zum Tag (1977) Katzenliebe erfährt nur der Mensch (1977) Ein Schatz bleibt ungehoben (1977)

PROFESSOR DR. HEINRICH VAN SCHEWICK, geb. 17. 2. 1910, Honorarprofessor für Astronomie an der Universität Bonn, freier Mitarbeiter beim Deutschen Forschungsdienst, gest. 1972

Mit der Erde durchs All (1969)

PROFESSOR DR. HARTMUT SCHMÖKEL, geb. 17. 4. 1906, emeritierter Ordentlicher Professor an der Universität Kiel, freier wissenschaftlicher Berichterstatter ausschließlich aus dem eigenen Fachgebiet »Altorientalistik«, freier Mitarbeiter beim Deutschen Forschungsdienst

Eine Narrengeschichte aus Babylonien (1961) Licht aus dem Osten (1965) Freiheit – das älteste Schlagwort der Menschheit (1972) Wetterprognosen schon vor mehr als 4000 Jahren (1977)

ROLF H. SIMEN, DIPLOMPHYSIKER, geb. 30. 3. 1939, Studium der Physik, physikalischen Chemie und Mathematik, stellvertretender Chefredakteur des Deutschen Forschungsdienstes, verantwortlich für den Bereich Naturwissenschaften und Medizin

Der alte Herr und der Meteorit (1973) Gehirn zaubert Wirklichkeit aus Illusionen (1973) Auf Freiersfüßen in die Falle (1973) Der Holzgeist im Weltraum (1973) Auch unter »Eierköpfen« menschelt es (1974) Tauben fliegen mit »Fett im Tank« (1974) Die unmögliche Maschine des Herrn Banks (1974) Wie ein Post-Computer lesen lernt (1974) Wenn Sterne aus dem Universum fallen (1976) Ein Meer aus einem Reißverschluß der Erde (1976) Weshalb Frieda um die Sonne saust (1977) Die Existenz des Menschen war nicht vorprogrammiert (1977) Das Ende der Zeit im Mikrokosmos (1978)

DR. HARALD STEINERT, geb. 11. 8. 1919, naturwissenschaftliches Studium (Fachrichtung Geologie), Dipl.-Ing., freier Wissenschaftsjournalist, 1977 Battelle-Preis für Wissenschaftsjournalistik, 1978 Glaxo-Preis für Wissenschaftspublizistik

Im antiken Pompeji florierte der Blumen-Großhandel (1965) Warum der Wein nicht nach Rosen riecht (1973) Als die Pflanzen das Blühen lernten (1978) Als das Leben ans Ufer schwamm (1978) Quallenkette mehrfach bis zum Mond (1978)

DR. HANS-JOACHIM WASSERBURGER, geb. 27. 5. 1920, naturwissenschaftliches Studium (Schwerpunkt Zoologie), freier Wissenschaftsjournalist, gest. 1972

Schmetterling mit »zweitem Gesicht« (1965) *Die Tanzfliege mit dem Schleierchen (1962)* *Nur das Lächeln ist rein menschlich (1970)* *Wie der Schützenfisch die »Wasserpistole« erfand (1970)* *Auch Tiere können lügen (1970)* *Amseln singen nach strengen Regeln (1970)*